中华传统文化典藏

王国维 著

天津出版传媒集团

百花文艺出版社

图书在版编目（CIP）数据

人间词话 / 王国维著. -- 天津 ：百花文艺出版社，2016. 11（2020. 1 重印）
（中华传统文化典藏）
ISBN 978-7-5306-7123-8

Ⅰ. ①人… Ⅱ. ①王… Ⅲ. ①词话-中国-近代 Ⅳ. ①I207. 23

中国版本图书馆 CIP 数据核字（2016）第 249083 号

责任编辑：孙嘉镇　　**装帧设计：**庆　多

出版发行：百花文艺出版社
地址：天津市和平区西康路 35 号　**邮编：**300051
电话传真：+86-22-23332651（发行部）
+86-22-23332656（总编室）
+86-22-23332478（邮购部）
主页：http：//www. baihuawenyi.com
印刷：唐山富达印务有限公司
开本：640mm×910mm　1/16
字数：430 千字
印张：28
版次：2016 年 11 月第 1 版
印次：2020 年 1 月第 3 次印刷
定价：49. 80 元

如有印装质量问题，请与唐山富达印务有限公司联系调换
地址：唐山市芦台经济开发区农业总公司三社区
电话：（022）69381830　邮编：301506

目 录

【人间词话】

《人间词话》定稿（六十四则）
一 / 3
二 / 3
三 / 4
四 / 4
五 / 4
六 / 5
七 / 5
八 / 5
九 / 6
十 / 6
十一 / 6
十二 / 7
十三 / 7
十四 / 7
十五 / 8
十六 / 8
十七 / 8
十八 / 9
十九 / 9
二十 / 9
二十一 / 10
二十二 / 10
二十三 / 10
二十四 / 11
二十五 / 11
二十六 / 11
二十七 / 12
二十八 / 12
二十九 / 12
三十 / 13
三十一 / 13
三十二 / 13
三十三 / 14
三十四 / 14
三十五 / 14
三十六 / 15
三十七 / 15
三十八 / 15
三十九 / 16

四十 / 16
四十一 / 17
四十二 / 17
四十三 / 17
四十四 / 18
四十五 / 18
四十六 / 18
四十七 / 19
四十八 / 19
四十九 / 19
五十 / 20
五十一 / 20
五十二 / 20
五十三 / 21
五十四 / 21
五十五 / 21
五十六 / 22
五十七 / 22
五十八 / 22
五十九 / 23
六十 / 23
六十一 / 23
六十二 / 24
六十三 / 24
六十四 / 24
《人间词话》删稿（四十九则）
一 / 26
二 / 26
三 / 27
四 / 27
五 / 27
六 / 28
七 / 28
八 / 28
九 / 29
十 / 29
十一 / 29
十二 / 29
十三 / 30
十四 / 30
十五 / 30
十六 / 31
十七 / 31
十八 / 31
十九 / 32
二十 / 32
二十一 / 32
二十二 / 33
二十三 / 33
二十四 / 33
二十五 / 34
二十六 / 34
二十七 / 34
二十八 / 35
二十九 / 35
三十 / 35
三十一 / 36
三十二 / 36
三十三 / 36
三十四 / 37
三十五 / 37
三十六 / 37

三十七 / 38
三十八 / 38
三十九 / 38
四十 / 39
四十一 / 39
四十二 / 39
四十三 / 40
四十四 / 40
四十五 / 40
四十六 / 41
四十七 / 41
四十八 / 41
四十九 / 42

《人间词话》附录（二十九则）

一 / 43
二 / 43
三 / 44
四 / 44
五 / 44
六 / 45
七 / 45
八 / 45
九 / 46
十 / 46
十一 / 46
十二 / 47
十三 / 47
十四 / 47
十五 / 48
十六 / 48
十七 / 49
十八 / 49
十九 / 49
二十 / 50
二十一 / 50
二十二 / 51
二十三 / 52
二十四 / 53
二十五 / 53
二十六 / 53
二十七 / 54
二十八 / 54
二十九 / 54

《人间词话》拾遗（十三则）

一 / 55
二 / 55
三 / 56
四 / 56
五 / 56
六 / 57
七 / 57
八 / 57
九 / 58
十 / 58
十一 / 59
十二 / 60
十三 / 60

【人间词·观堂长短句】

少年游 / 63
阮郎归 / 64
蝶恋花 / 65
虞美人 / 66
浣溪沙 / 67
点绛唇 / 68
蝶恋花 / 69
蝶恋花 / 70
蝶恋花 / 71
蝶恋花 / 72
浣溪沙 / 73
清平乐 / 74
浣溪沙 / 75
谒金门 / 76
苏幕遮 / 77
浣溪沙 / 78
蝶恋花 / 79
蝶恋花 / 80
点绛唇 / 81
清平乐 / 82
浣溪沙 / 83
蝶恋花 / 84
菩萨蛮 / 85

【人间词·苕华词】

如梦令 / 89
浣溪沙 / 90
临江仙 / 91
浣溪沙 / 92
浣溪沙 / 93
好事近 / 94
好事近 / 95
采桑子 / 96
西河 / 97
摸鱼儿·秋柳 / 98
蝶恋花 / 99
鹧鸪天 / 100
点绛唇 / 101
点绛唇 / 102
踏莎行 / 103
清平乐 / 104
浣溪沙 / 105
青玉案 / 106
满庭芳 / 107
蝶恋花 / 108
玉楼春 / 109
阮郎归 / 110
浣溪沙 / 111
浣溪沙 / 112
青玉案 / 113
浣溪沙 / 114

鹊桥仙 / 115
鹊桥仙 / 116
减字木兰花 / 117
鹧鸪天 / 118
浣溪沙 / 119
浣溪沙 / 120
浣溪沙 / 121
贺新郎 / 122
人月圆 · 梅 / 124
卜算子 · 水仙 / 125
八声甘州 / 126
浣溪沙 / 127
踏莎行 · 元夕 / 128
蝶恋花 / 129
蝶恋花 / 130
蝶恋花 / 131
浣溪沙 / 132
临江仙 / 133
南歌子 / 134
荷叶杯 / 135
蝶恋花 / 138
玉楼春 / 139
蝶恋花 / 140
蝶恋花 / 141
水龙吟 · 杨花 / 142
点绛唇 / 144
蝶恋花 / 145
浣溪沙 / 146
浣溪沙 / 147
扫花游 / 148
祝英台近 / 149
浣溪沙 / 150
虞美人 / 151
减字木兰花 / 152
蝶恋花 / 153
蝶恋花 / 154
蝶恋花 / 155
浣溪沙 / 156
蝶恋花 / 157
菩萨蛮 / 158
应天长 / 159
菩萨蛮 / 160
菩萨蛮 / 161
鹧鸪天 / 162
浣溪沙 / 163
浣溪沙 / 164
蝶恋花 / 165
喜迁莺 / 166
蝶恋花 / 167
虞美人 / 168
齐天乐 · 蟋蟀 / 169
点绛唇 / 170
蝶恋花 / 171
菩萨蛮 / 172
蝶恋花 / 173
醉落魄 / 174
虞美人 / 175
鹧鸪天 · 庚申除夕和吴伯宛舍人 / 176
百字令 · 题孙隘庵《南窗寄傲图》/ 177
霜花腴 · 用梦窗韵补寿彊

邨侍郎 / 178
《香南雅集图》/ 179
清平乐·况夔笙太守索题

【静庵诗稿·古今体诗】

杂诗 / 183
嘉兴道中 / 185
八月十五夜月 / 186
红豆词 / 187
题梅花画箑 / 188
题友人三十小像 / 189
杂感 / 190
书古书中故纸 / 191
端居 / 192
嘲杜鹃二首 / 194
五月十五夜坐雨赋此 / 195
游通州湖心亭 / 196
六月二十七日宿硖石 / 197
秋夜即事 / 198
偶成二首 / 199
拚飞 / 200
重游狼山寺 / 201
尘劳 / 202
来日二首 / 203
登狼山支云塔 / 204
病中即事 / 205
暮春 / 206
冯生 / 207
晓步 / 208
蚕 / 209
平生 / 210
秀州 / 211
偶成 / 212
九日游留园 / 213
天寒 / 214
欲觅 / 215
出门 / 216
过石门 / 217
留园玉兰花 / 218
坐致 / 219
五月二十三夜出阊门驱车至觅渡桥 / 220
将理归装得马湘兰画幅喜而赋此 / 221

【观堂集林·缀林·诗】

颐和园词 / 225
读史二绝句 / 228
送日本狩野博士游欧洲 / 229
蜀道难 / 231

观红叶一绝句 / 233
壬子岁除即事 / 234
咏史 / 235
昔游 / 238
隆裕皇太后挽歌辞九十韵 / 241
癸丑三月三日京都兰亭会诗 / 245
游仙 / 247
和巽斋老人伏日杂诗四章 / 248
伏日杂诗简静安 / 249
再酬巽斋老人 / 250
游仙 / 251
海上送日本内藤博士 / 252
海日楼歌寿东轩先生七十 / 253
戊午日短至 / 254
静安录示短至诗和韵奉教 / 254
东轩老人两和前韵再叠一章 / 255
哭富冈君㧑 / 256
题蕺山先生遗像 / 257
题敦煌所出唐人杂书六绝句 / 258
赠太子少保特谥文忠梁公挽歌词 / 259
冬夜读《山海经》感赋 / 260
小除夕东轩老人饷水仙钓钟花赋谢 / 261
张小帆中丞索咏南皮张氏二烈女诗 / 263
梦得东轩老人书，醒而有作，时老人下世半岁矣 / 264
杨留垞六十寿诗 / 265
题濩斋少保独立苍茫自咏诗图卷 / 266
题贡王朵颜卫景卷 / 267
罗雪堂参事六十寿诗 / 268

【观堂别集·诗】

张母桂太夫人真赞 / 271
定居京都奉答铃山豹轩枉赠之作并柬君山湖南君㧑诸君子 / 272
题沈乙庵方伯所藏赵千里云麓早行图 / 274
题徐积馀观察随庵勘书图 / 275
姚子梁观察母濮太夫人九十寿诗 / 276
题某君竹刻小像 / 277
题况蕙风太守北齐无量佛造象画卷 / 278
题刘翰怡小像 / 279
题族祖母蒋夫人画兰 / 280
高欣木舍人得明季汪然明所刊

柳如是尺牍三十一通并己卯《湖上草》为题三绝句 / 281
题汉人草隶砖 / 282
梁溪高仲均兄弟以其先德古愚先生事实属题为书一绝 / 283
题西泠印社图 / 284
题御笔双鹳鸽 / 285
题绍越千太保先德梦迹图 / 286
题御笔牡丹 / 287
题御笔花卉四幅 / 289
南书房太监朱义方索题所藏陈子砺学使内直时画册 / 291
题镇海李太夫人八徽图 / 292
为马叔平题三体石经墨本 / 294
袁中舟侍讲五十生日寿诗 / 295
题澉山检书图 / 296
题邓顽白梅石居小像 / 297

【王国维诗拾遗】

咏史二十首 / 301
戏效季英作口号诗六首 / 304
题《殷虚书契考释》/ 305
咏东坡 / 306

【文学散论】

文学小言 / 309
屈子文学之精神 / 315
敦煌发见唐朝之通俗诗及通俗小说 / 318
韦庄的《秦妇吟》/ 324
唐写本回文诗跋 / 328
唐写本《季布歌》、《孝子董永传》残卷跋 / 329
宋槧《大唐三藏取经诗话》跋 / 330
明黄勉之刻《楚辞章句》跋 / 331
蒙古刊《李贺歌诗编》跋 / 332
宋刊《分类集注杜工部诗》跋 / 333
明钞《北磵集》跋 / 334
元刊《伯生诗续编》跋 / 335
《顾亭林文集》跋 / 336
《南唐二主词》跋 / 337
《赤城词》跋 / 338
《双溪诗馀》跋 / 339
《王周士词》跋 / 340
《蜕岩词》跋 / 341

《鸥梦词》跋 / 342
《词林万选》跋 / 343
明熊忠节题稿跋 / 344
明太傅朱文恪公手定册立光宗仪注稿卷跋 / 345
涧上草堂会合诗卷跋 / 346
乾隆诸贤送曾南邨守郴州诗卷跋 / 347

【艺术散论】

《中国名画集》序 / 351
此君轩记 / 353
墨妙亭记 / 354
二田画庼记 / 356
待时轩仿古鉨印谱序 / 357
周之琦鹤塔铭手迹跋 / 358
沈乙庵先生绝笔楹联跋 / 359

【宋元戏曲考】

序 / 363
一、上古至五代之戏剧 / 364
二、宋之滑稽戏 / 374
三、宋之小说杂戏 / 385
四、宋之乐曲 / 388
五、宋官本杂剧段数 / 398
六、金院本名目 / 405
七、古剧之结构 / 409
八、元杂剧之渊源 / 412
九、元剧之时地 / 418
十、元剧之存亡 / 423

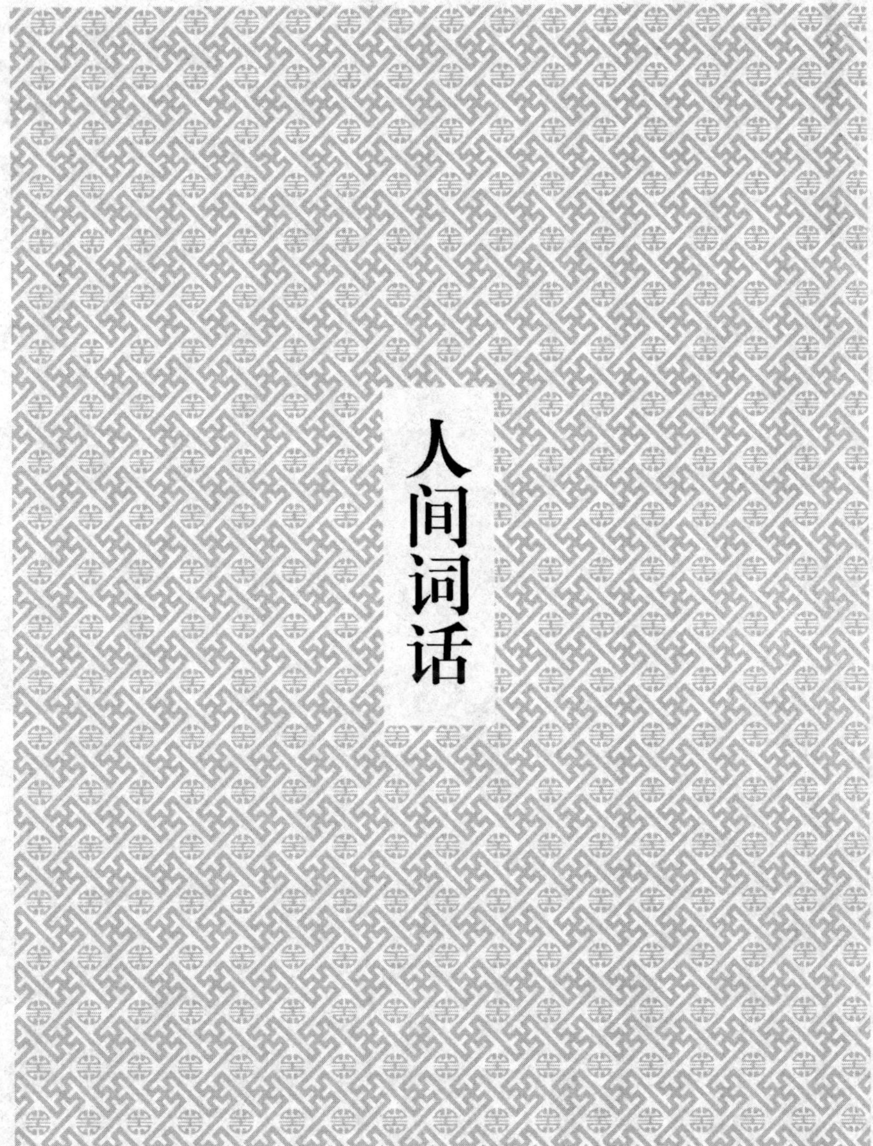

人间词话

《人间词话》定稿[①]（六十四则）

一

词以境界为最上。有境界则自成高格，自有名句。五代北宋之词所以独绝者在此。

二

有造境，有写境，此理想与写实二派之所由分。然二者颇难分别。因大诗人所造之境，必合乎自然，所写之境，亦必邻于理想故也。

① 《人间词话》从1908年始，以三期连载于《国粹学报》，为王国维手定本，凡六十四则。1960年人民文学出版社出版《人间词话》（《蕙风词话·人间词话》）徐调孚注，王幼安校订，此据该版本。

三

有有我之境，有无我之境。“泪眼问花花不语，乱红飞过秋千去。”“可堪孤馆闭春寒，杜鹃声里斜阳暮。”有我之境也。“采菊东篱下，悠然见南山。”“寒波澹澹起，白鸟悠悠下。”无我之境也。有我之境，以我观物，故物皆著我之色彩。无我之境，以物观物，故不知何者为我，何者为物。古人为词，写有我之境者为多，然未始不能写无我之境，此在豪杰之士能自树立耳。

四

无我之境，人惟于静中得之。有我之境，于由动之静时得之。故一优美，一宏壮也。

五

自然中之物，互相关系，互相限制。然其写之于文学及美术中也，必遗其关系、限制之处。故虽写实家，亦理想家也。又虽如何虚构之境，其材料必求之于自然，而其构造，亦必从自然之法则。故虽理想家，亦写实家也。

六

境非独谓景物也，喜怒哀乐，亦人心中之一境界。故能写真景物、真感情者，谓之有境界。否则谓之无境界。

七

“红杏枝头春意闹”，著一“闹”字，而境界全出。“云破月来花弄影”，著一“弄”字，而境界全出矣。

八

境界有大小，不以是而分优劣。“细雨鱼儿出，微风燕子斜。”何遽不若“落日照大旗，马鸣风萧萧。”“宝帘闲挂小银钩”，何遽不若“雾失楼台，月迷津渡”也。

九

《严沧浪诗话》谓："盛唐诸公（诗话"公"作"人"），唯在兴趣。羚羊挂角，无迹可求。故其妙处，透澈（"澈"作"彻"）玲珑，不可凑拍（"拍"作"泊"）。如空中之音、相中之色、水中之影（"影"作"月"）、镜中之象，言有尽而意无穷。"余谓：北宋以前之词，亦复如是。然沧浪所谓兴趣，阮亭所谓神韵，犹不过道其面目；不若鄙人拈出"境界"二字，为探其本也。

十

太白纯以气象胜。"西风残照，汉家陵阙。"寥寥八字，遂关千古登临之口。后世唯范文正之《渔家傲》，夏英公之《喜迁莺》，差足继武，然气象已不逮矣。

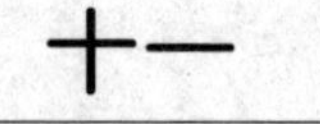

十一

张皋文谓：飞卿之词，"深美闳约"。余谓：此四字唯冯正中足以当之。刘融斋谓："飞卿精艳（当作"妙"）绝人。"差近之耳。

十二

“画屏金鹧鸪”，飞卿语也，其词品似之。“弦上黄莺语”，端己语也，其词品亦似之。正中词品，若欲于其词句中求之，则“和泪试严妆”，殆近之欤？

十三

南唐中主词：“菡萏香销翠叶残，西风愁起绿波间。”大有众芳芜秽，美人迟暮之感。乃古今独赏其“细雨梦回鸡塞远，小楼吹彻玉笙寒。”故知解人正不易得。

十四

温飞卿之词，句秀也。韦端己之词，骨秀也。李重光之词，神秀也。

十五

词至李后主而眼界始大，感慨遂深，遂变伶工之词而为士大夫之词。周介存置诸温韦之下，可谓颠倒黑白矣。“自是人生长恨水长东。”“流水落花春去也，天上人间。”《金荃》、《浣花》，能有此气象耶？

十六

词人者，不失其赤子之心者也。故生于深宫之中，长于妇人之手，是后主为人君所短处，亦即为词人所长处。

十七

客观之诗人，不可不多阅世。阅世愈深，则材料愈丰富，愈变化，《水浒传》、《红楼梦》之作者是也。主观之诗人，不必多阅世。阅世愈浅，则性情愈真，李后主是也。

十八

尼采谓："一切文学，余爱以血书者。"后主之词，真所谓以血书者也。宋道君皇帝《燕山亭》词亦略似之。然道君不过自道身世之戚，后主则俨有释迦、基督担荷人类罪恶之意，其大小固不同矣。

十九

冯正中词虽不失五代风格，而堂庑特大，开北宋一代风气。与中、后二主词皆在《花间》范围之外，宜《花间集》中不登其只字也。

二十

正中词除《鹊踏枝》、《菩萨蛮》十数阕最煊赫外，如《醉花间》之"高树鹊衔巢，斜月明寒草"。余谓：韦苏州之"流萤渡高阁"，孟襄阳之"疏雨滴梧桐"，不能过也。

二十一

欧九《浣溪沙》词："绿杨楼外出秋千"，晁补之谓：只一"出"字，便后人所不能道。余谓：此本于正中《上行杯》词"柳外秋千出画墙"，但欧语尤工耳。

二十二

梅圣（原误作"舜"）俞《苏幕遮》词："落尽梨花春事（当作"又"）了。满地斜（当作"残"）阳，翠色和烟老。"刘融斋谓：少游一生似专学此种。余谓：冯正中《玉楼春》词："芳菲次第长相续，自是情多无处足。尊前百计得春归，莫为伤春眉黛促。"永叔一生似专学此种。

二十三

人知和靖《点绛唇》、圣（原误作"舜"）俞《苏幕遮》、永叔《少年游》（原脱"游"）三阕为咏春草绝调。不知先有正中"细雨湿流光"五字，皆能摄春草之魂者也。

二十四

《诗·蒹葭》一篇，最得风人深致。晏同叔之“昨夜西风凋碧树。独上高楼，望尽天涯路。”意颇近之。但一洒落，一悲壮耳。

二十五

“我瞻四方，蹙蹙靡所骋。”诗人之忧生也。“昨夜西风凋碧树。独上高楼，望尽天涯路”似之。“终日驰车走，不见所问津。”诗人之忧世也。“百草千花寒食路，香车系在谁家树”似之。

二十六

古今之成大事业、大学问者，必经过三种之境界：“昨夜西风凋碧树。独上高楼，望尽天涯路。”此第一境也。“衣带渐宽终不悔，为伊消得人憔悴。”此第二境也。“众里寻他千百度，回头蓦见（当作‘蓦然回首’），那人正（当作‘却’）在，灯火阑珊处。”此第三境也。此等语皆非大词人不能道。然遽以此意解释诸词，恐为晏欧诸公所不许也。

二十七

永叔“人间（当作‘生’）自是有情痴，此恨不关风与月。”“直须看尽洛城花，始与（当作‘共’）东（当作‘春’）风容易别。”于豪放之中有沈著之致，所以尤高。

二十八

冯梦华《宋六十一家词选·序例》谓：“淮海、小山，古之伤心人也。其淡语皆有味，浅语皆有致。”余谓此唯淮海足以当之。小山矜贵有余，但可方驾子野、方回，未足抗衡淮海也。

二十九

少游词境最为凄婉。至“可堪孤馆闭春寒，杜鹃声里斜阳暮。”则变而凄厉矣。东坡赏其后二语，犹为皮相。

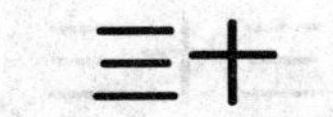

“风雨如晦，鸡鸣不已。”“山峻高以蔽日兮，下幽晦以多雨。霰雪纷其无垠兮，云霏霏而承宇。”“树树皆秋色，山山尽（当作‘唯’）落晖。”“可堪孤馆闭春寒，杜鹃声里斜阳暮。”气象皆相似。

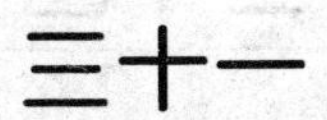

昭明太子称：陶渊明诗“跌宕昭彰，独超众类。抑扬爽朗，莫之与京。”王无功称：薛收赋“韵趣高奇，词义晦远。嵯峨萧瑟，真不可言。”词中惜少此二种气象，前者惟东坡，后者唯白石，略得一二耳。

三十二

词之雅郑，在神不在貌。永叔、少游虽作艳语，终有品格。方之美成，便有淑女与倡伎之别。

三十三

美成深远之致不及欧、秦。唯言情体物，穷极工巧，故不失为第一流之作者。但恨创调之才多，创意之才少耳。

三十四

词忌用替代字。美成《解语花》之“桂华流瓦”，境界极妙。惜以“桂华”二字代“月”耳。梦窗以下，则用代字更多。其所以然者，非意不足，则语不妙也。盖意足则不暇代，语妙则不必代。此少游之“小楼连苑”，“绣毂雕鞍”，所以为东坡所讥也。

三十五

沈伯时《乐府指迷》云：“说桃不可直说破（原无‘破’字，据《花草粹编》附刊本《乐府指迷》加。）桃，须用‘红雨’‘刘郎’等字。咏（原作‘说’）柳不可直说破柳，须用‘章台’‘灞岸’等字。”若唯恐人不用代字者。果以是为工，则古今类书具在，又安用词为耶？宜其为《提要》所讥也。

三十六

美成《青玉案》（当作《苏幕遮》）词："叶上初阳干宿雨。水面清圆，一一风荷举。"此真能得荷之神理者。觉白石《念奴娇》、《惜红衣》二词，犹有隔雾看花之恨。

三十七

东坡《水龙吟》咏杨花，和均而似元唱。章质夫词，原唱而似和均。才之不可强也如是！

三十八

咏物之词，自以东坡《水龙吟》为最工，邦卿《双双燕》次之。白石《暗香》、《疏影》，格调虽高，然无一语道着，视古人"江边一树垂垂发"等句何如耶？

三十九

白石写景之作，如“二十四桥仍在，波心荡、冷月无声。”“数峰清苦，商略黄昏雨。”“高树晚蝉，说西风消息。”虽格韵高绝，然如雾里看花，终隔一层。梅溪、梦窗诸家写景之病，皆在一“隔”字。北宋风流，渡江遂绝。抑真有运会存乎其间耶？

四十

问“隔”与“不隔”之别，曰：陶谢之诗不隔，延年则稍隔矣。东坡之诗不隔，山谷则稍隔矣。“池塘生春草”、“空梁落燕泥”等二句，妙处唯在不隔。词亦如是。即以一人一词论。如欧阳公《少年游》咏春草上半阕云：“阑干十二独凭春，晴碧远连云。千里万里，二月三月，（此两句原倒置）行色苦愁人。”语语都在目前，便是不隔。至云：“谢家池上，江淹浦畔。”则隔矣。白石《翠楼吟》：“此地。宜有词仙，拥素云黄鹤，与君游戏。玉梯凝望久，叹芳草、萋萋千里。”便是不隔。至“酒祓清愁，花消英气。”则隔矣。然南宋词虽不隔处，比之前人，自有浅深厚薄之别。

四十一

“生年不满百，常怀千岁忧。昼短苦夜长，何不秉烛游？”“服食求神仙，多为药所误。不如饮美酒，被服纨与素。”写情如此，方为不隔。“采菊东篱下，悠然见南山。山气日夕佳，飞鸟相与还。”“天似穹庐，笼盖四野。天苍苍，野茫茫。风吹草低见牛羊。”写景如此，方为不隔。

四十二

古今词人格调之高，无如白石。惜不于意境上用力，故觉无言外之味，弦外之响，终不能与于第一流之作者也。

四十三

南宋词人，白石有格而无情，剑南有气而乏韵。其堪与北宋人颉颃者，唯一幼安耳。近人祖南宋而祧北宋，以南宋之词可学，北宋不可学也。学南宋者，不祖白石，则祖梦窗，以白石、梦窗可学，幼安不可学也。学幼安者率祖其粗犷、滑稽，以其粗犷、滑稽处可学，佳处不可学也。幼安之佳处，在有性情，有境界。即以气象论，亦有“横素波、干青云”之概，宁后世龊龊小生所可拟耶？

四十四

东坡之词旷，稼轩之词豪。无二人之胸襟而学其词，犹东施之效捧心也。

四十五

读东坡、稼轩词，须观其雅量高致，有伯夷、柳下惠之风。白石虽似蝉蜕尘埃，然终不免局促辕下。

四十六

苏、辛，词中之狂。白石，犹不失为狷。若梦窗、梅溪、玉田、草窗、中（当作“西”，《删稿》三十五可证。）麓辈，面目不同，同归于乡愿而已。

四十七

稼轩《中秋饮酒达旦，用〈天问〉体作〈木兰花慢〉以送月》，曰："可怜今夕月，向何处、去悠悠？是别有人间，那边才见，光景东头。"词人想像，直悟月轮绕地之理，与科学家密合，可谓神悟。

四十八

周介存谓："梅溪词中，喜用'偷'字，足以定其品格。"刘融斋谓："周旨荡而史意贪。"此二词令人解颐。

四十九

介存谓：梦窗词之佳者，如"水光云影，摇荡绿波，抚玩无极，追寻已远。"余览《梦窗甲乙丙丁稿》中，实无足当此者。有之，其"隔江人在雨声中，晚风菰叶生秋怨"二语乎？

五十

梦窗之词，吾得取其词中之一语以评之，曰：“映梦窗凌（当作‘零’）乱碧。”玉田之词，余得取其词中之一语以评之，曰：“玉老田荒。”

五十一

“明月照积雪”、“大江流日夜”、“中天悬明月”、“黄（当作‘长’）河落日圆”，此种境界，可谓千古壮观。求之于词，唯纳兰容若塞上之作，如《长相思》之“夜深千帐灯”，《如梦令》之“万帐穹庐人醉，星影摇摇欲坠”差近之。

五十二

纳兰容若以自然之眼观物，以自然之舌言情。此由初入中原，未染汉人风气，故能真切如此。北宋以来，一人而已。

五十三

陆放翁跋《花间集》，谓："唐季五代，诗愈卑，而倚声者辄简古可爱。能此不能彼，未可（当作'易'）以理推也。"《提要》驳之，谓："犹能举七十斤者，举百斤则蹶，举五十斤则运掉自如。"其言甚辩。然谓词必易于诗，余未敢信。善乎陈卧子之言曰："宋人不知诗而强作诗，故终宋之世无诗。然其欢愉愁苦（当作'怨'）之致，动于中而不能抑者，类发于诗馀，故其所造独工。"五代词之所以独胜，亦以此也。

五十四

四言敝而有《楚辞》，《楚辞》敝而有五言，五言敝而有七言，古诗敝而有律绝，律绝敝而有词。盖文体通行既久，染指遂多，自成习套。豪杰之士，亦难于其中自出新意，故遁而作他体，以自解脱。一切文体所以始盛终衰者，皆由于此。故谓文学后不如前，余未敢信。但就一体论，则此说固无以易也。

五十五

诗之《三百篇》、《十九首》，词之五代、北宋，皆无题也。非无题也，诗词中之意，不能以题尽之也。自《花庵》、《草堂》每调立题，并古人无题之词亦为之作题。如观一幅佳山水，而即曰此某山某河，可乎？诗有题而诗亡，词有题而词亡。然中材之士，鲜能知此而自振拔者矣。

五十六

大家之作，其言情也必沁人心脾，其写景也必豁人耳目。其辞脱口而出，无矫揉妆束之态。以其所见者真，所知者深也。诗词皆然。持此以衡古今之作者，可无大误矣。

五十七

人能于诗词中不为美刺投赠之篇，不使隶事之句，不用粉饰之字，则于此道已过半矣。

五十八

以《长恨歌》之壮采，而所隶之事，只“小玉双成”四字，才有馀也。梅村歌行，则非隶事不办。白、吴优劣，即于此见。不独作诗为然，填词家亦不可不知也。

五十九

近体诗体制，以五七言绝句为最尊，律诗次之，排律最下。盖此体于寄兴言情，两无所当，殆有均之骈体文耳。词中小令如绝句，长调似律诗，若长调之《百字令》、《沁园春》等，则近于排律矣。

六十

诗人对宇宙人生，须入乎其内，又须出乎其外。入乎其内，故能写之。出乎其外，故能观之。入乎其内，故有生气。出乎其外，故有高致。美成能入而不出。白石以降，于此二事皆未梦见。

六十一

诗人必有轻视外物之意，故能以奴仆命风月。又必有重视外物之意，故能与花鸟共忧乐。

六十二

“昔为倡家女，今为荡子妇。荡子行不归，空床难独守。”“何不策高足，先据要路津？无为久贫（当作‘守穷’）贱，轗轲长苦辛。”可谓淫鄙之尤。然无视为淫词、鄙词者，以其真也。五代北宋之大词人亦然。非无淫词，读之者但觉其亲切动人。非无鄙词，但觉其精力弥满。可知淫词与鄙词之病，非淫与鄙之病，而游词之病也。“岂不尔思，室是远而。”而子曰：“未之思也，夫何远之有？”恶其游也。

六十三

“枯藤老树昏鸦，小桥流水平沙，[①] 古道西风瘦马。夕阳西下，断肠人在天涯。”此元人马东篱《天净沙》小令也。寥寥数语，深得唐人绝句妙境。有元一代词家，皆不能办此也。

六十四

白仁甫《秋夜梧桐雨》剧，沈雄悲壮，为元曲冠冕。然所作《天

① 此句通行本为“小桥流水人家”，王国维另据别本为“小桥流水平沙”。——编者

籁词》，粗浅之甚，不足为稼轩奴隶。岂创者易工，而因者难巧欤？抑人各有能有不能也？读者观欧、秦之诗远不如词，足透此中消息。

宣统庚戌九月脱稿于京师定武城南寓庐。

《人间词话》删稿[①]（四十九则）

一

白石之词，余所最爱者，亦仅二语，曰：“淮南皓月冷千山，冥冥归去无人管。”

二

双声、叠韵之论，盛于六朝，唐人犹多用之。至宋以后，则渐不讲，并不知二者为何物。乾嘉间，吾乡周松霭先生（春）著《杜诗双声叠韵谱括略》，正千余年之误，可谓有功文苑者矣。其言曰：“两字同母谓之双声，两字同韵谓之叠韵。”余按用今日各国文法通用之语表之，则两字同一子音者谓之双声。如《南史·羊元保传》之“官家恨狭，更广八分”，“官家更广”四字，皆从 k 得声。《洛阳伽蓝记》之“狞奴慢骂”，“狞奴”二字，皆从 n 得声。“慢骂”二字，皆从 m 得声也。两字同一母音者，谓之叠韵。如梁武帝“后牖有朽柳”，“后牖有”三字，双声而兼叠韵。“有朽柳”三字，其母音皆为 u（按：原稿如此，应为 iu）。刘孝绰之“梁皇长康强”，“梁长强”三字，其母音皆为 ian（按：原

① 此为王国维原稿中所删弃者，共补辑得四十九则，所据版本同前。

稿如此，应为 iang）也。自李淑《诗苑》伪造沈约之说，以双声叠韵为诗中八病之二，后世诗家多废而不讲，亦不复用之于词。余谓苟于词之荡漾处多用叠韵，促节处用双声，则其铿锵可诵，必有过于前人者。惜世之专讲音律者，尚未悟此也。

三

世人但知双声之不拘四声，不知叠韵亦不拘平、上、去三声。凡字之同母者，虽平仄有殊，皆叠韵也。

四

诗至唐中叶以后，殆为羔雁之具矣。故五代北宋之诗，佳者绝少，而词则为其极盛时代。即诗词兼擅如永叔少游者，词胜于诗远甚。以其写之于诗者，不若写之于词者之真也。至南宋以后，词亦为羔雁之具，而词亦替矣。（《文学小言》十三此下有“除稼轩一人外”六字注。）此亦文学升降之一关键也。

五

曾纯甫中秋应制，作《壶中天慢》词，自注云：“是夜，西兴亦闻天乐。”谓宫中乐声，闻于隔岸也。毛子晋谓：“天神亦不以人废言。”

近冯梦华复辨其诬。不解“天乐”二字文义，殊笑人也！〔按：曾觌此词，原为《海野词》所未载，殆毛晋据《武林旧事》卷七补录。调名下小字注，亦出自《武林旧事》，实非曾觌。自注。〕

六

北宋名家以方回为最次。其词如历下、新城之诗，非不华赡，惜少真味。

七

散文易学而难工，骈文难学而易工。近体诗易学而难工，古体诗难学而易工。小令易学而难工，长调难学而易工。

八

古诗云：“谁能思不歌？谁能饥不食？”诗词者，物之不得其平而鸣者也。故欢愉之辞难工，愁苦之言易巧。

九

社会上之习惯，杀许多之善人。文学上之习惯，杀许多之天才。

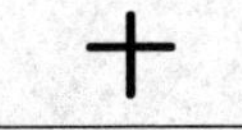

昔人论诗词，有景语、情语之别。不知一切景语，皆情语也。

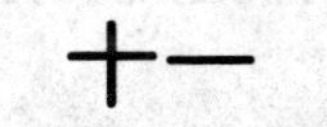

词家多以景寓情。其专作情语而绝妙者，如牛峤之“甘（当作‘须’）作一生拼，尽君今日欢。”顾敻之“换我心为你心，始知相忆深”。欧阳修之“衣带渐宽终不悔，为伊消得人憔悴”。美成之“许多烦恼，只为当时，一饷留情”。此等词求之古今人词中，曾不多见。

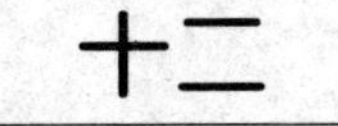

词之为体，要眇宜修。能言诗之所不能言，而不能尽言诗之所能

言。诗之境阔，词之言长。

十三

言气质，言神韵，不如言境界。有境界，本也。气质、神韵，末也。有境界而二者随之矣。

十四

“西（当作‘秋’）风吹渭水，落日（当作‘叶’）满长安。”美成以之入词，白仁甫以之入曲，此借古人之境界为我之境界者也。然非自有境界，古人亦不为我用。

十五

长调自以周、柳、苏、辛为最工。美成《浪淘沙慢》二词，精壮顿挫，已开北曲之先声。若屯田之《八声甘州》，东坡之《水调歌头》，则伫兴之作，格高千古，不能以常调论也。

十六

稼轩《贺新郎》词《送茂嘉十二弟》，章法绝妙。且语语有境界，此能品而几于神者。然非有意为之，故后人不能学也。

十七

稼轩《贺新郎》词："柳暗凌波路。送春归猛风暴雨，一番新绿。"又《定风波》词："从此酒酣明月夜。耳热。""绿""热"二字，皆作上去用。与韩玉《东浦词》《贺新郎》以"玉""曲"叶"注""女"，《卜算子》以"夜""谢"叶"食""月"，〔按："食"当作"节"，"食"在词中既非韵，在词韵中与"月"又非同部，想系笔误。〕已开北曲四声通押之祖。

十八

谭复堂《箧中词选》谓："蒋鹿谭《水云楼词》与成容若、项莲生，二（原作'三'，依《箧中词》卷五改）百年间，分鼎三足。"然《水云楼词》小令颇有境界，长调惟存气格。《忆云词》精实有馀，超逸不足，皆不足与容若比。然视皋文、止庵辈，则倜乎远矣。

十九

词家时代之说，盛于国初。竹垞谓：词至北宋而大，至南宋而深。后此词人，群奉其说。然其中亦非无具眼者。周保绪曰："南宋下不犯北宋拙率之病，高不到北宋浑涵之诣。"又曰："北宋词多就景叙情，故珠圆玉润，四照玲珑。至稼轩、白石，一变而为即事叙景，使深者反浅，曲者反直。"潘四农德舆曰："词滥觞于唐，畅于五代，而意格之闳深曲挚，则莫盛于北宋。词之有北宋，犹诗之有盛唐。至南宋则稍衰矣。"刘融斋熙载曰："北宋词用密亦疏、用隐亦亮、用沈亦快、用细亦阔、用精亦浑。南宋只是掉转过来。"可知此事自有公论。虽止弇词颇浅薄，潘刘尤甚。然其推尊北宋，则与明季云间诸公，同一卓识也。"

二十

唐五代北宋之词，可谓生香真色。若云间诸公，则彩花耳。湘真且然，况其次也者乎。

二十一

《衍波词》之佳者，颇似贺方回。虽不及容若，要在浙中诸子（按：据原稿"浙中诸子"四字作"锡鬯、其年"。）之上。

二十二

近人词如《复堂词》之深婉，《彊村词》之隐秀，皆在半塘老人上。彊村学梦窗而情味较梦窗反胜。盖有临川庐陵之高华，而济以白石之疏越者。学人之词，斯为极则。然古人自然神妙处，尚未见及。

二十三

宋直方（原作“尚木”，误。按：“征舆”字“直方”，“尚木”乃“征璧”字，因据改。）《蝶恋花》：“新样罗衣浑弃却，犹寻旧日春衫著。”谭复堂《蝶恋花》：“连理枝头侬与汝，千花百草从渠许。”可谓寄兴深微。

二十四

《半唐丁稿》中和冯正中《鹊踏枝》十阕，乃《鹜翁词》之最精者。“望远愁多休纵目”等阕，郁伊惝怳，令人不能为怀。《定稿》只存六阕，殊为未允也。

二十五

固哉，皋文之为词也！飞卿《菩萨蛮》、永叔《蝶恋花》、子瞻《卜算子》，皆兴到之作，有何命意？皆被皋文深文罗织。阮亭《花草蒙拾》谓："坡公命宫磨蝎，生前为王珪、舒亶辈所苦，身后又硬受此差排。"由今观之，受差排者，独一坡公已耶？

二十六

贺黄公谓："姜论史词，不称其'软语商量'，而赏（原作'称'，依《词筌》改。）其'柳昏花暝'，固知不免项羽学兵法之恨。"然"柳昏花暝"，自是欧秦辈句法，前后有画工化工之殊。吾从白石，不能附和黄公矣。

二十七

"池塘春草谢家春，万古千秋五字新，传语闭门陈正字，可怜无补费精神。"此遗山《论诗绝句》也。梦窗、玉田辈，当不乐闻此语。

二十八

朱子《清邃阁论诗》谓："古人诗中（原无'诗中'两字，依《朱子大全》增。）有句，今人诗更无句，只是一直说将去。这般诗（原无'诗'字）一日作百首也得。"余谓北宋之词有句，南宋以后便无句。如玉田、草窗之词，所谓"一日作百首也得"者也。

二十九

朱子谓："梅圣俞诗，不是平淡，乃是枯槁。"余谓草窗、玉田之词亦然。

三十

"自怜诗酒瘦，难应接，许多春色。""能几番游？看花又是明年。"此等语亦算警句耶？乃值如许笔力！

三十一

文文山词，风骨甚高，亦有境界。远在圣与、叔夏、公谨诸公之上。亦如明初诚意伯词，非季迪、孟载诸人所敢望也。

三十二

和凝《长命女》词："天欲晓。宫漏穿花声缭绕，窗里星光少。冷霞寒侵帐额，残月光沈树杪。梦断锦闱空悄悄。强起愁眉小。"此词前半，不减夏英公《喜迁莺》也。

三十三

宋《季希声诗话》曰："唐（当作'古'）人作诗，正以风调高古为主。虽意远语疏，皆为佳作。后人有切近的当、气格凡下者，终使人可憎。"余谓北宋词亦不妨疏远。若梅溪以降，正所谓切近的当，气格凡下者也。

三十四

自竹垞痛贬《草堂诗馀》而推《绝妙好词》，后人群附和之。不知《草堂》虽有亵诨之作，然佳词恒得十之六七。《绝妙好词》则除张、范、辛、刘诸家外，十之八九，皆极无聊赖之词。古人云：小好小惭，大好大惭，洵非虚语。（按："古人云"以下共十五字，原稿已改作"甚矣，人之贵耳贱目也！"）

三十五

梅溪、梦窗、玉田、草窗、西麓诸家，词虽不同，然同失之肤浅。虽时代使然，亦其才分有限也。近人弃周鼎而宝康瓠，实难索解。

三十六

余友沈昕伯纮自巴黎寄余《蝶恋花》一阕云："帘外东风随燕到。春色东来，循我来时道。一霎围场生绿章，归迟却怨春来早。　锦绣一城春水绕。庭院笙歌，行乐多年少。著意来开孤客抱，不知名字闲花鸟。"此词当在晏氏父子间，南宋人不能道也。

三十七

“君王枉把平陈业，换得雷塘数亩田。”政治家之言也。“长陵亦是闲邱陇，异日谁知与仲多？”诗人之言也。政治家之眼，域于一人一事。诗人之眼，则通古今而观之。词人观物，须用诗人之眼，不可用政治家之眼。故感事、怀古等作，当与寿词同为词家所禁也。

三十八

宋人小说，多不足信。如《雪舟脞语》谓：台州知府唐仲友眷官伎严蕊奴。朱晦庵系治之。及晦庵移去，提刑岳霖行部至台，蕊乞自便。岳问曰：去将安归？蕊赋《卜算子》词云：“住也如何住”云云。案此词系仲友戚高宣教作，使蕊歌以侑觞者，见朱子《纠唐仲友奏牍》。则《齐东野语》所纪朱唐公案，恐亦未可信也。

三十九

《沧浪》《凤兮》二歌，已开《楚辞》体格。然《楚辞》之最工者，推屈原、宋玉，而后此之王褒、刘向之词不与焉。五古之最工者，实推阮嗣宗、左太冲、郭景纯、陶渊明，而前此曹、刘，后此陈子昂、李太白不与焉。词之最工者，实推后主、正中、永叔、少游、美成，而后此南宋诸公不与焉。（按：末句原稿作“前此温韦，后此姜吴，皆不与焉。”）

四十

唐五代之词，有句而无篇。南宋名家之词，有篇而无句。有篇有句，唯李后主降宋后之作，及永叔、子瞻、少游、美成、稼轩数人而已。

四十一

唐五代北宋之词家，倡优也。南宋后之词家，俗子也。二者其失相等。但词人之词，宁失之倡优，不失之俗子。以俗子之可厌，较倡优为甚故也。

四十二

《蝶恋花》“独倚危楼”一阕，见《六一词》，亦见《乐章集》。余谓：屯田轻薄子，只能道“奶奶兰心蕙性”耳。〔原注：此等语固非欧公不能道也。〕

四十三

读《会真记》者，恶张生之薄幸，而恕其奸非。读《水浒传》者，恕宋江之横暴，而责其深险。此人人之所同也。故艳词可作，唯万不可作儇薄语。龚定庵诗云：“偶赋凌云偶倦飞。偶然闲慕遂初衣。偶逢锦瑟佳人问，便说寻春为汝归。”其人之凉薄无行，跃然纸墨间。余辈读耆卿、伯可词，亦有此感。视永叔、希文小词何如耶？

四十四

词人之忠实，不独对人事宜然。即对一草一木，亦须有忠实之意，否则所谓游词也。

四十五

读《花间》《尊前》集，令人回想徐陵《玉台新咏》。读《草堂诗馀》，令人回想韦縠《才调集》。读朱竹垞《词综》，张皋文、董子远（原误作“晋卿”）《词选》，令人回想沈德潜《三朝诗别裁集》。

四十六

明季国初诸老之论词，大似袁简斋之论诗，其失也，纤小而轻薄。竹垞以降之论词者，大似沈归愚，其失也，枯槁而庸陋。

四十七

东坡之旷在神，白石之旷在貌。白石如王衍口不言阿堵物，而暗中为营三窟之计，此其所以可鄙也。

四十八

“纷吾既有此内美兮，又重之以修能。”文学之事，于此二者，不可缺一。然词乃抒情之作，故尤重内美。无内美而但有修能，则白石耳。

四十九

诗人视一切外物，皆游戏之材料也。然其游戏，则以热心为之。故诙谐与严重二性质，亦不可缺一也。

《人间词话》附录[①]（二十九则）

一

蕙风词小令似叔原，长调亦在清真、梅溪间，而沈痛过之。彊村虽富丽精工，犹逊其真挚也。天以百凶成就一词人，果何为哉！

二

蕙风《洞仙歌》（秋日游某氏园）及《苏武慢》（寒夜闻角）二阕，境似清真，集中他作，不能过之。

——以上赵万里录自《蕙风琴趣》评语

① 《〈人间词话〉附录》，是各家所录王国维论词之语而原非《人间词话》组成部分者，凡二十九则。所据版本亦同前。

三

彊村词，余最赏其《浣溪沙》“独鸟冲波去意闲”二阕，笔力峭拔，非他词可能过之。

四

蕙风《听歌》诸作，自以《满路花》为最佳。至《题香南雅集图》诸词，殊觉泛泛，无一言道著。

——以上赵万里自《丙寅日记》所记观堂论学语中摘出

五

（皇甫松）词，黄叔旸称其《摘得新》二首为有达观之见。余谓不若《忆江南》二阕，情味深长，在乐天、梦得上也。

六

端己词情深语秀，虽规模不及后主、正中，要在飞卿之上。观昔人颜、谢优劣论可知矣。

七

（毛文锡）词比牛、薛诸人，殊为不及。叶梦得谓：“文锡词以质直为情致，殊不知流于率露。诸人评庸陋词者，必曰：此仿毛文锡之《赞成功》而不及者。”其言是也。

八

（魏承班）词，逊于薛昭蕴、牛峤，而高于毛文锡，然皆不如王衍。五代词以帝王为最工，岂不以无意于求工欤。

九

（顾）夐词在牛给事、毛司徒间。《浣溪沙》“春色迷人”一阕，亦见《阳春录》。与《河传》、《诉衷情》数阕，当为夐最佳之作矣。

十

（毛熙震）周密《齐东野语》称其词新警而不为儇薄。余尤爱其《后庭花》，不独意胜，即以调论，亦有俊上清越之致，视文锡蔑如也。

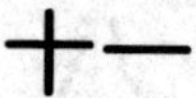

十一

（阎选）词唯《临江仙》第二首有轩翥之意，馀尚未足与于作者也。

十二

昔沈文悫深赏（张）泌“绿杨花扑一溪烟”为晚唐名句。然其词如“露浓香泛小庭花”，较前语似更幽艳。

十三

（孙光宪词）昔黄玉林赏其“一庭花（当作‘疏’）雨湿春愁”为古今佳句。余以为不若“片帆烟际闪孤光”，尤有境界也。

——以上徐调孚录自《唐五代二十一家词辑》诸跋

十四

（周清真）先生于诗文无所不工，然尚未尽脱古人蹊径。平生著述，自以乐府为第一。词人甲乙，宋人早有定论。惟张叔夏病其意趣不高远。然北宋人如欧、苏、秦、黄，高则高矣，至精工博大，殊不逮先生。故以宋词比唐诗，则东坡似太白，欧、秦似摩诘，耆卿似乐天，方回、叔原则大历十子之流。南宋唯一稼轩可比昌黎。而词中老杜，则非先生不可。昔人以耆卿比少陵，犹为未当也。

十五

（清真）先生之词，陈直斋谓其多用唐人诗句檃括入律，浑然天成。张玉田谓其善于融化诗句，然此不过一端。不如强焕云：“模写物态，曲尽其妙。”为知言也。

十六

山谷云：“天下清景，不择贤愚而与之，然吾特疑端为我辈设。”诚哉是言！抑岂独清景而已，一切境界，无不为诗人设。世无诗人，即无此种境界。夫境界之呈于吾心而见于外物者，皆须臾之物。惟诗人能以此须臾之物，镌诸不朽之文字，使读者自得之。遂觉诗人之言，字字为我心中所欲言，而又非我之所能自言，此大诗人之秘妙也。境界有二：有诗人之境界，有常人之境界。诗人之境界，惟诗人能感之而能写之，故读其诗者，亦高举远慕，有遗世之意。而亦有得有不得，且得之者亦各有深浅焉。若夫悲欢离合、羁旅行役之感，常人皆能感之，而惟诗人能写之。故其入于人者至深，而行于世也尤广。（清真）先生之词，属于第二种为多。故宋时别本之多，他无与匹。又和者三家，注者二家。（强焕本亦有注，见毛跋）自士大夫以至妇人女子，莫不知有清真，而种种无稽之言，亦由此以起。然非入人之深，乌能如是耶？

十七

楼忠简谓（清真）先生妙解音律，惟王晦叔《碧鸡漫志》谓："江南某氏者，解音律，时时度曲。周美成与有瓜葛。每得一解，即为制词。故周集中多新声。"则集中新曲，非尽自度。然顾曲名堂，不能自已，固非不知音者。故先生之词，文字之外，须兼味其音律，惟词中所注宫调，不出教坊十八调之外。则其音非大晟乐府之新声，而为隋唐以来之燕乐，固可知也。今其声虽亡，读其词者，犹觉拗怒之中，自饶和婉。曼声促节，繁会相宣；清浊抑扬，辘轳交往。两宋之间，一人而已。

——以上徐调孚录自《清真先生遗事·尚论》三

十八

（《云谣集杂曲子》）《天仙子》词，特深峭隐秀，堪与飞卿、端己抗行。

——以上徐调孚录自《观堂集林》《唐写本云谣集杂曲子跋》

十九

（王）以凝词句法精壮，如和虞彦恭寄钱逊升（当作"叔"）《蓦山溪》一阕、重午登霞楼《满庭芳》一阕、舣舟洪江步下《浣溪沙》一阕，绝无南宋浮艳虚薄之习。其他作亦多类是也。〔按：此则乃观堂所录阮元《四库未收书目·王周士词提要》，实非观堂论词之语。〕

——以上徐调孚录自《观堂别集》《跋王周士词》

二十

有明一代，乐府道衰。《写情》、《扣舷》，尚有宋元遗响，仁宣以后，兹事几绝。独文愍（夏言）以魁硕之才，起而振之。豪壮典丽，与于湖、剑南为近。

——以上徐调孚录自《观堂外集》《桂翁词跋》

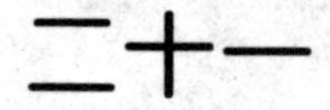

二十一

《人间词》甲稿序

山　阴　樊志厚

王君静安将刊其所为《人间词》，诒书告余曰："知我词者莫如子，叙之亦莫如子宜。"余与君处十年矣，比年以来，君颇以词自娱。余虽不能词，然喜读词。每夜漏始下，一灯荧然，玩古人之作，未尝不与君共。君成一阕，易一字，未尝不以讯余。既而暌离，苟有所作，未尝不邮以示余也。然则余于君之词，又乌可以无言乎？夫自南宋以后，斯道之不振久矣！元、明及国初诸老，非无警句也。然不免乎局促者，气困于雕琢也。嘉道以后之词，非不谐美也。然无救于浅薄者，意竭于摹拟也。君之于词，于五代喜李后主、冯正中，于北宋喜永叔、子瞻、少游、美成，于南宋除稼轩、白石外，所嗜盖鲜矣。尤痛诋梦窗、玉田。

谓梦窗砌字，玉田垒句。一雕琢，一敷衍。其病不同，而同归于浅薄。六百年来词之不振，实自此始。其持论如此。及读君自所为词，则诚往复幽咽，动摇人心。快而沈，直而能曲。不屑屑于言词之末，而名句间出，殆往往度越前人。至其言近而指远，意决而辞婉，自永叔以后，殆未有工如君者也。君始为词时，亦不自意其至此，而卒至此者，天也，非人之所能为也。若夫观物之微，托兴之深，则又君诗词之特色。求之古代作者，罕有伦比。呜呼！不胜古人，不足以与古人并，君其知之矣。世有疑余言者乎，则何不取古人之词，与君词比类而观之也？光绪丙午三月，山阴樊志厚叙。

二十二

《人间词》乙稿序

山　阴　樊志厚

去岁夏，王君静安集其所为词，得六十馀阕，名曰：《人间词甲稿》，余既叙而行之矣。今冬，复汇所作词为《乙稿》，丐余为之叙。余其敢辞。乃称曰：文学之事，其内足以摅己，而外足以感人者，意与境二者而已。上焉者意与境浑，其次或以境胜，或以意胜。苟缺其一，不足以言文学。原夫文学之所以有意境者，以其能观也。出于观我者，意馀于境。而出于观物者，境多于意。然非物无以见我，而观我之时，又自有我在。故二者常互相错综，能有所偏重，而不能有所偏废也。文学之工不工，亦视其意境之有无，与其深浅而已。自夫人不能观古人之所观，而徒学古人之所作，于是始有伪文学。学者便之，相尚以辞，相习以模拟，遂不复知意境之为何物，岂不悲哉！苟持此以观古今人之词，则其得失，可得而言焉。温韦之精艳，所以不如正中者，意境有深浅也。《珠玉》所以逊《六一》，《小山》所以愧《淮海》者，意境异也。美成晚出，始以辞采擅长，然终不失为北宋人之词者，有意境也。南宋词人之有意境者，唯一稼轩，然亦若不欲以意境胜。白石之词，气体雅健耳。至于意境，则去北宋人远甚。及梦窗、玉田出，并不求诸气体，而惟文字之是务，于是词之道熄矣。自元迄明，益以不振。至于国朝，而纳兰侍卫以天赋之才，崛起于方兴之族。其所为词，悲凉顽艳，独有得于意境之深，可谓豪杰之士，奋乎百世之下者矣。同时朱陈，既非劲敌；后世项蒋，尤难鼎足。至乾嘉以降，审乎体格韵律之间者愈微，而意味之溢于字句之表者愈浅。岂非拘泥文字，而不求诸意境之失欤？抑观我观物之事自有天在，固难期诸流俗欤？余与静安，均夙持此论。静安之为词，真能以意境胜。夫古今人词之以意胜者，莫若欧阳公。以境胜者，莫若秦少游。至意境两浑，则惟太白、后主、正中数人足以当之。静安之词，大抵意深于欧，而境次于秦。至其合作，如《甲稿·浣溪沙》之"天末同云"、《蝶恋花》之"昨夜梦中"、《乙稿·蝶恋花》之"百尺朱楼"等阕，皆意境两忘，物我一体。高蹈乎八荒之表，而抗心乎千秋之间。骎骎乎两汉之疆域，广于三代，贞观之政治，隆于武德矣。方之侍卫，岂徒伯仲。此固君所得于天者独深，抑岂非致力于意境之效也。至君词之体裁，亦与五代、北宋为近。然君词之所以为五代、北宋之词者，以其有意境在。若以其体裁故，而至遽指为五代、北宋，此又君之不任受。固当与梦窗、玉田之徒，专事摹拟者，同类而笑之也。光绪三十三年十月，山阴樊志厚叙。〔按：此二序虽为观堂手笔，而命意实出自樊氏。观堂废稿中曾引樊氏之语，而樊氏所赏诸词，《观堂集林》亦不尽入选，可证也。〕

——以上徐调孚录自《观堂外集》

二十三

欧公《蝶恋花》"面旋落花"云云，字字沈响，殊不可及。

——以上陈乃乾录自观堂旧藏《六一词》眉间批语

二十四

《片玉词》“良夜灯光簇如豆”一首，乃改山谷《忆帝京》词为之者，似屯田最下之作，非美成所宜有也。

——以上陈乃乾录自观堂旧藏《片玉词》眉间批语

二十五

温飞卿《菩萨蛮》：“雨后却斜阳，杏花零落香。”少游之“雨馀芳草斜阳。杏花零落（当作‘乱’）燕泥香。”虽自此脱胎，而实有出蓝之妙。

二十六

白石尚有骨，玉田则一乞人耳。

二十七

美成词多作态，故不是大家气象。若同叔、永叔虽不作态，而一笑百媚生矣。此天才与人力之别也。

二十八

周介存谓白石以诗法入词，门径浅狭，如孙过庭书，但便后人模仿。予谓近人所以崇拜玉田，亦由于此。

二十九

予于词，五代喜李后主、冯正中而不喜《花间》。宋喜同叔、永叔、子瞻、少游而不喜美成。南宋只爱稼轩一人，而最恶梦窗、玉田。介存《词辨》所选词，颇多不当人意。而其论词则多独到之语。始知天下固有具眼人，非予一人之私见也。

——以上陈乃乾录自观堂旧藏《词辨》眉间批语

《人间词话》拾遗[①]（十三则）

一

余填词不喜作长调，尤不喜用人韵。偶尔游戏，作《水龙吟》咏杨花用质夫、东坡倡和韵，作《齐天乐》咏蟋蟀用白石韵，皆有与晋代兴之意。余之所长殊不在是，世之君子宁以他词称我。

——录自《新注》之24

二

樊抗夫谓余词如《浣溪沙》之“天末同云”、《蝶恋花》之昨夜梦中”、“百尺高楼”、“春到临春”等阕，凿空而道，开词家未有之境。余自谓才不若古人，但于力争第一义处，古人亦不如我用意耳。

——录自《新注》之26

① 《〈人间词话拾遗〉》，姚柯夫《人间词话及评论汇编》（简称《汇编》）从滕咸惠的《人间词话新注》（简称《新注》）中补录得王国维论词十三则，谓之拾遗。

三

叔本华曰："抒情诗，少年之作也；叙事诗及戏曲，壮年之作也。"余谓：抒情诗，国民幼稚时代之作；叙事诗，国民盛壮时代之作也。故曲则古不如今。（元曲诚多天籁，然其思想之陋劣，布置之粗笨，千篇一律令人喷饭。至本朝之《桃花扇》《长生殿》诸传奇，则进矣。）词则今不如古。盖一则以布局为主，一则须伫兴而成故也。

——录自《新注》之28

四

"岂不尔思，室是远而"。孔子讥之。故知孔门而用词，则牛峤之"甘作一生拚，尽君今日欢"等作，必不在见删之数。（按：此条原已删去）

——录自《新注》之50

五

"暮雨潇潇郎不归"，当是古词，未必即白傅所作。故白诗云："吴娘夜雨潇潇曲，自别苏州更不闻"也。（按：此条原已删去）

——录自《新注》之58

六

贺黄公裳《皱水轩词筌》云："张玉田《乐府指迷》其调叶宫商，铺张藻绘抑亦可矣，至于风流蕴藉之事，真属茫茫。如啖官厨饭者，不知牲牢之外别有甘鲜也。"此语解颐。

——录自《新注》之64

七

周保绪济《词辨》云："玉田，近人所最尊奉，才情诣力亦不后诸人，终觉积谷作米、把缆放船，无开阔手段。"又云："叔夏所以不及前人处，只在字句上著功夫，不肯换意。""近人喜学玉田，亦为修饰字句易，换意难。"

——录自《新注》之65

八

毛西河《词话》谓：赵德麟令畤作《商调鼓子词》谱西厢传奇，为杂剧之祖。然《乐府雅词》卷首所载秦少游、晁补之、郑彦能（名仅）《调笑转踏》，首有致语，末有放队，每调之前有口号诗，甚似曲本体例。无名氏《九张机》亦然。至董颖《道宫薄媚》大曲咏西子事，凡十只曲，皆平仄通押，则竟是套曲。此可与《弦索西厢》同为曲家之荜路。曾氏置诸《雅词》卷首，所以别之于词也。颖字仲达，绍兴初人，从汪彦章、徐师川游，彦章为作《字说》。见《书录解题》。（按：此条原已删去）

——录自《新注》之89

九

宋人遇令节、朝贺、宴会、落成等事，有“致语”一种。宋子京、欧阳永叔、苏子瞻、陈后山、文宋瑞集中皆有之。《啸余谱》列之于词曲之间。其式：先“教坊致语”（四六文），次“口号”（诗），次“勾合曲”（四六文），次“勾小儿队”（四六文），次“队名”（诗二句），次“问小儿”、“小儿致语”，次“勾杂剧”（皆四六文），次“放队”（或诗或四六文）。若有女弟子队，则勾女弟子队如前。其所歌之词曲与所演之剧，则自伶人定之。少游、补之之《调笑》乃并为之作词。元人杂剧乃以曲代之，曲中楔子、科白、上下场诗、犹是致语、口号、勾队、放队之遗也。此程明善《啸余谱》所以列致语于词曲之间者也。（按：此条原删去）

——录自《新注》之90

十

明顾梧芳刻《尊前集》二卷，自为之引。并云：明嘉禾顾梧芳编次。毛子晋刻《词苑英华》疑为梧芳所辑。朱竹垞跋称：吴下得吴宽手钞本，取顾本勘之，靡有不同，因定为宋初人编辑。《提要》两存其说。按《古今词话》云：“赵崇祚《花间集》载温飞卿《菩萨蛮》甚多，合之吕鹏《尊前集》不下二十阕。”今考顾刻所载飞卿《菩萨蛮》五首，除“咏泪”一首外，皆《花间》所有，知顾刻虽非自编，亦非复吕鹏所编之旧矣。《提要》又云：“张炎《乐府指迷》虽云唐人有《尊前》《花间集》，然《乐府指迷》真出张炎与否，盖未可定。陈直斋《书录解题》‘歌词类’以《花间集》为首，注曰：此近世倚声填词之祖，而无《尊前集》之名。不应张炎见之而陈振孙不见。”然《书录解题》“阳春集”条下引高邮崔公度语曰：“《尊前》《花间》往往谬其姓氏。”公度元（按：原误作“公”）祐间人，《宋史》有传。北宋固有，则此书不过直斋未见耳。

又案：黄升《花庵词选》李白《清平乐》下注云：“翰林应制”。又云：“案：唐吕鹏《遏云集》载应制词四首，以后二首无清逸气韵，疑非太白所作”云云。今《尊前集》所载太白《清平乐》有五首，岂《尊前集》一名《遏云集》，而四首五首之不同，乃花庵所见之本略异欤？又，欧阳炯《花间集序》谓：“明皇朝有李太白应制《清平乐》四首。”则唐末时只有四首，岂末一首为梧芳所羼入，非吕鹏之旧欤？（按：此条原已删去。）

——录自《新注》之92

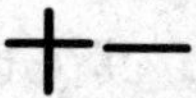

《提要》载“《古今词语》六卷，国朝沈雄纂。雄字偶僧，吴江人。是编所述上起于唐，下迄康熙中年。”然维见明嘉靖前合口本《笺注草堂诗余》林外《洞仙歌》下引《古今词话》云：“此词乃近时林外题于吴江垂虹亭。”（明刻《类编草堂诗余》亦同）案：升庵《词品》云：“林外字岂尘，有《洞仙歌》书于垂虹亭畔。作道装，不告姓名，饮醉而去。人疑为吕洞宾。传入宫中。孝宗笑曰：‘“云崖洞天无锁”，“锁”与“老”叶韵，则“锁”音“扫”，乃闽音也。’侦问之，果闽人林外也。”（《齐东野语》所载亦略同。）则《古今词话》宋时固有此书。岂雄窃此书而复益以近代事欤？又，《季沧苇书目》载《古今词话》十卷，而沈雄所纂只六卷，益证其非一书矣。

——录自《新注》之93

十二

楚辞之体，非屈子所创也。《沧浪》《凤兮》之歌已与三百篇异，然至屈子而最工。五七律始于齐、梁而盛于唐。词源于唐而大成于北宋。故最工之文学，非徒善创，亦且善因。（按：此条原已删去）

——录自《新注》之109

十三

金朗甫作《词选后序》，分词为“淫词”“鄙词”“游词”三种。词之弊尽是矣。五代北宋之词，其失也淫。辛、刘之词，其失也鄙。姜、张之词，其失也游。（按：此条原已删去）

——录自《新注》之122

人间词·观堂长短句

《观堂长短句》，此据《王国维遗书》中《观堂集林》第二十四卷。

少年游

垂杨门外，
疏灯影里，
上马帽檐斜。
紫陌霜浓，
青松月冷，
炬火散林鸦。

酒醒起看西窗上，
翠竹影交加。
跌宕歌词，
纵横书卷，
不与遣年华。

阮郎归

美人消息隔重关，
川途弯复弯。
沈沈空翠压征鞍，
马前山复山。

浓泼黛，
缓拖鬟。
当年看复看。
只馀眉样在人间，
相逢艰复艰。

蝶恋花

昨夜梦中多少恨。
细马香车，
两两行相近。
对面似怜人瘦损，
众中不惜搴帷问。

陌上轻雷听隐辚。
梦里难从，
觉后那堪讯？
蜡泪窗前堆一寸，
人间只有相思分。

虞美人

碧苔深锁长门路，
总为蛾眉误。
自来积毁骨能销，
何况真红、
一点臂砂娇。

妾身但使分明在，
肯把朱颜悔？
从今不复梦承恩，
且自簪花、
坐赏镜中人。

浣溪沙

六郡良家最少年，
戎装骏马照山川。
闲抛金弹落飞鸢。

何处高楼无可醉？
谁家红袖不相怜？
人间那信有华颠！

点绛唇

厚地高天，
侧身颇觉平生左。
小斋如舸，
自许回旋可。

聊复浮生，
得此须臾我。
乾坤大，
霜林独坐，
红叶纷纷堕。

蝶恋花

满地霜华浓似雪。
人语西风，
瘦马嘶残月。
一曲阳关浑未彻，
车声渐共歌声咽。

换尽天涯芳草色。
陌上深深，
依旧年时辙。
自是浮生无可说，
人间第一耽离别。

蝶恋花

斗觉宵来情绪恶。
新月生时，
暗暗伤离索。
此夜清光浑似昨，
不辞自下深深幕。

何物尊前哀与乐？
已坠前欢，
无据他年约。
几度烛花开又落，
人间须信思量错。

蝶恋花

百尺朱楼临大道。
楼外轻雷，
不间昏和晓。
独倚阑干人窈窕，
闲中数尽行人小。

一霎车尘生树杪。
陌上楼头，
都向尘中老。
薄晚西风吹雨到，
明朝又是伤流潦。

蝶恋花

黯淡灯花开又落。
此夜云踪，
究向谁边着？
频弄玉钗思旧约，
知君未忍浑抛却。

妾意苦专君苦博。
君似朝阳，
妾似倾阳藿。
但与百花相斗作，
君恩妾命原非薄！

浣溪沙

掩卷平生有百端，
饱更忧患转冥顽。
偶听啼鴂怨春残。

坐觉无何消白日，
更缘随例弄丹铅。
闲愁无分况清欢。

清平乐

垂杨深院，
院落双飞燕。
翠幕银灯春不浅，
记得那时初见。

眼波靥晕微流，
尊前却按凉州。
拼取一生肠断，
消他几度回眸。

浣溪沙

漫作年时别泪看，
西窗蜡炬尚汍澜。
不堪重梦十年间。

斗柄又垂天直北，
官书坐会岁将阑。
更无人解忆长安。

谒金门

孤檠侧，
诉尽十年踪迹。
残夜银釭无气力，
绿窗寒恻恻。

落叶瑶阶狼藉，
高树露华凝碧。
露点声疏人语密，
旧欢无处觅。

苏幕遮

倦凭栏，
低拥髻。
丰颊修眉，
犹是年时意。
昨夜西窗残梦里，
一霎幽欢，
不似人间世。

恨来迟，
防醒易。
梦里惊疑，
何况醒时际？
凉月满窗人不寐，
香印成灰，
总作回肠字。

浣溪沙

本事新词定有无？
斜行小草字模糊。
灯前肠断为谁书？

隐几窥君新制作，
背灯数妾旧欢娱。
区区情事总难符。

蝶恋花

袅袅鞭丝冲落絮。
归去临春，
试问春何许？
小阁重帘天易暮，
隔帘阵阵飞红雨。

刻意伤春谁与诉？
闷拥罗衾，
动作经旬度。
已恨年华留不住，
哪知恨里年华去。

蝶恋花

窗外绿荫添几许?
剩有朱樱,
尚系残春住。
老尽莺雏无一语,
飞来衔得樱桃去。

坐看画梁双燕乳。
燕语呢喃,
似惜人迟暮。
自是思量渠不与,
人间总被思量误。

点绛唇

屏却相思，
近来知道都无益。
不成抛掷，
梦里终相觅。

醒后楼台，
与梦俱明灭。
西窗白，
纷纷凉月，
一院丁香雪。

清平乐

斜行淡墨，
袖得伊书迹。
满纸相思容易说，
只爱年年离别。

罗衾独拥黄昏，
春来几点啼痕。
厚薄不关妾命，
浅深只问君恩。

浣溪沙

已落芙蓉并叶凋，
半枯萧艾过墙高。
日斜孤馆易魂销。

坐觉清秋归荡荡，
眼看白日去昭昭。
人间争度渐长宵。

蝶恋花

月到东南秋正半。
双阙中间，
浩荡流银汉。
谁起水精帘下看？
风前隐隐闻箫管。

凉露湿衣风拂面。
坐爱清光，
分照恩和怨。
苑柳宫槐浑一片，
长门西去昭阳殿。

菩萨蛮

回廊小立秋将半，
婆娑树影当阶乱。
高树是东家，
月华笼露华。

碧阑干十二，
都作回肠字。
独有倚阑人，
断肠君不闻。

人间词·苕华词

《人间词》，1906 年 4 月王国维将其词作 61 阕发表于《教育世界》（总第 123 号），名云《人间词甲稿》。1907 年 10 月又选 43 阕刊载于《教育世界》（总第 161 号），名云《人间词乙稿》。1921 年王氏自编《观堂集林》时，又以所作之词分别名之云《苕华词》与《观堂长短句》。《王国维遗书》中《苕华词》凡 92 阕，《观堂长短句》凡 23 阕，共 115 阕，亦即通常所谓之《人间词》。此据《王国维遗书》本录之。

如梦令

点滴空阶疏雨，
迢递严城更鼓。
睡浅梦初成，
又被东风吹去。
无据，
无据，
斜汉垂垂欲曙。

浣溪沙

路转峰回出画塘，
一山枫叶背残阳。
看来浑不似秋光。

隔座听歌人似玉，
六街归骑月如霜。
客中行乐只寻常。

临江仙

过眼韶华何处也？
萧萧又是秋声。
极天衰草暮云平。
斜阳漏处，
一塔枕孤城。

独立荒寒谁语？
蓦回头，
宫阙峥嵘。
红墙隔雾未分明。
依依残照，
独拥最高层。

浣溪沙

草偃云低渐合围，
雕弓声急马如飞。
笑呼从骑载禽归。

万事不如身手好，
一生须惜少年时。
哪能白首下书帷？

浣溪沙

霜落千林木叶丹，
远山如在有无间。
经秋何事亦孱颜？

且向田家拚泥饮，
聊从卜肆憩征鞍。
只应游戏在尘寰。

好事近

夜起倚危楼，
楼角玉绳低亚。
唯有月明霜冷，
浸万家鸳瓦。

人间何苦又悲秋？
正是伤春罢。
却向春风亭畔，
数梧桐叶下。

好事近

愁展翠罗衾，
半是馀温半泪。
不辨坠欢新恨，
是人间滋味。

几年相守郁金堂，
草草浑闲事。
独向西风林下，
望红尘一骑。

采桑子

高城鼓动兰釭灺，
睡也还醒，
醉也还醒，
忽听孤鸿三两声。

人生只似风前絮，
欢也零星，
悲也零星，
都作连江点点萍。

西 河

垂柳里，
兰舟当日曾系。
千帆过尽，
只伊人、
不随书至。
怪渠道着我侬心，
一般思妇游子。

昨宵梦，
分明记，
几回飞度烟水。
西风吹断，
伴灯花、
摇摇欲坠。
宵深待到凤凰山，
声声啼鴂催起。

锦书宛在怀袖底，
人迢迢，
紫塞千里。
算是不曾相忆，
倘有情、
早合归来，
休寄一纸无聊相思字。

摸鱼儿·秋柳

问断肠、
江南江北，
年时如许春色。
碧栏干外无边柳，
舞落迟迟红日。
长堤直。
又道是、
连朝寒雨送行客，
烟笼数驿。
剩今日天涯，
衰条折尽，
月落晓风急。

金城路，
多少人间行役。
当年风度曾识。
北征司马今头白，
唯有攀条沾臆。
都狼藉。
君不见、
舞衣寸寸填沟洫。
细腰谁惜？
算只有多情，
昏鸦点点，
攒向断枝立。

蝶恋花

谁道人间秋已尽?
衰柳毵毵,
尚弄鹅黄影。
落日疏林光炯炯,
不辞立尽西楼暝。

万点栖鸦浑未定,
潋滟金波,
又幂青松顶。
何处江南无此景?
只愁没个闲人领。

鹧鸪天

列炬归来酒未醒，
六街人静马蹄轻。
月中薄雾漫漫白，
桥外渔灯点点青。

从醉里，
忆平生。
可怜心事太峥嵘。
更堪此夜西楼梦，
摘得星辰满袖行。

点绛唇

万顷蓬壶，
梦中昨夜扁舟去。
萦回岛屿，
中有舟行路。

波上楼台，
波底层层俯。
何人住？
断崖如锯，
不见停桡处。

点绛唇

高峡流云，
人随飞鸟穿云去。
数峰著雨，
相对青无语。

岭上金光，
岭下苍烟冱。
人间曙，
疏林平楚，
历历来时路。

踏莎行

绝顶无云，
昨宵有雨，
我来此地闻天语。
疏钟暝直乱峰回，
孤僧晓度寒溪去。

是处青山，
前生俦侣。
招邀尽入闲庭户。
朝朝含笑复含颦，
人间相媚争如许。

清平乐

樱桃花底，
相见颓云髻。
的的银钉无限意，
消得和衣浓睡。

当时草草西窗，
都成别后思量。
遮莫天涯异日，
转思今夜凄凉。

浣溪沙

月底栖鸦当叶看，
推窗跕跕堕枝间。
霜高风定独凭栏。

为制新词髭尽断，
偶听悲剧泪无端。
可怜衣带为谁宽？

青玉案

姑苏台上乌啼曙。
剩霸业、
今如许。
醉后不堪仍吊古。
月中杨柳，
水边楼阁，
犹自教歌舞。

野花开遍真娘墓。
绝代红颜委朝露。
算是人生赢得处：
千秋诗料，
一抔黄土，
十里寒蛩语。

满庭芳

水抱孤城，
云开远戍，
垂柳点点栖鸦。
晚潮初落，
残日漾平沙。
白鸟悠悠自去，
汀洲外，
无限蒹葭。
西风起，
飞花如雪，
冉冉去帆斜。

天涯，
还忆旧，
香尘随马，
明月窥车。
渐秋风镜里，
暗换年华。
纵使长条无恙，
重来处，
攀折堪嗟。
人何许？
朱楼一角，
寂寞倚残霞。

蝶恋花

阅尽天涯离别苦。
不道归来，
零落花如许。
花底相看无一语，
绿窗春与天俱莫。

待把相思灯下诉。
一缕新欢，
旧恨千千缕。
最是人间留不住，
朱颜辞镜花辞树。

玉楼春

今年花事垂垂过，
明岁花开应更亸。
看花终古少年多，
只恐少年非属我。

劝君莫厌金罍大，
醉倒且拚花底卧。
君看今日树头花，
不是去年枝上朵。

阮郎归

女贞花白草迷离，
江南梅雨时。
阴阴帘幕万家垂，
穿帘双燕飞。

朱阁外，
碧窗西。
行人一舸归。
清溪转处柳阴低，
当窗人画眉。

浣溪沙

天末同云黯四垂，
失行孤雁逆风飞。
江湖寥落尔安归？

陌上金丸看落羽，
闺中素手试调醯。
今宵欢宴胜平时。

浣溪沙

山寺微茫背夕曛，
鸟飞不到半山昏。
上方孤磬定行云。

试上高峰窥皓月，
偶开天眼觑红尘。
可怜身是眼中人。

青玉案

江南秋色垂垂暮。
算幽事，
浑无数。
日日沧浪亭畔路。
西风林下，
夕阳水际，
独自寻诗去。

可怜愁与闲俱赴，
待把尘劳截愁住。
灯影幢幢天欲曙。
闲中心事，
忙中情味，
并入西楼雨。

浣溪沙

昨夜新看北固山，
今朝又上广陵船。
金焦在眼苦难攀。

猛雨自随汀雁落，
湿云常与暮鸦寒。
人天相对作愁颜。

鹊桥仙

沈沈戍鼓，
萧萧厩马，
起视霜华满地。
猛然记得别伊时，
正今夕、
邮亭天气。

北征车辙，
南征归梦，
知是调停无计。
人间事事不堪凭，
但除却、
无凭两字。

鹊桥仙

绣衾初展，
银釭旋剔，
不尽灯前欢语。
人间岁岁似今宵，
便胜却、
貂婵无数。

霎时送远，
经年怨别，
镜里朱颜难驻。
封侯觅得也寻常，
何况是、
封侯无据。

减字木兰花

皋兰被径，
月底栏干闲独凭。
修竹娟娟，
风里时闻响佩环。

蓦然深省，
起踏中庭千个影。
依旧人间，
一梦钧天只惘然。

鹧鸪天

阁道风飘五丈旗，
层楼突兀与云齐。
空馀明月连钱列，
不照红葩倒井披。

频摸索，
且攀跻。
千门万户是耶非？
人间总是堪疑处，
唯有兹疑不可疑。

浣溪沙

夜永衾寒梦不成，
当轩减尽半天星，
带霜宫阙日初升。

客里欢娱和睡减，
年来哀乐与词增。
更缘何物遣孤灯？

浣溪沙

画舫离筵乐未停，
潇潇暮雨阖闾城。
哪堪还向曲中听？

只恨当时形影密，
不关今日别离轻。
梦回酒醒忆平生。

浣溪沙

才过苕溪又霅溪，
短松疏竹媚朝晖。
去年此际远人归。

烧后更无千里草，
雾中不隔万家鸡。
风光浑异去年时。

贺新郎

月落飞乌鹊，
更声声、
暗催残岁，
城头寒柝。
曾记年时游冶处，
偏反一栏红药。
和士女、
盈盈欢谑。
眼底春光何处也？
只极天、
野烧明山郭。
侧身望，
天地窄。

遗愁何计频商略。
恨今宵、
书城空拥，
愁城难落。
陋室风多青灯灺，
中有千秋魂魄。
似诉尽、
人间纷浊。
七尺微躯百年里，
哪能消、

今古闲哀乐？
与胡蝶，
蘧然觉。

人月圆·梅

天公应自嫌寥落，
随意着幽花。
月中霜里，
数枝临水，
水底横斜。

萧然四顾，
疏林远渚，
寂寞天涯。
一声鹤唳，
殷勤唤起，
大地清华。

卜算子·水仙

罗袜悄无尘，
金屋浑难贮。
月底溪边一晌看，
便恐凌波去。

独自惜幽芳，
不敢矜迟莫。
却笑孤山万树梅，
狼藉花如许。

八声甘州

直青山、
缺处倚东南，
万堞浸明湖。
看片帆指处，
参差宫阙，
风展旌旟。
向晚棹声渐急，
萧瑟杂菰蒲。
一骑严城去，
灯火千衢。

不道繁华如许，
又万家爆竹，
隔院笙竽。
叹沈沈人海，
不与慰羁孤。
剩终朝、
襟裾相对，
纵委蛇、
人已厌狂疏。
呼灯且觅朱家去，
痛饮屠苏。

浣溪沙

曾识卢家玳瑁梁，
觅巢新燕屡回翔。
不堪重问郁金堂。

今雨相看非旧雨，
故乡罕乐况他乡。
人间何地着疏狂？

踏莎行·元夕

绰约衣裳，
凄迷香麝，
华灯素面光交射。
天公倍放月婵娟，
人间解与春游冶。

乌鹊无声，
鱼龙不夜。
九衢忙杀闲车马。
归来落月挂西窗，
邻鸡四起兰釭灺。

蝶恋花

急景流年真一箭。
残雪声中，
省识东风面。
风里垂杨千万线，
昨宵染就鹅黄浅。

又是帘纤春雨暗。
倚遍危楼，
高处人难见。
已恨平芜随雁远，
暝烟更界平芜断。

蝶恋花

窣地重帘围画省。
帘外红墙，
高与银河并。
开尽隔墙桃与杏，
人间望眼何由骋？

举首忽惊明月冷。
月里依稀，
认得山河影。
问取嫦娥浑未肯，
相携素手层城顶。

蝶恋花

独向沧浪亭外路。
六曲栏干，
曲曲垂杨树。
展尽鹅黄千万缕，
月中并作濛濛雾。

一片流云无觅处。
云里疏星，
不共云流去。
闭置小窗真自误，
人间夜色还如许。

浣溪沙

舟逐清溪弯复弯，
垂杨开处见青山。
毵毵绿发覆烟鬟。

夹岸莺花迟日里，
归船箫鼓夕阳间。
一生难得是春闲。

临江仙

闻说金微郎戍处，
昨宵梦向金微。
不知今又过辽西。
千屯沙上暗，
万骑月中嘶。

郎似梅花侬似叶，
揭来手抚空枝。
可怜开谢不同时，
漫言花落早，
只是叶生迟。

南歌子

又是乌西匿，
初看雁北翔。
好与报檀郎：
春来宵渐短，
莫思量。

荷叶杯　戏效花间体

一

手把金尊酒满，
相劝。
情极不能羞，
乍调筝处又回眸。
留摩留，
留摩留。

二

矮纸数行草草，
书到。
总道苦相思，
朱颜今日未应非。
归摩归，
归摩归。

三

无赖灯花又结，
照别。
休作一生拚，
明朝此际客舟寒。
欢摩欢，
欢摩欢。

四

谁道闲愁如海？
零碎。
雨过一池沤，
时时飞絮上帘钩。
愁摩愁，
愁摩愁。

五

昨夜绣衾孤拥，
幽梦。
一霎钿车尘，
道旁依约见天人。
真摩真，
真摩真。

六

隐隐轻雷何处？
将曙。
隔牖见疏星，
一庭芳树乱啼莺。
醒摩醒，
醒摩醒。

蝶恋花

窈窕燕姬年十五，
惯曳长裙，
不作纤纤步。
众里嫣然通一顾，
人间颜色如尘土。

一树亭亭花乍吐，
除却天然，
欲赠浑无语。
当面吴娘夸善舞，
可怜总被腰肢误。

玉楼春

西园花落深堪扫，
过眼韶华真草草。
开时寂寂尚无人，
今日偏嗔摇落早。

昨朝却走西山道，
花事山中浑未了。
数峰和雨对斜阳，
十里杜鹃红似烧。

蝶恋花

辛苦钱塘江上水，
日日西流，
日日东趋海。
终古越山澒洞里，
可能消得英雄气？
说与江潮应不至，
潮落潮生，
几换人间世。
千载荒台麋鹿死，
灵胥抱愤终何是！

蝶恋花

谁道江南春事了？
废苑朱藤，
开尽无人到。
高柳数行临古道，
一藤红遍千枝杪。

冉冉赤云将绿绕。
回首林间，
无限斜阳好。
若是春归归合早，
馀春只揽人怀抱。

水龙吟·杨花　用章质夫苏子瞻唱和均

开时不与人看，
如何一霎濛濛坠？
日长无绪，
回廊小立，
迷离情思。
细雨池塘，
斜阳院落，
重门深闭。
正参差欲住，
轻衫掠处，
又特地、
因风起。

花事阑珊到汝。
更休寻、
满枝琼缀。
算来只合，
人间哀乐，
者般零碎。
一样飘零，
宁为尘土，
勿随流水。
怕盈盈、

一片春江，
都贮得、
离人泪。

点绛唇

暗里追凉，
扁舟径掠垂杨过。
湿萤光大，
一一风前堕。

坐觉西南，
紫电排云破。
严城锁，
高歌无和，
万舫沉沉卧。

蝶恋花

莫斗婵娟弓样月。
只坐蛾眉，
消得千谣诼。
臂上宫砂哪不灭？
古来积毁能销骨。

手把齐纨相决绝。
懒祝秋风，
再使人间热。
镜里朱颜犹未歇，
不辞自媚朝和夕。

浣溪沙

七月西风动地吹，
黄埃和叶满城飞。
征人一日换缁衣。

金马岂真堪避世？
海鸥应是未忘机，
故人今有问归期。

浣溪沙

城郭秋生一夜凉，
独骑瘦马傍宫墙。
参差霜阙带朝阳。

旋解冻痕生绿雾，
倒涵高树作金光。
人间夜色尚苍苍。

扫花游

疏林挂日，
正雾淡烟收，
苍然平楚。
绕林细路，
听沈沈落叶，
玉骢踏去。
背日丹枫，
到眼秋光如许。
正延伫，
便一片飞来，
说与迟暮。

欢事难再溯。
是载酒携柑，
旧曾游处。
清歌未住，
又黄鹂趁拍，
飞花入俎。
今日重来，
除是斜晖如故。
隐高树，
有寒鸦、
相呼俦侣。

祝英台近

月初残，
门小掩，
看上大堤去。
徒御喧阗，
行子黯无语。
为谁收拾离颜？
一腔红泪，
待留向、
孤衾偷注！

马蹄驻，
但觉怨慕悲凉，
条风过平楚。
树上啼鹃，
又诉岁华暮。
思量只有人间，
年年征路。
纵有恨、
都无啼处。

浣溪沙

乍向西邻斗草过，
药栏红日尚婆娑。
一春只遣睡消磨。

发为沈酣从委枕，
脸缘微笑暂生涡。
这回好梦莫惊他。

虞美人

犀比六博消长昼，
五白惊呼骤。
不须辛苦问亏成，
一霎尊前了了见浮生。

笙歌散后人微倦，
归路风吹面。
西窗落月荡花枝，
又是人间酒醒梦回时。

减字木兰花

乱山四倚，
人马崎岖行井底。
路逐峰旋，
斜日杏花明一山。

销沉就里，
终古兴亡离别意。
依旧年年，
迤逦骡纲度上关。

蝶恋花

连岭去天知几尺?
岭上秦关,
关上元时阙。
谁信京华尘里客,
独来绝塞看明月。

如此高寒真欲绝。
眼底千山,
一半溶溶白。
小立西风吹素帻,
人间几度生华发?

蝶恋花

帘幕深深香雾重。
四照朱颜，
银烛光浮动。
一霎新欢千万种，
人间今夜浑如梦。

小语灯前和目送。
密意芳心，
不放罗帏空。
看取博山闲袅凤，
濛濛一气双烟共。

蝶恋花

手剔银灯惊灶短。
拥髻无言，
脉脉生清怨。
此恨今宵争得浅？
思量旧日深恩遍。

月影移帘风过院。
待到归来
传尽中宫箭。
故拥绣衾遮素面，
赚他醉里频频唤。

浣溪沙

似水轻纱不隔香，
金波初转小回廊。
离离丛菊已深黄。

尽撤华灯招素月，
更缘人面发花光。
人间何处有严霜？

蝶恋花

落日千山啼杜宇，
送得归人，
不遣居人住。
自是精魂先魄去，
凄凉病榻无多语。

往事悠悠容细数。
见说来生，
只恐来生误。
纵使兹盟终不负，
那时能记今生否？

菩萨蛮

高楼直挽银河住，
当时曾笑牵牛处。
今夕渡河津，
牵牛应笑人。

桐梢垂露脚，
梢上惊乌掠。
灯焰不成青，
绿窗纱半明。

应天长

紫骝却照春波绿，
波上荡舟人似玉。
似相知，
羞相逐。
一晌低头犹送目。

鬓云欹，
眉黛蹙。
应恨这番匆促。
恼一时心曲，
手中双桨速。

菩萨蛮

红楼遥隔帘纤雨，
沉沉暝色笼高树。
树影到依窗，
君家灯火光。

风枝和影弄，
似妾西窗梦。
梦醒即天涯，
打窗闻落花。

菩萨蛮

玉盘寸断葱芽嫩，
鸾刀细割羊肩进。
不敢厌腥臊，
缘君亲手调。

红炉赪素面，
醉把貂裘缓。
归路有余狂，
天街宵踏霜。

鹧鸪天

楼外秋千索尚悬，
霜高素月慢流天。
倾残玉椀难成醉，
滴尽铜壶不解眠。

人寂寂，
夜厌厌。
北窗情味似枯禅。
不缘此夜金闺梦，
哪信人间尚少年。

浣溪沙

花影闲窗压几重？
连环新解玉玲珑。
日长无事等匆匆。

静听斑骓深巷里，
坐看飞鸟镜屏中。
乍梳云髻那时松。

浣溪沙

爱棹扁舟傍岸行，
红妆素萏斗轻盈，
脸边舷外晚霞明。

为惜花香停短棹，
戏窥鬟影拨流萍，
玉钗斜立小蜻蜓。

蝶恋花

忆挂孤帆东海畔，
咫尺神山，
海上年年见。
几度天风吹棹转，
望中楼阁阴晴变。

金阙荒凉瑶草短，
到得蓬莱，
又值蓬莱浅。
只恐飞尘沧海满，
人间精卫知何限。

喜迁莺

秋雨霁，
晚烟拖，
宫阙与云摩。
片云流月入明河，
鸡鹊散金波。

宜春院，
披香殿，
雾里梧桐一片。
华灯簇处动笙歌，
复道属车过。

蝶恋花

翠幕轻寒无著处，
好梦初回，
枕上惺忪语。
残夜小楼浑欲曙，
四山积雪明如许。

莫遣良辰闲过去，
起瀹龙团，
对雪烹肥羜。
此景人间殊不负，
檐前冻雀还知否？

虞美人

金鞭珠弹嬉春日，
门户初相识。
未能羞涩但娇痴，
却立风前散发衬凝脂。

近来瞥见都无语，
但觉双眉聚。
不知何日始工愁？
记取那回花下一低头。

齐天乐·蟋蟀 用姜白石原韵

天涯已自悲秋极，
何须更闻虫语？
乍响瑶阶，
旋穿绣闼，
更入画屏深处。
喁喁似诉，
有几许哀丝，
佐伊机杼。
一夜东堂，
暗抽离恨万千绪。

空庭相和秋雨。
又南城罢柝，
西院停杵。
试问王孙：
苍茫岁晚，
哪有闲愁无数？
宵深谩与，
怕梦稳春酣，
万家儿女，
不识孤吟，
劳人床下苦。

点绛唇

波逐流云，
棹歌袅袅凌波去。
数声和橹，
远入蒹葭浦。

落日中流，
几点闲鸥鹭。
低飞处，
菰蒲无数，
瑟瑟风前语。

蝶恋花

春到临春花正妩。
迟日阑干，
蜂蝶飞无数。
谁遣一春抛却去？
马蹄日日章台路。

几度寻春春不遇。
不见春来，
哪识春归处？
斜阳晚风杨柳渚，
马头何处无飞絮？

菩萨蛮

西风水上摇征梦，
舟轻不碍孤帆重。
江阔树冥冥，
荒鸡叫雾醒。

舟穿妆阁底，
楼上佳人起。
蓦入欲通辞，
数声柔橹枝。

蝶恋花

落落盘根真得地，
涧畔双松，
相背呈奇态。
势欲拼飞终复坠，
苍龙下饮东溪水。

溪上平冈千叠翠，
万树亭亭，
争作拿云势。
总为自家生意遂，
人间爱道为渠媚。

醉落魄

柳烟淡薄，
月中闲杀秋千索。
踏青挑菜都过却，
陡忆今朝，
又失湔裙约。

落红一阵飘帘幕，
隔帘错怨东风恶。
披衣小立阑干角，
摇荡花枝，
哑哑南飞鹊。

虞美人

杜鹃千里啼春晚，
故国春心断。
海门空阔月皑皑，
依旧素车白马夜潮来。

山川城郭都非故，
恩怨须臾误。
人间孤愤最难平，
消得几回潮落又潮生。

鹧鸪天·庚申除夕和吴伯宛舍人

绛蜡红梅竞作花，
客中惊又度年华。
离离长柄垂天斗，
隐隐轻雷隔巷车。

斟绿醑，
和尖叉，
新词飞寄舍人家。
可将平日丝纶手，
系取今宵赴壑蛇。

百字令·题孙隘庵《南窗寄傲图》戊午

楚灵均后，
数柴桑、
第一伤心人物。
招屈亭前千古水，
流向浔阳百折。
夷叔西陵，
山阳下国，
此恨哪堪说！
寂寥千载，
有人同此伊郁。

堪叹招隐图成，
赤明龙汉，
小劫须臾阅。
试与披图寻甲子，
尚记义熙年月。
归鸟心期，
孤云身世，
容易成华发。
乔松无恙，
素心还问霜杰。

霜花腴·用梦窗韵补寿彊邨侍郎 乙未

海滑倦客。
是赤明延康，
旧日衣冠。
坡老黎村，
冬郎闽峤，
中年陶写应难。
醉乡尽宽，
更紫萸、
黄菊尊前。
剩沧江、
梦绕觚棱，
斗边槎外恨高寒。

回首凤城花事，
便玉河烟柳，
总带栖蝉。
写艳霜边，
疏芳篱下，
消磨十样蛮笺。
载将画船，
荡素波、
凉月娟娟。
倩郦泉、
与驻秋容，
重来扶醉看。

清平乐·况夔笙太守索题《香南雅集图》庚申

蕙兰同畹，
著意风光转。
劫后芳华仍婉晚，
得似凤城初见。

旧人惟有何戡，
玉宸宫调曾谙。
肠断杜陵诗句，
落花时节江南。

静庵诗稿·古今体诗

《静庵诗稿》收古今体诗五十首（实为四十九首），此据《王国维遗书》本。

杂诗 戊戌四月

（一）

飘风自北来，吹我中庭树。
鸟乌覆其巢，向晦归何处？
西山扬颓光，须臾复霾雾。
翛翛长夜间，漫漫不知曙。
旨蓄既以罄，桑土又云腐。
欲从鸿鹄翔，铩羽不能遽。
阴阳陶万汇，温溧固有数。
亮无未雨谋，苍苍何喜怒。

（二）

美人如桃李，灼灼照我颜。
贻我绝代宝，昆山青琅玕。
一朝各千里，执手涕汍澜。
我身局斗室，我魂驰关山。
神光互离合，咫尺不得攀。
惜哉此瑰宝，久弃巾箱间。
日月如矢激，倏忽鬓毛斑。
我诵唐棣诗，愧恧当奚言。

（三）

豫章生七年，荏染不成株。
其上矗楩楠，郁郁干云衢。
匠石忽惊视，谓与凡材殊。
诘朝事斤斧，浃辰涂丹朱。
明堂高且严，诛荡天人居。
虹梁抗日月，菡萏纷扶敷。
顾此豫章苗，谓为中欂栌。
付彼拙工辈，刻削失其初。
柯干未云坚，不知栎与樗。
中道失所养，幽怨当何如？

嘉兴道中 己亥

舟入嘉兴郭，清光拂客衣。
朝阳承月上，远树与星稀。
岁富多新筑，潮平露旧矶。
如闻迎大府，河上有旌旗。

八月十五夜月

一餐灵药便长生，眼见山河几变更。
留得当年好颜色，嫦娥底事太无情？

红豆词

（一）

南国秋深可奈何，手持红豆几摩挲。
累累本是无情物，谁把闲愁付与他？

（二）

门外青骢郭外舟，人生无奈是离愁。
不辞苦向东风祝，到处人间作石尤。

（三）

别浦盈盈水又波，凭栏渺渺思如何？
纵教踏破江南种，只恐春来茁更多。

（四）

匀圆万颗争相似，暗数千回不厌痴。
留取他年银烛下，拈来细与话相思。

题梅花画箑

梦中恐怖诸天堕，眼底尘埃百斛强。
苦忆罗浮山下住，万梅花里一胡床。

题友人三十小像

（一）

劝君惜取镜中姿，三十光阴隙里驰。
四海一身原偶寄，千金三致岂前期。
论才君自轻侪辈，学道余犹半黠痴。
差喜平生同一癖，宵深爱诵剑南诗。

（二）

几看昆池累劫灰，俄惊沧海又楼台。
早知世界由心造，无奈悲欢触绪来。
翁埠潮回千顷月，超山雪尽万株梅。
卜邻莫忘他年约，同醉中山酒一杯。

杂感

侧身天地苦拘挛，姑射神人未可攀。
云若无心常淡淡，川如不竞岂潺潺。
驰怀敷水条山里，托意开元武德间。
终古诗人太无赖，苦求乐土向尘寰。

书古书中故纸　癸卯

昨夜书中得故纸，今朝随意写新诗。
长捐箧底终无恙，比入怀中便足奇。
黯淡谁能知汝恨，沾涂亦自笑余痴。
书成付与炉中火，了却人间是与非。

端居

（一）

端居多暇日，自与尘世疏。
处处得幽赏，时时读异书。
高吟惊户牖，清谈霏琼琚。
有时作儿戏，距跃绕庭除。
角力不耻北，说隐自忘愚。
虽惭云中鹤，终胜辕下驹。
如此复不乐，问君意何如？

（二）

阳春煦万物，嘉树自敷荣。
枳棘茁其旁，既锄还复生。
我生三十载，役役苦不平。
如何万物长，自作牺与牲。
安得吾丧我，表里洞澄莹。
纤云归大壑，皓月行太清。
不然苍苍者，褫我聪与明。
冥然逐嗜欲，如蛾赴寒檠。
何为方寸地，矛戟森纵横？

闻道既未得，逐物又未能。
衮衮百年内，持此欲何成？

（三）

孟夏天气柔，草木日夕长。
远山入吾庐，顾影自骀荡。
晴川带芳甸，十里平如掌。
时与二三子，披草越林莽。
清旷淡人虑，幽蒨遗世网。
归来倚小阁，坐待新月上。
渔火散微星，暮钟发疏响。
高谈达夜分，往往入遐想。
诛此卿自娱，亦以示吾党。

嘲杜鹃二首

去国千年万事非，蜀山回首梦依稀。
自家惯作他乡客，犹自朝朝劝客归。

干卿何事苦依依，尘世由来爱别离。
岁岁天涯啼血尽，不知催得几人归。

五月十五夜坐雨赋此

积雨经旬烟满湖，先生小疾未全苏。
水声粗悍如骄将，天色凄凉似病夫。
江上痴云犹易散，胸中妄念苦难除。
何当直上千峰顶，看取金波涌太虚。

游通州湖心亭

扁舟出西郭，言访湖中寺。
野鸟困樊笼，奋然思展翅。
入门缘亭坳，尘劳始一憩。
方愁亭午热，清风飒然至。
新荷三两翻，葭菼去无际。
湖光槛底明，山色樽前坠。
人生苦局促，俛仰多悲悸。
山川非吾故，纷然独相媚。
嗟尔不能言，安得同把臂。

六月二十七日宿硖石

新秋一夜蚊如市，唤起劳人使自思。
试问何乡堪著我？欲求大道况多歧。
人生过处唯存悔，知识增时祇益疑。
欲语此怀谁与共，鼾声四起斗离离。

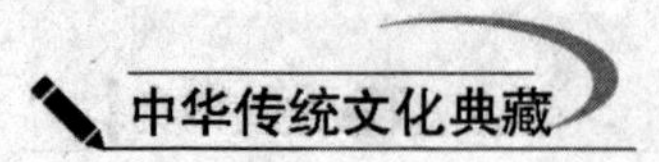

秋夜即事

萧然饭罢步鱼矶，东寺疏钟度夕霏。
一百八声亲数彻，不知清露湿人衣。

偶成二首

我身即我敌，外物非所虞。
人生免襁褓，役物固有馀。
网罟一朝作，鱼鸟失宁居。
矫矫骅与骝，垂耳服我车。
玉女粲然笑，照我读奇书。
嗟汝矜智巧，坐此还自屠。
一日战百虑，兹事与生俱。
膏明兰自烧，古语良非虚。

蝡蝡茧中蛹，自缚还自钻。
解铃虎颔下，祇待系者还。
大患固在我，他求宁非谩。
所以古达人，独求心所安。
翩然鸿鹄举，山水恣汗漫。
奇花散硐谷，喈喈鸣鹓鸾。
悠然七尺外，独得我所观。
至人更卓绝，古井浩无澜。
中夜搏嗜欲，甲裳朱且殷。
凯歌唱明发，筋力亦云单。
蝉蜕人间世，兀然入泥洹。
此语闻自昔，践之良独难。
厥途果奚从，吾欲问瞿昙。

拼 飞

拼飞懒逐九秋雕，孤耿真成八月蜩。
偶作山游难尽兴，独寻僧话亦无聊。
欢场衹自增萧瑟，人海何由慰寂寥。
不有言愁诗句在，闲愁哪得暂时消？

重游狼山寺

不过招提半载馀，秋高重访素师居。
揭来桑下还三宿，便拟山中构一庐。
此地果容成小隐，百年那厌读奇书。
君看岭外嚣尘上，讵有吾侪息影区？

尘 劳

迢迢征雁过东皋，谡谡长松卷怒涛。
苦觉秋风欺病骨，不堪宵梦续尘劳。
至今呵壁天无语，终古埋忧地不牢。
投阁沈渊争一间，子云何事反离骚？

来日二首

来日滔滔来，去日滔滔去。
适然百年内，与此七尺遇。
尔从何处来，行将徂何处？
扶服径幽谷，途远日又暮。
訇然一罅开，熹微知天曙。
便欲从此逝，荆棘窘余步。
税驾知何所，漫漫就前路。
常恐一掷中，失此黄金注。
我力既云痡，哲人倘见度。
瞻望弗可及，求之缣与素。

宇宙何寥廓，吾知则有涯。
面墙见人影，真面固难知。
箘簬半在水，本末互参池。
持刀剡作矢，劲直固无亏。
耳目不足凭，何况胸所思。
人生一大梦，未审觉何时。
相逢梦中人，谁为析余疑？
吾侪皆肉眼，何用试金篦。

登狼山支云塔

数峰明媚互招寻，孤塔崚嶒试一临。
槛底江流仍日夜，岩间海草未销沈。
蓬莱自合今时浅，哀乐偏于我辈深。
局促百年何足道，沧桑回首亦骎骎。

病中即事 甲辰

滴残春雨住无期，开尽园花卧不知。
因病废书增寂寞，强颜入世苦支离。
拟随桑户游方外，未免杨朱泣路歧。
闻道南山薇蕨美，膏车径去莫迟疑。

暮春

晨翻书帙鸟无哗，晚步郊原草正芽。
院落春深新著燕，池塘雨过乱鸣蛙。
心闲差许观身世，病起粗能玩物华。
但使猖狂过百岁，不嫌孤负此生涯。

冯　生

众庶冯生自足悲，真人何事困饘饨？
家贫且贷河侯粟，行苦终思牧女糜。
溟海巨鹏将徙日，雪山大道未成时。
生平不索长生药，但索丹方可忍饥。

晓 步

兴来随意步南阡，夹道垂杨相带妍。
万木沈酣新雨后，百昌苏醒晓风前。
四时可爱唯春日，一事能狂便少年。
我与野鸥申后约，不辞旦旦冒寒烟。

蚕

余家浙水滨，栽桑径百里。
年年三四月，春蚕盈筐篚。
蠕蠕食复息，蠢蠢眠又起。
口腹虽累人，操作终自己。
丝尽口卒瘏，织就鸳鸯被。
一朝毛羽成，委之如敝屣。
喘喘索其偶，如马遭鞭箠。
呴濡视遗卵，怡然即泥滓。
明年二三月，𧕻𧕻长孙子。
茫茫千万载，辗转周复始。
嗟汝竟何为？草草阅生死。
岂伊悦此生，抑由天所畀。
畀者固不仁，悦者长已矣。
劝君歌少息，人生亦如此。

平　生

平生苦忆挈卢敖，东过蓬莱浴海涛。
何处云中闻犬吠，至今湖畔尚乌号。
人间地狱真无间，死后泥洹枉自豪。
终古众生无度日，世尊只合老尘嚣。

秀 州

看月不知清夜长，归桡渐入秀州乡。
天边远树山千叠，风里垂杨态万方。
一自名园窜狐兔，至今渌水少鸳鸯。
不须为唱梅村曲，芳草萋萋自断肠。

偶成

文章千古事，亦与时荣枯。
并世盛作者，人握灵蛇珠。
朝菌媚初日，容色非不腴。
飘风夕以至，零落委泥涂。
且复舍之去，周流观石渠。
蔽亏东观籍，繁会南郭竽。
譬如贰负尸，桎梏南山隅。
恒干块犹存，精气荡无馀。
小子瞢无状，亦复事操觚。
自忘宿瘤质，揽镜学施朱。
东家与西舍，假得紫罗襦。
主者虽不索，跬步终趑趄。
且当养毛羽，勿作南溟图。

九日游留园

朝朝吴市踏红尘，日日萧斋兀欠伸。
到眼名园初属我，出城山色便迎人。
奇峰颇欲作人立，乔木居然阅世新。
忍放良辰等闲过，不辞归路雨沾巾。

天　寒

天寒木落冻云铺，万点城头未定乌。
只分杨朱叹歧路，不应阮籍哭穷途。
穷途回驾元非失，歧路亡羊信可吁。
驾得灵槎三十丈，空携片石访成都。

欲 觅

欲觅吾心已自难，更从何处把心安。
诗缘病辍弥无赖，忧与生来讵有端？
起看月中霜万瓦，卧闻风里竹千竿。
沧浪亭北君迁树，何限栖鸦噪暮寒。

出 门

出门惘惘知奚适，白日昭昭未易昏。
但解购书哪计读，且消今日敢论旬。
百年顿尽追怀里，一夜难为怨别人。
我欲乘龙问羲叔，两般谁幻又谁真？

过石门

我行迫季冬，及此风雨夕。
狂飙掠舷过，声声如裂帛。
后船窘呼号，似闻楼榜折。
孤怀不能寐，高枕听淅沥。
须臾风雨止，微光漏舷隙。
悠然发清兴，起坐岸我帻。
片月挂东林，垂垂两岸白。
小松如人长，离立四五尺。
老桑最丑怪，亦复可怡悦。
疏竹带轻飔，摇摇正秀绝。
生平几见汝，对面若不识。
今夕独何夕，著意媚孤客。
非徒豁双眸，直欲奋六翮。
此顷能百年，岂惜长行役。

留园玉兰花　乙巳

庭中新种玉兰树，枝长干短花无数。
灿如幼女冠六珈，踯躅墙阴不能步。
今朝送客城西隅，留园名花天下无。
拔地扶疏三四丈，倚天绰约百馀株。
我上东楼频目极，楼西花海花西日。
海上银涛突兀来，日边瑶阙参差出。
南圃辛夷亦已花，雪山缺处露朝霞。
闲凭危槛久徙倚，眼底层层生绛纱。
窈窕吴娘自矜许，却来花底羞无语。
直令椒麝黯无香，坐使红颜色消沮。
将归小住更凝眸，暝色催人不可留。
归来径卧添愁怅，万花倒插藻井上。

坐 致

坐致虞唐亦太痴，许身稷契更奚为？
谁能妄把平成业，换却平生万首诗。

五月二十三夜出阊门驱车至觅渡桥

小斋竟日兀营营，忽试霜蹄四马轻。
萤火时从风里堕，雉垣偏向电边明。
静中观我原无碍，忙里哦诗却易成。
归路不妨冒雷雨，兹游快绝冠平生。

将理归装得马湘兰画幅喜而赋此

（一）

旧苑风流独擅场，土苴当日睨侯王。
书生归舸真奇绝，载得金陵马四娘。

（二）

小石丛兰别样清，朱丝细字亦精神。
君家宰相成何事，羞杀千秋冯玉英。

（马士英善绘事，其遗墨流传人间者，世人丑之，往往改其名为冯玉英云。）①

① 括号内文字为王国维原注。

观堂集林·缀林·诗

《观堂集林》卷二十四之《缀林》二，录有王氏诗作数十首，此据《王国维遗书》本。

颐和园词 壬子

汉家七叶钟阳九，澒洞风埃昏九有。
南国潢池正弄兵，北沽门户仍飞牡。
仓皇万乘向金微，一去宫车不复归。
提挈嗣皇绥旧服，万几从此出宫闱。
东朝渊塞曾无匹，西宫才略称第一。
恩泽何曾逮外家，咨谋往往闻温室。
亲王辅政最称贤，诸将专征捷奏先。
迅扫欃枪回日月，八荒重睹中兴年。
联翩方召升朝右，北门独付西平手。
因治楼船凿汉池，别营台沼追文囿。
西直门西柳色青，玉泉山下水流清。
新锡山名呼万寿，旧疏湖水号昆明。
昆明万寿佳山水，中间宫殿排云起。
拂水回廊千步深，冠山杰阁三层峙。
隥道盘纡凌紫烟，上方宝殿放祈年。
更栽火树千花发，不数明珠彻夜悬。
是时朝野多丰豫，年年三月迎鸾驭。
长乐深严苦敝神，甘泉爽垲宜清暑。
高秋风日过重阳，佳节坤成启未央。
丹陛大陈三部伎，玉卮亲举万年觞。
嗣皇上寿称臣子，本朝家法严无比。
问膳曾无赐坐时，从游罕讲家人礼。
东平小女最承恩，远嫁归来奉紫宸。
卧起每偕荣寿主，丹青差喜缪夫人。
尊号珠联十六字，太官加豆依前制。

别启琼林贮羡馀，更营玉府蒐珍异。
月殿云阶敞上方，宫中习静夜焚香。
但祝时平边塞静，千秋万岁未渠央。
五十年间天下母，后来无继前无偶。
却因清暇话平生，万事何堪重回首。
忆昔先皇幸朔方，属车恩幸故难量。
内批教写清舒馆，小印新镌同道堂。
一朝铸鼎降龙驭，后宫髯绝不能去。
北渚何堪帝子愁，南衙复遘丞卿怒。
手夷端肃反京师，永念冲人未有知。
为简儒臣严谕教，别求名族正宫闱。
可怜白日西南驶，一纪恩勤付流水。
甲观曾无世嫡孙，后宫并乏才人子。
提携犹子付黄图，劬苦还如同治初。
又见法宫冯玉几，更劳武帐坐珠襦。
国事中间几翻覆，近年最忆怀来辱。
草地间关短毂车，邮亭仓卒芜蒌粥。
上相留都树大牙，东南诸将奉王家。
坐令佳气腾金阙，复道都人望翠华。
自古忠良能活国，于今母子仍玉食。
九庙重闻钟鼓声，离宫不改池台色。
一自官家静摄频，含饴无冀弄诸孙。
但看腰脚今犹健，莫道伤心迹已陈。
两宫一旦同绵惙，天柱偏先地维折。
高武子孙复几人，哀平国统仍三绝。
是时长乐正弥留，茹痛还为社稷谋。
已遣伯禽承大统，更扳公旦觐诸侯。
别有重臣升御榻，紫枢元老开黄阁。
安世忠勤自始终，本初才气尤腾踏。
复数同时奉话言，诸王刘泽号亲贤。
独总百官居冢宰，共扶孺子济艰难。

社稷有灵邦有主，今朝地下告文祖。
坐见弥无戢玉棺，独留末命书盟府。
原庙丹青俨若神，镜奁遗物尚如新。
哪知此日新朝主，便是当年顾命臣。
离宫一闭经三载，渌水青山不曾改。
雨洗苍苔石兽间，风摇朱户铜蠡在。
云韶散乐久无声，甲帐珠帘取次倾。
岂谓先朝营楚殿，翻教今日恨尧城。
宣室遗言犹在耳，山河盟誓期终始。
寡妇孤儿要易欺，讴歌狱讼终何是。
深宫母子独凄然，却似滦阳游幸年。
昔去会逢天下养，今来劣受厉人怜。
虎鼠龙鱼无定态，唐侯已在虞宾位。
且语王孙慎勿疏，相期黄发终无艾。
定陵松柏郁青青，应为兴亡一拊膺。
却忆年年寒食节，朱侯亲上十三陵。

读史二绝句

楚汉龙争元自可，师昭狐媚竟如何？
阮生广武原头泪，应比回车痛哭多。

当涂典午长儿孙，新室成家且自尊。
只怪常山赵延寿，赭袍龙凤向中原。

送日本狩野博士游欧洲

君山博士今儒宗，亭亭崛起东海东。
平生未拟媚邹鲁，肸蠁每与沂泗通。
自言读书知求是，但有心印无雷同。
我亦半生苦泛滥，异同坚白随所攻。
多更忧患阅陵谷，始知斯道齐衡嵩。
夜阑促坐闻君语，使人气结回心胸。
颇忆长安昔相见，当时朝野同欢宴。
百僚师师学奔走，大官诺诺竞圆转。
庙堂已见纲纪弛，城阙还看士风变。
食肉偏云马肝美，取鱼坐觉熊蹯贱。
观书韩起宁无感，闻乐延陵应所叹。
巾车相送南城隅，岁琯甫更市朝换。
羸蹶俄然似土崩，梁亡自古称鱼烂。
干戈满眼西风凉，众雏得意稚且狂。
人生兵死亦由命，可怜杜口心烦伤。
四方蹙蹙终安骋？幡然鼓棹来扶桑。
扶桑风物由来美，旧雨相逢各欢喜。
卜居爱住春明坊，择邻且近鹿门子。
商量旧学加邃密，倾倒新知无穷已。
幸免仲叔累猪肝，颇觉幼安惭龙尾。
谈深相与话兴衰，回首神州剧可哀。
汉土由来贵忠节，至今文谢安在哉？
履霜坚冰所由渐，麋鹿早上姑苏台。
兴亡原非一姓事，可怜惵惵京与垓。
此邦瞳瞳如晓日，国体宇内称第一。

微闻近时尚功利，复云小吏乏风节。
疲民往往困鲁税，学子稍稍出燕说。
良医我是九折肱，忧时君为三太息。
半年会合平安城，只君又作西欧行。
石室紬书自能事，缟带论交亦故情。
离朱要能搜赤水，楚国岂但夸白珩。
坐待归来振疲俗，毋令后世羞儒生。
匆携此诗西渡海，此中恐有蛟龙惊。

蜀道难

对案辍食惨不欢，请为君歌蜀道难。
蜀江委蛇几千折，峰峦十二烟云间。
中有千愁与万冤，南山北山啼杜鹃。
借问谁化此？幽愤古莫比。
云是江南开府魂，非复当年蜀天子。
开府河朔生名门，文章政事颇绝伦。
早岁才名揭曼硕，中年书札赵王孙。
簪笔翩翩趋郎署，绣衣一著飞腾去。
十年持节遍西南，万里皇华光道路。
幕府山头幕府开，黄金台畔起金台。
主人朱毕多时誉，宾客孙洪尽上才。
奉使山陵绝驰道，幸缘薄谴归田早。
宝华庵中足百城，更将何地堪娱老。
呜呼！
乾嘉以还盛文物，器车争为明时出。
士夫好事过欧赵，学子考文陋王薛。
近来山左数吴陈，江左潘吴亦绝伦。
开府好古生最后，搜罗颇出诸家右。
匋斋著录苦未尽，请述一二遗八九。
玉刀三尺光芒静，宝鸡铜禁尤完整。
孤本精严华岳碑，千言谟训毛公鼎。
河朔穹碑多辇致，中馀六代朱文字。
丹青一卷顾长康，唐宋纷纷等自郐。
开府此外无他娱，到处琳琅载后车。
颇怪长沙储木屑，不愁新息谤明珠。

比来辇毂多闲暇，倦眼摩挲穷日夜。
自谓青山老向禽，哪知白首随王贾。
铁官将作议纷纶，诏付经营起重臣。
又报烽烟昏玉垒，便移旌节上荆门。
玉垒荆门路几许，可怜遍地生榛莽。
木落秋经滟滪堆，风高暮宿彭亡聚。
提兵苦少贼苦多，纵使兵多且奈何？
戏下自翻汉家帜，帐中骤听楚人歌。
楚人三千公旧部，数月巴渝共辛苦。
朝趋武帐呼元戎，暮扣辕门诟索虏。
彻侯万户金千斤，首级还须赠故人。
此意公私君莫问，此时恩怨两难论。
爱弟相随同玉碎，赠官赐谥终何济？
铜鼓聊当蒿里歌，铁笼便是东园器。
杀胡林中作帝羓，蜀盐几斛相交加。
留取使君生面在，顺流直下长风沙。
南楼到日人人识，犹忆使君曾驻节。
将军置卫为周防，父老遥看暗呜咽。
昔闻暴抗汉与明，规摹还使后人惊。
和州有庙祠余阙，西楚何亲葬谷城。
即今蛮邸悬头久，枯骨犹闻老兵守。
白狄谁归先轸元，朱玚空请王琳首。
玉轴牙签尽作尘，兰亭殉葬更无因。
颇闻纪甗归齐国，复道龙文委水滨。
首在荆南身在蜀，归魂日夜西山麓。
千里空驰江上心，一时已抉城门目。
可怜萧瑟满江潭，无限江南与汉南。
莫问翠微旧山色，西风落木归来庵。

观红叶一绝句

漫山填谷涨红霞，点缀残秋意太奢。
若问蓬莱好风景，为言枫叶胜樱花。

壬子岁除即事

又向殊方阅岁阑，梦华旧事记应难。
缁尘京洛浑如昨，风雪山城特地寒。
可但先人知汉腊，定谁军府问南冠。
屠苏后饮吾何憾，追往伤来自寡欢。

咏史 癸丑

（一）

六龙时御天，肇迹元黄战。
牧野始开周，垓下遂造汉。
洛阳缚二竖，唐鼎初云奠。
赵宋号孱王，神武耀淮甸。
稜威既旁薄，大号乃涣汗。
六合始抟心，群丑亦革面。
令行政自举，病去利乃见。
游士复庠序，征夫归陇畔。
百年开太平，一日资涂炭。
自非舜禹功，漫侈唐虞禅。

（二）

先王号圣贤，后王称英雄。
英雄与圣贤，心异术则同。
非仁民弗亲，非义士莫从。
智勇纵自天，饥溺思在躬。
要令天下肥，始觉一身崇。
百世十世量，早在绨搆中。
黄屋何足娱，所娱以其功。

成家与仲家，奄忽随飘风。
所以曹孟德，犹以汉相终。

（三）

典午师曹公，世亦师典午。
赫赫荀贾辈，所计在门户。
师尹既多辟，庶政乃无度。
季伦名家子，文采照区宇。
堂堂南州牧，乃劫西域贾。
祖逖出东塘，戴渊踞淮浦。
虎狼在堂室，徙戎复何补？
神州遂陆沈，百年委榛莽。
寄语桓元子，莫罪王夷甫。

（四）

塞北引弓士，塞南冠带民。
耕牧既殊俗，言语亦异伦。
三王大一统，乃以禹迹言。
大幕空度汉，长城已筑秦。
古来制漠北，独有唐与元。
元氏储祥地，唐家累叶婚。
神尧出独孤，官氏北地尊。
英英文皇帝，母后黑獭孙。
用兹代北武，纬以江左文。
婉娈服弓马，潇洒出经纶。
蕃将在阃外，公主过河源。
所以天可汗，古今唯一人。

（五）

少读陶杜诗，往往说饥寒。
自来夸毗子，焉知生事艰。
子云美笔札，遨游五侯间。
孔璋檄豫州，矢在袁氏弦。
魏台一朝建，书记又翩翩。
文章诚无用，用亦未为贤。
青春弄鹦鹉，素秋纵鹰鹯。
咄咄扬子云，今为人所怜。

昔　游

（一）

端居爱山水，懒性怯游观。
同游畏俗客，独游兴易阑。
行役半九州，所历多名山。
舟车有程期，筋力愁跻攀。
穷幽岂不快，资想讵足欢。
亦思追昔游，揽笔空汗颜。

（二）

我本江南人，能说江南美。
家家门系船，往往阁临水。
兴来即命棹，归去辄隐几。
远浦见萦回，通川流浼涿。
春融弄骀荡，秋爽呈清泚。
微风葭鹭外，明月荇藻底。
波暖散凫鹭，渊深跃鰋鲤。
枯槎渔网挂，别浦菱歌起。
何处无此境，吴会三千里。

（三）

西湖天下胜，春日四序最。
我行值暮春，山路雨初霁。
言从金沙港，步至云林寺。
山川气苏醒，卉木昼融泄。
老干缀新绿，丛篁积深翠。
林际荡湖光，石根漱寒濑。
新莺破寂寥，时出高柳外。
兹游犹在眼，流水十年事。

（四）

二年客吴郡，所爱郡西山。
买舟出西郭，清光照我颜。
东风开垂柳，一一露烟鬟。
远望殊无厌，近揽信可餐。
天平石尤胜，巧匠穷雕镌。
想当洪濛初，此地朝群仙。
尽将白玉笏，插在苍崖巅。
仰跻隥道绝，俯视邱壑妍。
谷中颇夷旷，有庐有田园。
玉兰数百树，烂漫向晴天。
淹留逮日暮，坐见飞鸟还。
题名墨尚在，试觅白云间。

（五）

大江下岷峨，直走东海畔。
我行指夏口，所见多平远。
振奇始豫章，往往成壮观。
马当若连屏，石脚插江岸。
窈窕小姑山，微茫湖口县。
回首香炉峰，飞瀑挂天半。
玉龙升紫霄，头角没云汉。
昏旦变光景，阴晴殊隐现。
几时步东林，真见庐山面。

（六）

京师厌尘土，终日常掩关。
西山朝暮见，五载未一攀。
却忆军都游，发兴亦偶然。
我来自南口，步步增高寒。
两崖积铁立，一径羊肠穿。
行人入眢井，羸马蹴流泉。
左转弹琴峡，流水声潺潺。
夕阳在峰顶，万杏明倚天。
暮宿青龙桥，关上月正圆。
溶溶银海中，历历群峰巅。
我欲从驼纲，北去问居延。
明朝入修门，依旧尘埃间。

隆裕皇太后挽歌辞九十韵

先帝将亲政，旁求内助贤。
宗臣躬奉册，天子自临轩。
长女爰迎渭，元妃夙号嫄。
未央新受玺，长乐故承欢。
问寝趋西苑，从游在北园。
太官分玉食，女史进银镮。
璧月临华沼，明河界掖垣。
铜龙宵咽漏，香兽晓喷烟。
礼数元殊绝，恩波自不偏。
螽斯宜揖揖，瓜瓞望绵绵。
就馆终无日，专房抑有缘。
齐纨虽暂弃，汉剑固难捐。
家国频多事，君王企改弦。
亲臣用安石，旧学重甘盘。
调护终思皓，危疑伫得韩。
东朝仍薄怒，左卫且流言。
玉几陈朝右，珠襦出殿前。
求医晨下诏，训政暮追班。
宣室从今罢，长门自昔闲。
事虽西掖秘，语已内家传。
闻疾然疑作，瞻天去住难。
翻因朝鹤禁，暂得对龙颜。
憔悴凭谁问，忧虞只自怜。
妾身甘薄命，官里愿加餐。

别殿春巢燕，离宫夏听蝉。
王家犹隍杌，国步遂迍邅。
象魏妖氛逼，钩陈杀气躔。
轻装同涕出，下殿但衣牵。
豆粥芜亭畔，柴车易水边。
终然随玉辇，幸免折金鞭。
去国诚多感，回銮更永叹。
乾坤重缔造，母子尚防闲。
梦去瀛台近，愁来渤海宽。
枯桐根半死，古井水长寒。
掩抑长生祝，仓皇末命宣。
鹤归寒有语，龙去迥难攀。
先后同危慑，升真各后先。
委裘迎济北，负扆仗河间。
孺子垂裳日，亲王摄政年。
谦冲如昨日，悲感每无端。
泪与湘流竭，恩唯鞠子单。
起居调甲观，游幸罢甘泉。
篝火俄张楚，传烽忽到燕。
大臣唯束手，小吏或弹冠。
阃外无卢植，山中有谢安。
庙谟先立帅，廷议尽推袁。
洒落捐前隙，低徊忆后艰。
方令调鼎鼐，不独总师干。
反旆从江浒，衔恩入上兰。
君臣同涕泪，殿陛尽潺湲。
礼自群僚绝，权教一相专。
坐令成羽翼，不觉变寒暄。
鄂渚宽穷寇，金陵撤外援。
虚张江表势，都散水衡钱。

国论归操纵，军心任控抟。
嗣宗因劝进，祭仲自行权。
大内更筹转，中宵禅草颁。
琅琅宣德令，草草载书编。
帝制仍平日，宫僚俨备员。
鹭飞今作客，龙亢昔乘乾。
城阙罘罳坏，园陵草露溥。
黄图馀禁籞，赤子剩中涓。
寂寞看冲主，欷歔对讲官。
哓音缘室毁，忍死为巢完。
属者逢天寿，佳辰近上元。
诸王仍入内，故相愿交欢。
燀赫生辰使，凄凉上寿筵。
陪臣称上客，拜表易通笺。
御殿心如噎，移宫议又喧。
长春才受贺，宁寿遽升仙。
侧听弥留耗，传从丙夜阑。
嗣皇居膝下，太保到帘前。
母子恩无极，君臣分俨然。
指天明寄托，视日但汍澜。
前殿繁霜重，西垣落月圆。
寺人缠玉柙，园匠奉金棺。
畴昔悲时命，中间值播迁。
一身元濩落，九庙幸安全。
腐心看夏社，张目指虞渊。
此去朝先帝，相将诉昊天。
秋荼知苦味，精卫晓沈冤。
道路传鸟喙，宫廷讳马肝。
生原虚似寄，死要重于山。
举世嫌濡足，何人识仔肩。

补天愁石破，逐日恨泉干。
心事今逾白，精诚本自丹。
山河虽已异，名节固难刊。
诔德词臣少，流言秽史繁。
千秋彤管在，试与诵斯篇。

癸丑三月三日京都兰亭会诗

大挠以还几癸丑，纪年唯说永和九。
人间上巳何岁无？独数山阴暮春初。
尔来荏苒经几年，岁星百三十周天。
会稽山水何岑寂，竭来异国会群贤。
东邦风物留都美，延阁沈沈连云起。
翻砌非无勺药花，绕门恰有流觞水。
此会非将褉事修，却缘褉序催清游。
信知风俗与时易，唯有翰墨足千秋。
忆昔山阴典郡日，郡中流寓多簪绂。
会稽山水固无双，内史风流复第一。
兰亭修褉序且书，书成自谓绝代无。
一朝茧纸闷幽宅，人间从此无真迹。
后来并失唐人摹，近世犹传宋时石。
此邦士夫多好事，古今名拓争罗致。
我来所见皆瑰奇，二十八行三百字。
开皇响搨殊未工，犹是当年河朔风。
后代正宗推定武，同时摹本重神龙。
南渡家家置一石，流传此日犹珍惜。
偏旁考校徒区区，神采照人殊奕奕。
行书斯帖称墨皇，说有真草相辉光。
小楷几通越州帖，草书三卷澄清堂。
古来书圣推内史，但有赞扬绝言议。
我今重与三摩挲，请为世人阐真秘。
昔人论书以势名，古文篆隶各异型。
千年四体相嬗代，唯尽其势体乃成。

汉魏之间变古隶，体虽解散势犹未。
波磔尚存八分法，茂密依稀两京制。
墓田数帖意独殊，流传仍出山阴摹。
永和变法创新意，世间始有真行书。
由体生势势生笔，书成乃觉体势一。
相斯小篆中郎隶，后得右军称三绝。
小楷法度尽黄庭，行书斯帖具典刑。
草书尺牍尚百数，何曾一一学伯英？
后来鲁公知此意，平生盘礴多奇气。
大书往往爱摩崖，小字麻姑但游戏。
真行巨细无间然，先后变法王与颜。
坐令千载嗟神妙，当日只自全其天。
我论书法重感喟，今年此地开高会。
文物千秋有废兴，江河万古仍滂沛。
君不见，
兰亭曲水埋荒烟，当年人物不复还。
野人牵牛亭下过，但道今是牛儿年。

游仙 乙卯

（一）

金册除书道赐秦，西垂伫见霸图新。
已缘获石祠陈宝，更喜吹箫得上真。
鹑首山河归版籍，凤台歌吹接星辰。
谁知一觉钧天梦，寂寞祈年馆下人。

（二）

十赉文成九锡加，三千剑履从云车。
临轩自佩黄神印，受箓教披素女书。
金检赤文供劾召，云窗露阁榜清虚。
谈谐叵奈东方朔，苦为虚皇注起居。

（三）

劫后穷桑号赤明，眼看天柱向西倾。
经霜琪树春前槁，得水神鱼地上行。
尽有三山沈北极，可无七圣厄襄城。
蓬莱清浅寻常事，银汉何年风浪生？

和巽斋老人伏日杂诗四章 丙辰

春心不可掬，秋思更难量。
雨蚁仍争垤，风萤倏过墙。
视天殊澶漫，观化苦微茫。
演雅谁能续，吾将起豫章。

风露危楼角，凭栏思浩然。
南流河属地，西柄斗垂天。
匡卫中宫斥，棓枪复道缠。
为寻甘石问，失纪自何年？

平生子沈子，迟莫得情亲。
冥坐皇初意，楼居定后身。
精微存口说，顽献付时论。
近枉秦州作，篇篇妙入神。

清浅蓬莱水，从君跂一望。
无由参玉箓，尚记咏霓裳。
度世原无术，登真或有方。
近传羡门信，双鬓已秋霜。

附沈曾植诗：

伏日杂诗简静安

寐叟

伏伏今年雨，湫湫后夜凉。
芸生三有业，缺月一分光。
象意籀重识，虫生患未央。
微风蘋末起，平旦更商量。

天河低案户，星气烂如云。
巧拙时难定，婵媛夕有亲。
福缘祈上将，绮语属词人。
中夜危楼影，披云望北辰。

寂寞王居士，江乡不考槃。
论宜资圣证，道不变贞观。
鸥鸟忘机喻，鷦枝适性安。
善来寻蒋径，何处有田盘。

远书兼旧事，理尽独情悲。
蓍蔡言终验，筠心贯不移。
药炉修病行，讲树立枯枝。
万里罗含宅，弥襟太息时。

再酬巽斋老人

八月炎蒸三伏雨，今年颠倒作寒温。
人喧古渡潮半岸，灯暗幽坊月到门。
迥野蟪蛄多切响，高楼腐草有游魂。
眼前凡楚存亡意，待与蒙庄子细论。

附沈曾植诗：

静安和诗四章，辞意深美，而格制清远，非魏晋后人语也。适会新秋，赋此以答。

寐叟

木落归根水顺流，老翁无感长年秋。
荣桐叶有先雕警，腐草光成即熠游。
吟比鱼山闻梵入，身依鸽寺怖情收。
王筠沈约今焉向，判作琅书脉望休。

游仙　丁巳

如盖青天倚杵低，方流玉水旋成泥。
五山峙海根无著，七圣同车路总迷。
员峤自沈穷发北，若华还在邓林西。
含生总作微禽化，玄鹤飞鸮自不齐。

（唐写《修文殿御览》残卷引《纪年》：“穆王南征，君子为鹤，小人为飞鸮。”）①

① 括号内文字为王国维原注，下同。

海上送日本内藤博士

安期先生来何许？赤松洪厓为伴侣。
蹴踏鹿卢龙与虎，西来长揖八神主。
翩然游戏始齐鲁，陟登泰山睆梁父。
摩挲秦碑溯三五，上有无怀所封土。
七十二王文字古，横厉泗水拜尼甫。
千年礼器今在不？雷洗觞觚爵鹿柤。
豆笾钟磬瑟琴鼓，何所当年夔相圃。
南下彭城过梁楚，飙轮直邸黄歇浦。
回车陋巷叩蓬户，袖中一卷巨如股。
尚书源出晋秘府，天宝改字笑莽卤。
媵以玉篇廿三部，初唐书迹凤鸾翥。
玉案金刀安足数，何以报之愧郑纻。
送君西行极汉浒，游目洞庭见娥女。
北辕易水修且阻，困民之国因殷土。
商侯治河此胥宇，洒沈澹灾功微禹。
王亥嗣作殷高祖，服牛千载德施普。
击床何怒逢牧竖，河伯终为上甲辅。
中兴大业迈乘杜，三十六叶承天序。
有易不宁终安补，我读天问识其语。
竹书谰言付一炬，多君前后相邪许。
太丘沦鼎一朝举，君今渡河绝漳滏。
眼见殷民常黼冔，归去便将阙史补。
明岁寻君道山府，如瓜大枣傥乞与，
我所思兮衡漳渚。

海日楼歌寿东轩先生七十 戊午

海日高楼俯晴空，若华夜半光熊熊。
九衢四照纷玲珑，下枝扶疏上枝童。
阳乌爰集此其宫，扈从八神骖六龙。
步自太平经太蒙，我有不见彼或逢。
悲泉蒙谷次则穷，桑榆西即榑木东。
斯楼突兀星座通，银涛涌见金芙蓉。
谁与主者东轩翁，楼居十年朝海童。
西行偶蹑夸父踪，拄杖不化邓林松。
归来礼日东轩中，咸池佳气瞻郁葱。
在昔庞眉汉阳公，手扶赤日升玄穹。
问年九九时登庸，翁今尚弱一星终。
猿鹤那必非夔龙，矧翁馀事靡不综。
儒林丈人诗派宗，小鸣大鸣随扣钟。
九天珠玉戛枪锪，狐裘笠带都士容。
永嘉末见正始风，典刑文献林在躬。
德机自杜符自充，工歌南山笙邱崇，
翁年会与海日同。
诗家包丘伯，道家浮丘公，
列仙名在儒林中。
平生幸挹天衣袖，自办申辕九十翁。

戊午日短至

常雨常阴闷下都，佳辰犹自感睽孤。
天行未必愆终始，云物因谁纪有无。
万里玄黄龙战野，一车寇媾鬼张弧。
烬灰拨尽寒无奈，愁看街头戏泼胡。

附沈曾植诗：

静安录示短至诗和韵奉教

寐叟

月当头夕影模胡，万里云罗雁孽孤。
欲敏天关藏九雒，自斟玄酒礼三无。
神丛箫鼓迎诸布，雨妾缠绵脱后弧。
独有泽农忧岁苦，麦塍谁与鼓咙胡？

夜久朝元到紫都，钧天散后客星孤。
壬辰降岁犹迟待，大乙神光乍有无。
北晓冥燃龙伯烛，南星秋合老人弧。
低徊五百年间事，散尽娲沙问老胡。

东轩老人两和前韵再叠一章

缁撮黄裘望彼都，报章稠叠慰羁孤。
蹉跎白日看时运，骆驿升云半有无。
抟土定知非妙戏，射妖何意失阴弧。
国中总和元规乐，谁信文康是老胡？

哭富冈君㧑

摇落孤生本易伤，穷冬急景去堂堂。
亲知聚散随流水，文献凋残到异方。
豪气未应浇酒去，奇书须遣凿楹藏。
海西一老同垂涕，十载唐音待报章。

（去岁君游海上，东轩老人嘱访日本所传唐代乐谱。昨闻君讣，为之太息）。

题蕺山先生遗像　己未

山阴别子亢姚宗，儒效分明浩气中。
封事万言多慷慨，过江一死转从容。
僧祇劫去留人谱，风义衰时拜鬼雄。
我是祝陈乡后辈，披图莫讶涕无从。

（祝：祝开美；陈：陈乾初。）

题敦煌所出唐人杂书六绝句

吏黠民冥自古然，牛毛法令弄尤便。
千秋仁政君知否？不课丁男只课田。

（《唐沙州敦煌县大历四年户籍》）

女主新符出阿师，寻寻遗法付阇黎。
大云两译分明在，莫认牟尼作末尼。

（《大云经疏》）

虚声乐府擅缤纷，妙悟新安迥出群。
茂倩漫收双绝句，教坊原有凤归云。

（《云谣集杂曲子》）

劫后衣冠感慨深，新词字字动人心。
贵家障子僧家壁，写遍韦郎秦妇吟。

（韦庄《秦妇吟》）

圣德神功古所难，千秋郅治想贞观。
不知六月庚申事，梦里如何对判官。

（《太宗入冥》小说）

赐姓当年编属蕃，圣天译语有根源。
大金玉国天公主，莫作唐家支派论。

（于阗国天公主李氏施画《地藏菩萨像》）

赠太子少保特谥文忠梁公挽歌词

（一）

海内论忠孝，无如鬌绝伦。
盛年忧国是，苦口出词臣。
屡困屠鲸手，终休饰豸身。
平生肝胆在，临老故轮囷。

（二）

汉历中衰日，昌陵覆篑馀。
敷天思复土，一老独驰书。
奉檄豚鱼泣，程功象鸟俱。
凄凉弘演意，千载为欷歔！

（三）

来从鼎胡观，入直承明宫。
任重忘衰疾，恩深饰始终。
赠官如故事，诔德冠群公。
臣意终何慕，西京溲仲翁。

冬夜读《山海经》感赋

兵祸肇蚩尤，本出庶人雄。
肆其贪饕心，造作兵与戎。
帝受玄女符，始筑肩髀封。
龙驾俄上仙，颛顼方童蒙。
康回怒争帝，立号为共工。
首触天柱折，乃与西北通。
坐令赤县民，当彼不周风。
尔臣何人号相繇，蛇身九首食九州。
蠚草则死蠚木枯，欱尼万里成泽湖。
神禹杀之其血腥，臭不可以生五谷，
湮之三仞土三菹。
峨峨群帝台，南瞰昆仑虚。
伟哉万世功，微禹吾其鱼。
黄帝治涿鹿，共工处幽都。
古来朔易地，中土同膏腴。
如何君与民，仍世瓷毒痡？
帝降洪水一荡涤，千年刚卤地无肤。
唐尧乃嗟咨，南就冀州居。
所以禹任土，不及幽并区。
吁嗟乎，
敦薨之海涸不波，乐池灰比昆池多。
高岸为谷谷为阿，将由人事匪有它。
断鼇炼石今则那，奈汝共工相繇何？

小除夕东轩老人饷水仙钓钟花赋谢

偪仄复偪仄，海壖受一廛。
庭除确无土，井谷深无天。
觗顶眠群儿，积薪庋陈编。
欹枕何所见？皑皑白盛鲜。
登楼何所见？矗矗万灶烟。
校雅辨节荼，识篆得鲠鲱。
兴来阅画障，却看江南山。
云气荡东海，嘉树森西园。
衣带绕北江，芳草被南阡。
市楼一回合，苍翠空无端。
峨峨故纸堆，兀兀文字禅。
荒荒时运尽，迈迈我生观。
幽谷掣岩电，回照群动前。
短智蹑天后，深忧居人先。
雨水告岁遒，檐溜鸣潺潺。
穷阴增积惨，逝水悲徂年。
时晏孰华余？长者忽有颁。
便娟花数丛，烂漫珠一箪。
儿倾储粟瓶，妇彻荐新盘。
僮媪纷濯溉，新井汲寒泉。
未能插晴昊，亦足媚幽闲。
徙倚温洛神，杂佩来姗姗。
王母下乐池，玉胜黄琅玕。
何期周饶国，一昔会群仙。
苏魂聚窟香，忘忧北堂萱。

零陵恶可辟，合欢忿且蠲。
相期游汗漫，复此得迈宽。
公诗天下雄，揖让苏与韩。
我惭籍湜辈，来厕晁张间。
冀以寸莛细，一叩洪钟宣。
诘朝唱侲子，政可殴神奸。
赋诗答嘉贶，定致风伯篇。

张小帆中丞索咏南皮张氏二烈女诗 庚申

中丞教作烈女歌，五年宿诺嗟蹉跎。
去岁养疴北海上，督责乃枉高轩过。
我生恨识前辈晚，相国精魂箕尾远。
昔随书局趋东阁，顷以部民谒南阮。
朱颜白发韬英姿，想见手夷征侧时。
十载江湖瞻北阙，一门忠孝数南皮。
烈女同出南皮张，清门迥与高门望。
孰云部娄无松柏，郁郁双干蟠穹苍。
陵谷推移名节变，昔人所尊今则贱。
画墁居然傲国工，戚施乍可呼邦媛。
谁与赋诗陈彝伦，濡染大笔劳山人。
群公题咏吾能记，若有人兮水竹邨。
邨人皤然一诗叟，趣取大物亦何有？
末流那解盗圣智，异俗何时还淳厚。
吁嗟乎，
箕斗之间析木津，间气终然钟妇人。
两条恒卫东流去，万古巍巍二女坟。

梦得东轩老人书，醒而有作，时老人下世半岁矣 癸亥

弥天海日翁，驭气归混茫。
天上信差乐，且莫睨旧乡。
峨峨帝释宫，滃滃修罗场。
人事日糊溃，蒿目无乃创。
平生忧世泪，定溢瑶池觞。
幽明绝行理，有命那得将？
昨宵忽见梦，发函粲琳琅。
细书知意密，一牍逾十行。
古意备张索，近势杂倪黄。
且喜得翁书，遑问人在亡。
傥有讦谟告，不假诏巫阳。
仓皇未卒读，邻鸡鸣东墙。
欹枕至天曙，涕泗下沾裳。

杨留垞六十寿诗

（一）

北扉新命忝同除，南籞经年忆卜居。
久叹道存温雪子，复惊文似汉相如。
日躔龙尾春方永，夕课蝇头眼未疏。
诗话文经无恙在，天教野史作官书。

（二）

退食东华日又斜，意园重过一咨嗟。
征文访献都陈迹，昭德春明几旧家。
垂老复温铜辇梦，及时且看洛阳花。
与君努力崇明德，墙角西山粲晚霞。

题澹斋少保独立苍茫自咏诗图卷

（一）

森爽高原汉乐游，都人宴赏日无休。
城南车马知多少，谁会苍茫一段愁。

（二）

许身稷契庸非拙，到眼开天感不胜。
惟有司勋知此意，揭来原上望昭陵。

题贡王朵颜卫景卷 甲子

（一）

濡水南来千里长，卢龙东走塞云黄。
豪端底怪风云满，目断黄图写故乡。

（二）

杼首终葵百仞顽，锤峰今见画图间。
郦亭石梃形容妙，未记河西双塔山。

（三）

千岩岝崿锡伯邸，万木沈酣武列源。
谁分江南兵火里？赤山招得董源魂。

（四）

玉溪诗得少陵魂，向晚高歌武帝孙。
解道英灵殊未已，不须惆怅近黄昏。

罗雪堂参事六十寿诗 乙丑

（一）

卅载云龙会合常，半年濡呴更难忘。
昏灯履道坊中雨，羸马慈恩院外霜。
事去死生无上策，智穷江汉有回肠。
毗蓝风里山河碎，痛定为君举一觞。

（二）

事到艰危誓致身，云雷屯处见经纶。
庭墙雀立难存楚，关塞鸡鸣已脱秦。
独赞至尊成勇决，可知高庙有威神。
百年知遇君无负，惭愧同为侍从臣。

观堂别集·诗

此数十首诗录自王国维《观堂别集》卷四，此据《王国维遗书》本。

张母桂太夫人真赞 壬戌四月

洪范九畴五星极，日逌好德锡之福。
吾党张仲最孝友，有母八旬仁者寿。
寿富康宁五福偕，芝兰玉树罗庭阶。
应身解化亦偶然，归处应是兜率天。

定居京都奉答铃山豹轩枉赠之作并柬君山湖南君㧑诸君子 辛亥

（一）

海外雄都领百城，周家洛邑宋西京。
龙门伊阙争奇秀，昭德春明有典刑。
闾里尚存唐旧俗，桥门仍习汉遗经。
故人不乏朝衡在，四海相看竟弟兄。

（二）

莽莽神州入战图，中原文献问何如？
苦思十载窥三馆，且喜扁舟尚五车。
烈火幸逃将尽劫，神山况有未焚书。
他年第一难忘事，秘阁西头是敝庐。

（三）

平生邱壑意相关，此日尘劳暂得闲。
近市一廛仍远俗，登楼四面许看山。
书声只在淙潺里，病骨全苏紫翠间。
赁庑佣书吾辈事，北窗聊为一开颜。

（四）

三山西去阵云稠，虎据龙争讫未休。
邂逅喜来君子国，登临还望帝王州。
市朝言论鸡三足，今古兴亡貉一丘。
犹有故园松菊在，可能无赋仲宣楼。

题沈乙庵方伯所藏赵千里云麓早行图 丙辰

（一）

华原石法河阳树，都入王孙盘薄中。
千载只传金碧画，谁知衣钵是南宗。

（二）

同时刘李并精能，马夏终嫌笔有棱。
一种高华严冷意，百年嫡嗣在吴兴。

（三）

残缣风雪凌竞处，几度高斋拂拭看。
至竟装潢无圣手，却将明丽变荒寒。
（重装洗涤，古意稍失，先生甚为惋惜。）①

① 括号内文字为王国维原注，下同。

题徐积馀观察随庵勘书图 丁巳季冬

（一）

漫乙卢黄甲戴钱，北江戏语费衡铨。
世间尽有洪崖骨，不遇金丹不得仙。

（二）

朝访残碑夕勘书，君家故事有新图。
衣冠全盛江南日，儒吏风流总不如。

（三）

前有随轩后随庵，二徐焜耀天东南。
海滨投老得至乐，石墨琅书共一龛。

姚子梁观察母濮太夫人九十寿诗 戊午

（一）

班家才学左家齐，白发委佗称副笄。
尹吉西都君子女，蘋蘩南国大夫妻。
栽桑海畔都成实，蕴玉川流不受泥。
说与慈颜应一笑，金堂石室在河西。

（二）

麻姑原是地行仙，东过蓬莱阅海田。
襐饰母犹司服旧，斑衣儿况老莱年。
相看人瑞非今世，要见河清诧后贤。
我愧奚斯能颂鲁，十年伫赋閟宫篇。

题某君竹刻小像

铸金象范蠡，买丝绣平原。
图形甘泉宫，刻石孝堂山。
于事岂不伟，适性非所便。
江南有君子，人在夷惠间。
爱画兼爱竹，孤情与云闲。
自貌岩壑姿，镌之青琅玕。
画理得简易，竹性同贞坚。
朗朗浮玉山，娟娟下若川。
高风寄简毕，永与金石传。

题况蕙风太守北齐无量佛造象画卷

（一）

湖海声名四十年，词人老去例逃禅。
凭君持此归何处？石榻茶烟一惘然。

（二）

不思议光无量佛，人天何处有亏成？
蟪蛄十里违山耳，不听频伽只听经。

题刘翰怡小像 己未

早岁除书识姓名，中间述作走寰瀛。
相逢海上惊年少，亟语尊前觉道宏。
汲古不嫌孤阁迥，赋诗还夺玉山清。
隐湖盛业千秋在，不数前朝顾阿瑛。

题族祖母蒋夫人画兰　庚申

鹎鵊先鸣草不春，天教翠墨与精神。
且将东海栽桑手，来作幽花写照人。
新坂校知邻小筑，管公楼傥梦前身。
白头二老婆娑处，可许吴兴拜路尘。

高欣木舍人得明季汪然明所刊柳如是尺牍三十一通并己卯《湖上草》为题三绝句

羊公谢傅衣冠有，道广性峻风尘稀。
纤郎名字吾能忆，合是扬州王草衣。

（尺牍廿五云：“承谕出处，备见剀切，特道广性峻，所志各偏，久以此事推纤郎，行自愧也。”纤郎，疑即王修微，字修微，一号草衣道人，广陵人。后归许霞城给事。）

华亭非无桑下恋，海虞初有蜡屐踪。
汪伦老去风情在，出处商量最恼公。

（《草中赠陆处士》诗有“我是华亭旧时客”句，顾云美《河东君传》云：君初适云间孝廉为妾，故有“华亭旧客”之句。又君初访半野堂在庚辰之冬，尺牍中第三十、第三十一皆及之。）

幅巾道服自权奇，兄弟相呼竟不疑。
莫怪女儿太唐突，蓟门朝士几须眉。

（顾云美摹河东君初访半野堂小象作男子服，此尺牍与汪然明者，皆自称曰弟。）

题汉人草隶砖

（一）

草隶三行文廿四，谁将令适作书材？
全章六十三言在，如见敦煌笔札来。

（敦煌所出汉人手书木简，有《急就篇》百余字，惟首章独全。）

（二）

不教非种生我土，要使良苗得藉根。
蔡葵胜之书总逸，农家言向纺专存。

（汉人草隶“急就”、“稊稌”二专，其一藏吾邑邹景叔大令家，其一不知藏谁氏。雪堂以拓本见遗，装成，漫题二绝句。时辛酉季冬醉司命日，严寒，永观堂炙砚书。）

梁溪高仲均兄弟以其先德古愚先生事实属题为书一绝 （壬戌）

学成名母今比之，方识高家兄弟贤。
珍重东林旧家世，惠山长有在山泉。

题西泠印社图

（一）

踏弩飞云事事新，行都社事记纷纶。
如今百技都销歇，管领湖山属印人。

（二）

把臂龙泓共入林，缶翁图象写倭金。
何由更复吾邱魄，湖水西泠深复深。

题御笔双鹳鸲　癸亥

百种能言数穴禽，朅来枝上语秋深。
一从栖息丹山后，学得轩台鸾凤音。

题绍越千太保先德梦迹图

（一）

富平公子逐星槎，兰省仙郎走传车。
尽历缘边知阨塞，更便剧郡理纷拿。
时清右辅多殊政，事去东京感梦华。
好作雪鸿图记看，未容佳话擅东家。

（二）

万石温温父子同，牧邱最小作三公。
补天事业崎岖后，忧国情怀鬓发中。
恩泽一门今自厚，承平百态昔偏丰。
披图漫作华胥感，会见扶阳继祖风。

题御笔牡丹

（一）

大钧造物无时节，画出姚黄历岁寒。
不数城南崇效寺，一年一度倚阑看。

（二）

摩罗西域竞时妆，东海樱花侈国香。
阅尽大千春世界，牡丹终古是花王。

（三）

欲步元舆赋牡丹，品题国色本来难。
众仙舞罢霓裳曲，倦倚东风白玉阑。

（四）

唐人竞买洛城圃，篱护泥封得几旬？
一自天工施点染，画堂长作四时春。

（五）

扶疏碧荫护琼姿，不怕风狂雨妒时。
俗谚总归天冶铸，牡丹多仗叶扶持。

（六）

红梅未吐蜡梅陈，数朵琼云点染新。
天与人间真富贵，来迎甲子岁朝春。

（七）

俯者如思仰者悦，古人体物有馀工。
不须更诵元舆赋，尽在丹青造化中。

（八）

天香国色世无伦，富贵前人品未真。
欲识和平丰乐意，玉阶看取此花身。

（九）

履端瑞雪兆丰年，甲子贞馀又起元。
天上偶然闲涉笔，都将康乐付垓埏。

题御笔花卉四幅

（一）

妙绝葩经一字秾，悬知体物古来工。
倚天照海春无限，尽在丹青造化中。
（碧桃）

（二）

万种秾华著意开，纷纷桃李尽舆台。
俯思仰悦饶姿态，总被层霄雨露来。
（牡丹）

（三）

叶密花繁意不胜，诸天缨络挂层层。
可知青李来禽种，未抵天南日给藤。
（藤萝）

（四）

小山丛桂东篱菊，更写幽花著海棠。
天上原无秋气感，横汾词句似宣房。
（桂菊海棠）

南书房太监朱义方索题所藏陈子砺学使内直时画册

东莞五忠书甫就，南州一老鬓成丝。
干戈满眼江湖迥，应忆挥毫朵殿时。

题镇海李太夫人八徽图 甲子

鸡鸣趋寝门，左箴左线纩。
我诵痳叟诗，妇智敬无旷。
（侍栉箴纫）

灭烛见奇谋，坠楼奋壮节。
中有古兵机，实虚虚者实。
（急智靖变）

徙像全宗祐，舆姑出险巇。
下堂须保傅，笑杀宋共姬。
（遇火整暇）

门前揭竿徒，半饱君家粟。
报怨竟以德，为善日不足。
（振廪捍侮）

善交存久敬，大孝在永慕。
二年药垆间，夫子知吾素。
（病榻服劳）

一朝卖作奴，终身为非民。
伟哉李太君，独拯五百人。
（手援众溺）

麻姑向东海，手种万树桑。
冠带遍一郡，童童浃浦旁。
（创学惠乡）

上有紫竹林，下有蛟鼍窟。
波涛万艨艟，稽首定光佛。
（然灯照海）

为马叔平题三体石经墨本 乙丑

千载何人知拓墨，二经全帙溯萧梁。
开元零落十三纸，皇祐丛残百数行。
岂谓风流仍正始，直将眼福傲欧黄。
尚馀君奭篇题在，梅本渊源待细商。

（《隶续》所录宋皇祐间洛阳苏望刻石，予以行款求之，得一百十二行，实止八百一十九字。）

袁中舟侍讲五十生日寿诗 丙寅

螭首簪豪迹已陈，虎门端委事犹新。
琼楼已自归无地，寒谷那知岁有春？
不分道销同甲戌，且留身在奉君亲。
酒阑悮作承平看，云汉昭回在北桭。

题澉山检书图

（一）

曙郁画得南楼意，醇士图随碧血亡。
若论风流略名位，秀州何必逊钱唐。

（二）

作记同时邵与钱，庚申重跋倍凄然。
三家子弟都无恙，回首沧桑七十年。

题邓顽白梅石居小像

潇洒衣冠全盛日，联翩题咏中兴时。
万方鼓角穷冬夜，剪烛披图有所思。

王国维诗拾遗

拾遗者，指未见于《王国维遗书》之诗作。

咏史二十首[①]

回首西陲势渺茫，东迁种族几星霜？
何当踏破双芒屦，却上昆仑望故乡。

两条云岭摩天出，九曲黄河绕地回。
自是当年游牧地，有人曾号伏羲来。

憯憯生存起竞争，流传神话使人惊。
铜头铁额今安在？始信轩皇苦用兵。

澶漫江淮万里春，九黎未格又苗民。
即今魋结穷山里，此是江南旧主人。

二帝精魂死不孤，嵇山陵庙似苍梧。
耄年未罢征苗旅，神武如斯旷代无。

铜刀岁岁战东欧，石弩年年出挹娄。
毕竟中原开化早，已闻镠铁贡梁州。

谁向钧天听乐过，秦中自古鬼神多。

① 《咏史》二十首为王氏生前未刊稿，1928 年最先载于《学衡》第六十六期。注明为“未刊遗稿”。篇末附记云：“按右诗二十首，分咏中国全史，议论新奇而正大，为静安先生壮岁所作。集中失收，且从未刊布。本刊展转得之罗叔言先生（振玉）许。亟录之以示世人。编者识。”大约作于 1895—1897 年间，原稿藏罗振玉处。

即今诅楚文犹在，才告巫咸又亚驼。

《春秋》谜语苦难诠，历史开山数腐迁。
前后固应无此作，一书上下二千年。

汉作昆池始见煤，当年赀力信雄哉。
于今莫笑胡僧妄，本是洪荒劫后灰。

拗戈大启汉山河，武帝雄材世讵多。
轻骑今朝绝大漠，楼船明日下牂柯。

慧光东照日炎炎，河陇降王正款边。
不是金人先入汉，永平谁证梦中缘？

西域纵横尽百城，张陈远略逊甘英。
千秋壮观君知否？黑海东头望大秦。

三方并帝古未有，两贤相厄我所闻。
何来洒落尊前语：天下英雄惟使君。

北临洛水拜陵园，奉表迁都大义存。
纵使暮年终作贼，江东那更有桓温。

江南天子皆词客，河北诸王尽将材。
乍歌乐府《兰陵曲》，又见湘东玉轴灰。

晋阳蜿蜿起飞龙，北面倾心事犬戎。
亲出渭桥禽颉利，文皇端不愧英雄！

南海商船来大食，西京祆寺建波斯。
远人尽有如归乐，知是唐家全盛时。

五国风霜惨不支，崖山波浪浩无涯。
当年国势陵迟甚，争怪诸贤唱攘夷。

黑水金山启伯图，长驱远蹠世间无。
至今碧眼黄须客，犹自惊魂说拔都。

东海人奴盖世雄，卷舒八道势如风。
碧蹄倘得擒渠反，大壑何由起蛰龙。

戏效季英作口号诗六首①

舟过瞿塘东复东，竹枝声里杜鹃红。
白云低渡沧江去，巫峡冥冥十二峰。

朱楼高出五云间，落日凭栏翠袖寒。
寄语塞鸿休北度，明朝飞雪满关山。

夜深微雨洒帘栊，惆怅西园满地红。
侬李夭桃元自落，人间未免怨东风。

双阙凌霄不可攀，明河流向阙中间。
银灯一队经驰道，道是君王夜宴还。

雨后山泉百道飞，冥冥江树子规啼。
蜀山此去无多路，要为催人不得归。

十年肠断寄征衣，雪满天山未解围。
却听邻娃谈故事，封侯夫婿黑头归。

① 《戏效季英作口号诗》（六首）见于《人间词话》手稿卷首，系王国维手迹，为其所作。季英，即刘大绅，刘鹗第四子。

题《殷虚书契考释》[1]

不关意气尚青春，风雨相看各怆神。
南沈北柯俱老病，先生华发鬓边新。

① 此诗作于1914年，1916年12月29日王国维致罗振玉信中云："前年《殷虚书契考释》成时，前印公写照，维本拟题诗四首，仅成一首，故未题。"

咏东坡[①]

堂堂复堂堂，子瞻出峨嵋。
少读范滂传，晚和渊明诗。

① 此诗作于1916年，为集句，王国维自注：“两山、君扮两先生招集东山左阿弥旅馆，作坡公生日，愧无佳语，因录古人成句。”（见《王忠悫公遗墨》）

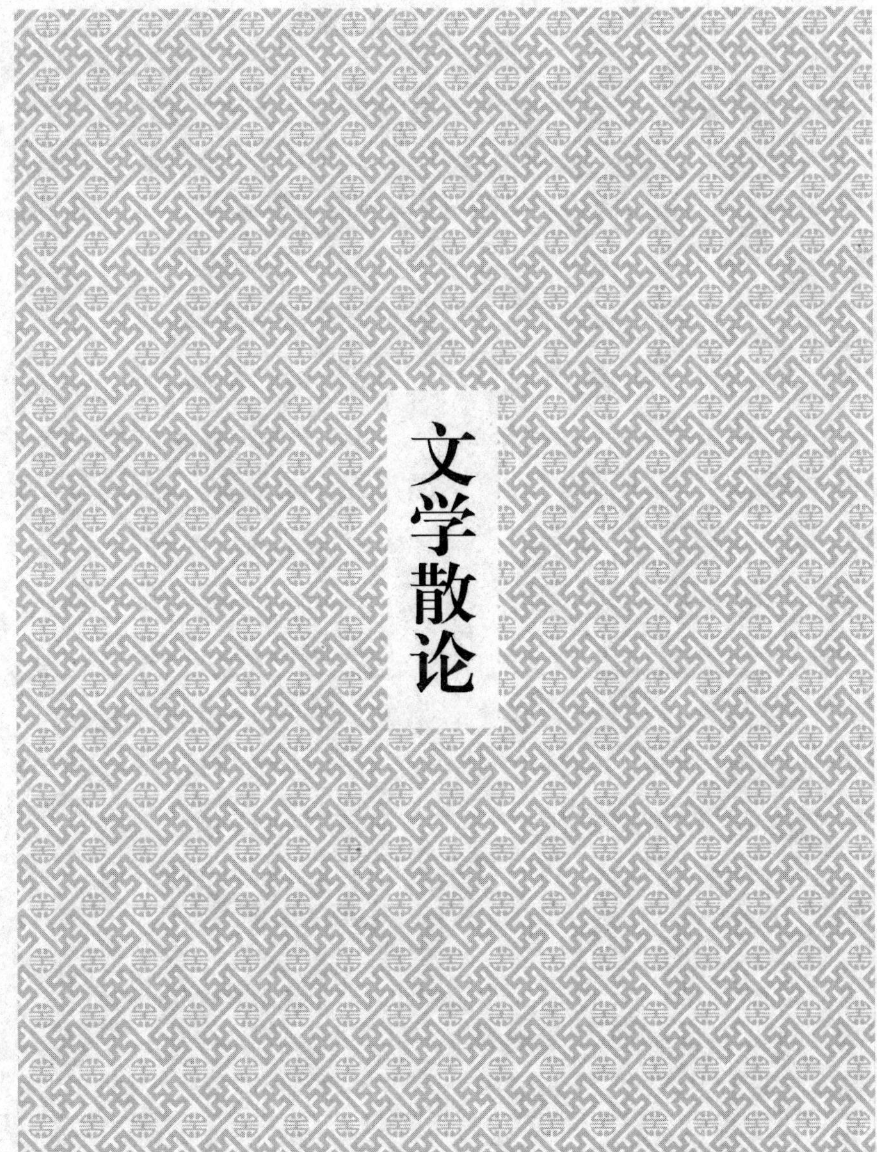

文学散论

文学小言[1]

一

昔司马迁推本汉武时学术之盛，以为利禄之途使然。余谓一切学问皆能以利禄劝，独哲学与文学不然。何则？科学之事业皆直接间接以厚生利用为恉，故未有与政治及社会上之兴味相剌谬者也。至一新世界观与一新人生观出，则往往与政治及社会上之兴味不能相容。若哲学家而以政治及社会之兴味为兴味，而不顾真理之如何，则又决然非真正之哲学。此欧洲中世哲学之以辩护宗教为务者，所以蒙极大之耻辱，而叔本华所以痛斥德意志大学之哲学者也。文学亦然；餔餟的文学，决非文学也。

二

文学者，游戏的事业也。人之势力，用於生存竞争而有余，於是发而为游戏。婉娈之儿，有父母以衣食之，以卵翼之，无所谓争存之事也。其势力无所发泄，於是作种种之游戏。逮争存之事亟，而游戏之道息矣。惟精神上之势力独优，而又不必以生事为急者，然后终身得保其游戏之性质。而成人以后，又不能以小儿之游戏为满足，於是对其自己之情感及所观察之事物而摹写之，咏叹之，以发泄所储蓄之势力。故民

① 《文学小言》发表于1906年《教育世界》总第139号，收入《静庵文集续编》。

族文化之发达，非达一定之程度，则不能有文学；而个人之汲汲於争存者，决无文学家之资格也。

三

人亦有言，名者利之宾也。故文绣的文学之不足为真文学也，与馎馁的文学同。古代文学之所以有不朽之价值者，岂不以无名之见者存乎？至文学之名起，於是有因之以为名者，而真正文学乃复托於不重於世之文体以自见。逮此体流行之后，则又为虚玄矣。故模仿之文学，是文绣的文学与馎馁的文学之记号也。

四

文学中有二原质焉：曰景，曰情。前者以描写自然及人生之事实为主，后者则吾人对此种事实之精神的态度也。故前者客观的，后者主观的也；前者知识的，后者感情的也。自一方面言之，则必吾人之胸中洞然无物，而后其观物也深，而其体物也切；即客观的知识，实与主观的情感为反比例。自他方面言之，则激烈之情感，亦得为直观之对象、文学之材料；而观物与其描写之也，亦有无限之快乐伴之。要之，文学者，不外知识与感情交代之结果而已。苟无锐敏之知识与深邃之感情者，不足与於文学之事。此其所以但为天才游戏之事业，而不能以他道劝者也。

五

古今之成大事业大学问者，不可不历三种之阶级："昨夜西风凋碧树，独上高楼望尽天涯路。"晏同叔《蝶恋花》此第一阶级也。"衣带渐宽终不悔，为伊消得人憔悴。"欧阳永叔《蝶恋花》此第二阶级也。"众里寻他千百度，回头蓦见（当作“蓦然回首”），那人正在灯火阑珊处”。辛幼安《青玉案》此第三阶级也。未有未阅第一第二阶级，而能遽跻第三阶级者。文学亦然。此有文学上之天才者，所以又需莫大之修养也。

六

三代以下之诗人，无过於屈子、渊明、子美、子瞻者。此四子者若无文学之天才，其人格亦自足千古。故无高尚伟大之人格，而有高尚伟大文章者，殆未之有也。

七

天才者，或数十年而一出，或数百年而一出，而又须济之以学问，助之以德性，始能产真正之大文学。此屈子、渊明、子美、子瞻等所以旷世而不一遇也。

八

“燕燕于飞，差池其羽。”“燕燕于飞，颉之颃之。”

“晛晛黄鸟，载好其音。”“昔我往矣，杨柳依依。”

诗人体物之妙，侔於造化，然皆出於离人孽子征夫之口，故知感情真者，其观物亦真。

九

“驾彼四牡，四牡项领。我瞻四方，蹙蹙靡所骋。”以《离骚》、《远游》数千言言之而不足者，独十七字尽之，岂不诡哉！然以讥屈子之文胜，则亦非知言者也。

十

屈子感自己之感，言自己之言者也。宋玉、景差感屈子之所感，而言其所言；然亲见屈子之境遇，与屈子之人格，故其所言亦殆与自己之言无异。贾谊、刘向其遇略与屈子同，而才则逊矣。王叔师以下，但袭其貌而无其情以济之。此后人之所以不复为楚人之词者也。

十一

屈子之后，文学上之雄者，渊明其尤也。韦、柳之视渊明，其如刘、贾之视屈子乎！彼感他人之所感，而言他人之所言，宜其不如李、杜也。

十二

宋以后之能感自己之感，言自己之言者，其惟东坡乎！山谷可谓能言其言矣，未可谓能感所感也。遗山以下亦然。若国朝之新城，岂徒言一人之言而已哉？所谓“莺偷百鸟声”者也。

十三

诗至唐中叶以后，殆为羔雁之具矣。故五季、北宋之诗，除一二大家外。无可观者，而词则独为其全盛时代。其诗词兼擅如永叔、少游者，皆诗不如词远甚。以其写之於诗者，不若写之於词者之真也。至南宋以后，词亦为羔雁之具，而词亦替矣。除稼轩一人外。观此足以知文学盛衰之故矣。

十四

上之所论，皆就抒情的文学言之。《离骚》诗词皆是。至叙事的文学，谓叙事诗、史诗、戏曲等，非谓散文也。则我国尚在幼稚之时代。元人杂剧，辞则美矣，然不知描写人格为何事。至国朝之《桃花扇》，则有人格矣，然他戏曲则殊不称是。要之，不过稍有系统之词，而并失词之性质者也。以东方古文学之国，无一足以与西欧匹者，此则后此文学家之责矣。

十五

抒情之诗，不待专门之诗人而后能之也。若夫叙事，则其所需之时日长，而其所取之材料富，非天才而又有暇日者不能。此诗家之数之所以不可更仆数，而叙事文学家殆不能及百分之一也。

十六

《三国演义》无纯文学之资格，然其叙关壮缪之释曹操，则非大文学家不办。《水浒传》之写鲁智深，《桃花扇》之写柳敬亭、苏昆生，彼其所为，固毫无意义。然以其不顾一己之利害，故犹使吾人生无限之兴味，发无限之尊敬，况於观壮缪之矫矫者乎？若此者，岂真如汗德所云，实践理性为宇宙人生之根本欤？抑与现在利己之世界相比较，而益使吾人兴无涯之感也？则选择戏曲小说之题目者，亦可以知所去取矣。

十七

吾人谓戏曲小说家为专门之诗人，非谓其以文学为职业也。以文学为职业，铺馁的文学也。职业的文学家，以文学为生活；专门之文学家，为文学而生活。今铺馁的文学之途，盖已开矣。吾宁闻征夫思妇之声，而不屑使此等文学嚣然污吾耳也。

屈子文学之精神[①]

我国春秋以前，道德政治上之思想，可分之为二派：一帝王派，一非帝王派。前者称道尧、舜、禹、汤、文、武，后者则称其学出於上古之隐君子，如庄周所称广成子之类。或托之於上古之帝王。前者近古学派，后者远古学派也。前者贵族派，后者平民派也。前者入世派，后者遁世派也。非真遁世派，知其主义之终不能行于世，而遁焉者也。前者热情派，后者冷性派也。前者国家派，后者个人派也。前者大成於孔子、墨子，而后者大成於老子。老子楚人，在孔子后，与孔子问礼之老聃，系二人，说见汪容甫《述学·老子考异》。故前者北方派，后者南方派也。此二派者，其主义常相反对，而不能相调和。观孔子与接舆、长沮、桀溺、荷篠丈人之关系，可知之矣。战国后之诸学派，无不直接出於此二派，或出於混合此二派。故虽谓吾国固有之思想，不外此二者，可也。

夫然，故吾国之文学，亦不外发表二种之思想。然南方学派则仅有散文的文学，如老子、庄、列是已。至诗歌的文学，则为北方学派之所专有。《诗》三百篇，大抵表北方学派之思想者也。虽其中如《考槃》、《衡门》等篇，略近南方之思想。然北方学者所谓“用之则行，舍之则藏”，“有道则见，无道则隐”者，亦岂有异於是哉？故此等谓之南北公共之思想则可，不必为南方思想之特质也。然则诗歌的文学，所以独出於北方之学派者，又何故乎？

诗歌者，描写人生者也。用德国大诗人希尔列尔之定义。此定义未免太狭。今更广之曰“描写自然及人生”，可乎？然人类之兴味，实先人生，而后自然。故纯粹之模山范水，留连光景之作，自建安以前，殆未之见。而诗歌之题目，皆以描写自己深邃之感情为主。其写景物也，亦必以自己深邃之感情为之素地，而始得於特别之境遇中，用特别之眼观

---

① 本文发表于1906年《教育世界》总第140号，收入《静庵文集续编》。

之。故古代之诗，所描写者，特人生之主观的方面；而对於人生之客观的方面，及纯处於客观界之自然，断不能以全力注之也。故对古代之诗，前之定义，苦其广，而不苦其隘也。

诗之为道，既以描写人生为事，而人生者，非孤立之生活，而在家族、国家及社会中之生活也。北方派之理想，置於当日之社会中；南方派之理想，则树於当日之社会外。易言以明之，北方派之理想，在改作旧社会；南方派之理想，在创造新社会。然改作与创作，皆当日之社会之所不许也。南方之人，以长於思辩，而短於实行，故知实践之不可能，而即於其理想中，求其安慰之地，故有遁世无闷，嚣然自得以没齿者矣。若北方之人，则往往以坚忍之志，强毅之气，恃其改作之理想，以与当日之社会争；而社会之仇视之也，亦与其仇视南方学者无异，或有甚焉。故彼之视社会也，一时以为寇，一时以为亲，如此循环，而遂生欧穆亚（Humour）之人生观。《小雅》之杰作，皆此种竞争之产物也。且北方之人，不为离世绝俗之举，而日周旋於君臣父子夫妇之间，此等在在畀以诗歌之题目，与以作诗之动机。此诗歌的文学，所以独产於北方学派中，而无与於南方学派者也。

然南方文学中，又非无诗歌的原质也。南人想象力之伟大丰富，胜於北人远甚。彼等巧於比类，而善於滑稽：故言大则有若北溟之鱼，语小则有若蜗角之国；语久则大椿冥灵，语短则蟪蛄朝菌；至於襄城之野，七圣皆迷；汾水之阳，四子独往；此种想象，决不能於北方文学中发见之。故庄、列书中之某分，即谓之散文诗，无不可也。夫儿童想象力之活泼，此人人公认之事实也。国民文化发达之初期亦然，古代印度及希腊之壮丽之神话，皆此等想象之产物也。以我中国论，则南方之文化发达较后於北方，则南人之富於想象，亦自然之势也。此南方文学中之诗歌的特质所以优於北方文学者也。

由此观之，北方人之感情，诗歌的也，以不得想象之助，故其所作遂止於小篇。南方人之想象，亦诗歌的也，以无深邃之感情之后援，故其想象亦散漫而无所丽，是以无纯粹之诗歌。而大诗歌之出，必须俟北方人之感情，与南方之想象合而为一，即必通南北之骑驿而后可，斯即屈子其人也。

屈子南人而学北方之学者也。南方学派之思想，本与当时封建贵族之制度，不能相容。故虽南方之贵族，亦当奉北方之思想焉。观屈子之文，可以征之。其所称之圣王，则有若高辛、尧、舜、禹、汤、少康、武丁、文、武，贤人则有若皋陶、挚说、彭、咸谓彭祖、巫咸，商之贤臣也，与“巫咸时夕降兮”之巫咸，自是二人，列子所谓郑有神巫，名季咸者也。比干、伯夷、吕望、宁戚、百里、介推，暴君则有若夏□、羿、浞、桀、纣，皆北方学者之所常称道，而於南方学者所称黄帝、广成等不一及焉。虽《远游》一篇，似专述南方之思想，然此实屈子愤激之词，如孔子之居夷浮海，非其志也。《离骚》之卒章，其旨亦与《远游》同。然卒曰，“陟升皇之赫戏兮，忽临睨夫旧乡。仆夫悲余马怀兮，蜷局顾而不行。”《九章》中之《怀沙》，乃其绝笔，然犹称重华、汤、禹，足知屈子固彻头彻尾抱北方之思想，虽欲为南方之学者，而终有所不慊者也。

屈子之自赞曰“廉贞”。余谓屈子之性格，此二字尽之矣。其廉固南方学者之所优为，其贞则其所不屑为，亦不能为者也。女媭之詈，巫咸之占，渔父之歌，皆代表南方学者之思想，然皆不足以动屈子。而知屈子者，唯詹尹一人。盖屈子之於楚，亲则肺腑，尊则大夫，又尝管内政外交上之大事矣，其於国家既同累世之休戚，其於怀王又有一日之知遇，被疏者一，被放者再，而终不能易其志，於是其性格与境遇相得，而使之成一种欧穆亚。《离骚》以下诸作，实此欧穆亚所发表者也。使南方之学者处此，则贾谊《吊屈原文》，扬雄《反离骚》是，而屈子非矣。此屈子之文学，所负於北方学派者。然就屈子文学之形式言之，则所负於南方学派者，抑又不少。彼之丰富之想象力，实与庄、列为近。《天问》、《远游》凿空之谈，求女谬悠之语，庄语之不足，而继之以谐，於是思想之游戏，更为自由矣。变《三百篇》之体，而为长句，变短什而为长篇，於是感情之发表，更为婉转矣。此皆古代北方文学之所未有，而其端自屈子开之。然所以驱此想象而成此大文学者，实由其北方之肫挚的性格。此庄周等之所以仅为哲学家，而周、秦间之大诗人，不能不独数屈子也。

要之，诗歌者，感情的产物也。虽其中之想象的原质，即知力的原质。亦须有肫挚之感情，为之素地，而后此原质乃显。故诗歌者实北方文学之产物，而非儇薄冷淡之夫所能托。观后世之诗人，若渊明，若子美，无非受北方学派之影响者。岂独一屈子然哉！岂独一屈子然哉！

敦煌发见唐朝之通俗诗及通俗小说[①]

敦煌唐写本书籍，为英国斯坦因博士携归伦敦者，有韦庄《秦妇吟》一卷，前后残阙，尚近千字。此诗，韦庄《浣花集》十卷中不载，唐写本亦无书题及撰人姓名。然孙光宪《北梦琐言》，谓蜀相韦庄应举时，遇黄“寇”犯阙，著《秦妇吟》一篇，云“内库烧为锦绣灰，天街踏尽公卿骨”，今敦煌残卷中有此二句，其为韦诗审矣。诗为长庆体，叙述黄巢“焚掠”，借陷“贼”妇人口中述之，语极沈痛详尽，其词复明浅易解，故当时人人喜诵之，至制为障子。《北梦琐言》谓庄贵后讳此诗为己作，至撰家戒，不许垂《秦妇吟》障子，则其风行一时可知矣。其诗曰：

(上阙) 南邻走入北邻藏，东邻走向西邻避。北邻诸妇咸相凑，户外奔腾如走兽。轰轰焜焜乾坤动，万马雷声从地涌；火迸金星上九天，十二官街烟烘炯。日轮西下寒光白，上帝无言空脉脉。阴云晕气若重围，□者流星如血色。紫气潜随帝座移，妖光暗射□星析。家家流血如泉沸，处处冤声声动地。舞伎歌姬尽黯然，婴儿稚女皆生弃。东邻有女眉新画，倾国倾城不知价；长戈拥得上戎车，回首香闺泪盈把。旋抽金线学缝旗，才上雕鞍教走马；有时马上见良人，不敢回眸空泪下。西邻有女真仙子，一寸横波翦秋水，妆成只对镜中春，年幼不知门外事；一夫跳跃上金阶，斜袒半臂欲相耻；牵衣不肯出朱门，红粉香脂刀下死。南邻有女不记姓，昨日良媒新纳聘，琉璃阶上不闻声，翡翠帘前空见影；忽惊庭际刀刃鸣，身首分离在俄顷；仰天掩面哭一声，女弟女兄同入井。北邻少

① 本文发表于1920年《东方杂志》第17卷第8号，《王国维遗书》失收。

妇行相促，旋折云鬟拭眉绿，已闻击托坏高门，不觉攀缘上重屋，须臾四门火光来，欲下危梯梯又摧，烟中大声犹求救，梁上悬尸已作灰。妾身幸得全刀锯，不敢踟蹰久回顾，旋梳云鬟逐军行，强展蛾眉出门去。旧里从兹不得归，六亲自此无寻处。一从陷贼经三岁，终日忧惊心肝碎；夜卧千重剑戟围，朝餐一味人肝脍。鸳帏纵入岂成欢，宝货虽多非所爱。蓬头面垢眉犹赤，几转横波看不得。衣裳颠倒语言异，面上夸功雕作字。柏台多士尽狐精，兰省诸郎皆鬼魅。还将短发戴华簪，不脱朝衣缠绣被。翻持象笏作三公，倒佩金鱼为两制。朝闻奏对入朝堂，暮见喧呼来酒市。一声五鼓人惊起，声啸喧争如窃议。夜来探马入黄城，昨日官军收赤水。赤水去城一百里，朝若发兮暮应至。凶徒马上暗吞声，女伴闺中潜生喜；皆言冤情此日销，必谓妖徒今日死。逡巡走马传声急，又道军前全阵入；大台小台相顾忧，三郎四郎抱鞍泣。汎汎数日无消息，必谓军前已衔璧，簸旗掉剑却来归，又道官军屡败绩。四面从兹多厄束，一斗黄金一斗粟；尚让厨中食木皮，黄巢机上刲人肉。东南断绝无粮道，沟壑渐平人渐少；六军门外倚僵尸，七架营中填饿莩。长安寂寂今何有，废市荒街麦苗秀；采樵斫尽杏园花，修寨诛残御沟柳，华轩绣毂皆消散，甲第朱门无一半；含元殿上狐兔行，花萼楼前荆棘满。昔时繁盛皆埋没，举目凄凉无故物；内库烧为锦绣灰，天街踏尽公卿骨。来时晓出城东陌，城上风烟如塞色。路旁时见游奕军，坡下绝无迎送客。霸陵东望人烟绝，树锁鹂山金翠灭。大道俱成棘子林，行人夜宿长□月。明朝晓至三峰路，百万人家无一户；破落田园但有蒿，摧残竹树皆无主。路旁试问金天神，金天无语愁於人；庙前古柏有残折，殿上金炉生暗尘。一从狂寇陷中国，天地晦盲风雨黑；案前神水呪不成，壁上阴兵驱不得。闲日徒歆□乡思，危时不助神通力；我今愧恧拙为神，且向山中深壁匿。寰中箫管不曾闻，筵上牺牲无处觅。旋教魇（下阙）

此诗前后皆阙，尚存九百六十余字，当为晚唐诗中最长者。又才气俊发，自非才人不能作，惟语取易解，有类俳优，故其弟蔼编《浣花集》时，不以人集。不谓千百年后，乃於荒徼中发见之。当时敦煌写有数本，此藏於英伦者如此。巴黎国民图书馆书目有“《秦妇吟》一卷，右补阙韦庄撰”，既有书名及撰人姓名，当较此为完好，他日当访求之也。

伦敦博物馆有《季布歌》，前后皆阙，尚存三千余字，纪汉季布亡命事，以七言韵语述之，语更浅俗，似后世七字唱本。又有孝子《董永传》，亦系七言，其词略曰：

人生在世审思量，暂□□□有何妨。大众志心须静听，先须孝顺阿爷娘。好事恶事皆钞录，善恶童子每钞将。孝感先贤说董永，年登十五二亲亡；自叹福薄无兄弟，夜中流泪每千行。为缘多生□姊妹，亦无知识及亲房。家里贫穷无钱物，所买当身殡爷娘。

云云：实当时所作劝善诗之一种，江右某氏所藏敦煌书中，有目连救母、李陵降虏二种，则纯粹七字唱本云。

伦敦博物馆又藏唐人小说一种，全用俗语，为宋以后通俗小说之祖。其书亦前后皆阙，仅存中间一段云：

判官懆恶，不敢道名字。帝曰：“卿近前来，轻道，姓崔名子玉，朕当识。”言讫，使人引皇帝至院门。使人奏曰：“伏维陛下，且立在此，容臣入报判官速来。”言讫，使者到厅前拜了，启判官：“奉大王处太宗是生魂到领，判官推勘，见在门外，未敢引。”判官闻言，惊忙起立。(下阙)

此小说记唐太宗入冥事，今传世《西游演义》中有之。《太平广记》引唐张鷟《朝野佥载》，已有此事，但未著判官姓名云：

唐太宗极康豫，太史令李淳风见上，流泪无言。上问之。对曰：“陛下夕当晏驾。”太宗曰：“人生有命，亦何忧也。”留淳风宿，太宗至夜半奄然入定，见一人云：“陛下蹔合来还，即去也。”帝问：“君是何人?”对曰：“臣是生人判冥事。”太宗入见判官，问六月四日事，（即太宗杀太子建成齐王元吉之日。）即令还。向见者又迎送引导出。淳风即观乾象，不许哭泣。须臾乃寤，至曙，求昨所见者，令所司与一官，遂注蜀道一丞。

近代郑烺撰《崔府君祠录》，引《滏阳神异录》一事，与《佥载》同，且以冥判为崔府君。曰：

一日，府君忽奉东岳圣帝旨，敕断隐巢等狱。府君令二青衣引太宗至。时魏征已卒，迎太宗属曰："隐巢等冤诉，不可与辨，帝功大，但称述，神必祐也。"帝颔之，及对质，帝惟以功上陈，不与辨。府君判曰："帝治世安民之功甚伟。"（中略）敕二青衣送帝回，隐巢等惶恐去。帝行，复与府君别。府君曰："毋泄也。"后帝令传府君像，与判狱神无异云云。

今观唐人所撰小说，已云冥判姓崔名子玉。故宋仁宗景祐二年，加崔府君封号诏，有"惠存滏邑，恩结蒲人，生著令猷，没司幽府"等语。可见传世杂说，其所由来远矣。又伦敦所藏尚有伍员入吴小说，亦用俗语，与太宗入冥小说同。

唐代不独有俗体诗文，即所著书籍，亦有平浅易解者，如《太公家教》是也。《太公家教》一书，见於李习之文集，至与文中子《中说》并称。宋王明清《玉照新志》亦称其书。顾世久无传本，近世敦煌所出凡数本，英法图书馆皆有之。上虞罗氏亦藏一本。观其书多用俗语，而文极芜杂无次序，盖唐时乡学究之所作也。其首数行，自叙作书缘起云："□□□□代长值危时，望（亡之讹）乡失土，波迸流离。只欲隐山居住，不能忍冻受饥；只欲扬名后代，复无晏婴之机。才轻德薄，不堪人师，徒消人食，浪费人衣。随缘信业，且逐时之随。辄以讨其坟典，简择诗书，依经傍史，约礼时宜，为书一卷，助幼童儿"云云。则其作书之人与作书之旨，均可知矣。书全用韵语，多集当时俗谚格言，有至今尚在人口者。辄举其要者如左：

得人一牛，还人一马，往而不来，非成礼也。知恩报恩，风流儒雅。

一日为师，终身为父；一日为君，终身为主。

他篱莫越，他事莫知，他贫莫笑，他病莫欺，他财莫取，他色莫侵，他疆莫触，他弱莫欺，他弓莫挽，他马莫骑；弓折马死，偿他无疑。

罹网之鸟，悔不高飞；吞钩之鱼，悔不忍饥。

男年长大，莫听好酒；女年长大，莫听游走。

含血噀人，先污其口；十言九中，不语者胜。

款客不贫，古今实语。

近朱者赤，近墨者黑；蓬生麻中，不扶自直。

凡人不可貌相，海水不可斗量。

勤是无价之宝，学是明月之珠。积财千万，不如明解一经；良田千顷，不如薄艺随躯。

香饵之下，必有悬钩之鱼；重赏之家，必有勇夫。

以上诸条，或见古书，或尚存於今日俗语中。张淏《云谷杂记》谓杜荀鹤《唐风集》中诗极低下，如“要知前路事，不及在家时”，“不觉裹头成大汉，初看骑马作儿童”，前辈方之《太公家教》。是唐人用此种文体，惟有《太公家教》一书，故独举此以比杜荀鹤诗，当时亦甚轻视之，观其所就，决不能与唐人他种文学比矣。

敦煌所出《春秋后语》，卷纸背有唐人词三首，其二为《西江月》。其词云：

天上月，遥望似一团银；夜久更阑风渐紧；为（原作以）奴吹却月边云，照见负（原作附）心人。

五梁台上月，一片玉无瑕（原作暇）；迤逦（原作以里）看归西海去，横云出来不敢遮，叆叇绕天涯。

又有《菩萨蛮》一首云：

自从宇内光戈戟，狼烟处处熏天黑；早晚竖金鸡，休磨战马蹄。　森森三江水，半是离人泪；老尚逐今财，问龙门何日开。

又伦敦博物馆藏唐人书写云谣集杂曲子共三十首，中有《凤归云》二首。其一云：

征夫数岁，萍寄他邦。去便无消息，累换星霜。愁听砧杵，疑塞雁行。孤眠鸾帐里，枉劳魂梦，夜夜飞扬。　　想君薄行，更不思量。谁为传书与妾表衷肠？倚牖无言垂血泪，暗祝三光。万般无那处，一炉香尽，又更添香。

其二云：

怨绿窗独坐，修得为君书。征衣裁缝了，远寄边塞；想得为君贪苦战，不惮崎岖。终朝沙里口，止凭三尺，勇战奸愚。　　岂知红粉泪如珠？枉把金钗卜，卦口皆虚。魂梦天涯无暂歇，枕上长嘘。待公卿回故日，容颜憔悴，彼此何如。

又有《天仙子》一首云：

燕语莺啼三月半，烟蘸柳条金线乱。五陵原上有仙娥，携歌扇，香烂漫，留住九华云一片。　　犀玉满头花满面，负妾一双偷泪眼。泪珠若得似真珠，拈不散，知何限，串向红丝应百万。

此一首，情词宛转深刻，不让温飞卿韦端己，当是文人之笔。其余诸章，语颇质俚，殆皆当时歌唱脚本也。

韦庄的《秦妇吟》[①]

秦妇吟

右补阙韦庄　撰

中和癸卯春三月，洛阳城外花如雪。东西南北路人绝，绿杨悄悄香尘灭。路傍忽见如花人，独向绿杨阴下歇。凤侧鸾欹鬟脚斜，红攒黛敛眉心折。借问“女郎何处来?”含嚬欲语声先咽。回头敛袂谢行人，“丧乱漂沦何堪说！三年陷贼留秦地，依稀记得秦中事。君能为妾解金鞍，妾忽与君停玉趾。

“前年庚子腊月五，正闭金笼教鹦鹉，斜开鸾镜懒梳头，闲凭雕阑慵不语，忽看门外起红尘，已见街中擂金鼓，居人走出半仓惶，朝士归来尚疑误。是时西面官军入，拟向潼关为警急，皆言博野自相持，尽道贼军来未及。须臾主父乘奔至，下马入门痴似醉，适逢紫盖去蒙尘，已见白衣来迎地。扶羸携幼竞相呼，上屋缘墙不知次；南邻走入北邻藏，东邻走向西邻避。北邻诸妇咸相凑，户外崩腾如走兽。轰轰崐崐（一作嶇嶇）乾坤动，万马雷声从地涌，火迸金星上九天，十二天街烟烘炯。日轮西下寒光白，上帝无言空脉脉。阴云晕气（一作起）若重围，官（一作宦）者流星（一作星流）如血色。紫气潜随帝座移，妖光暗射台星拆。家家流血如泉沸，处处冤声声动地。舞伎歌姬尽暗损（一作捐），婴儿稚女皆生弃。东邻有女眉新画，倾国倾城不知价，长戈拥得上戎车，回首香闺泪盈把。旋抽金线学缝旗，扶上雕鞍教走马。有时马上见良人，不敢回眸空泪下。西邻有女真仙子，一寸横波剪秋水，妆成只对镜中春，年幼不知门外事。一夫跳跃上金阶，斜袒半肩欲相耻。牵衣不肯出朱门，红粉香脂刀下死。南邻有女不记姓，昨日良媒新纳聘，琉璃帘外不闻声，翡翠楼间空见影。（维案，“外不闻声，翡翠楼”七

---

① 1924 年正月，王国维重录伯希和所寄《秦妇吟》影本，并题记。

字，原钞脱去，据伦敦一残本补。）忽看庭际刀刃鸣，身首支（维案，支当作分）离在俄顷（一作倾）。仰天掩面哭一声，女弟女兄同入井。北邻少妇行相促，旋拖（一作衍）云鬟拭眉绿，已闻击托坏高门，不觉攀缘上重屋。须臾四面火光来，欲下危梯梯又摧，烟中大叫犹求救，梁上悬尸已作灰。妾身幸得全刀锯，不敢踟蹰久回顾。旋梳蝉鬓逐军行，强展娥眉出门去。旧里从兹不得归，六亲自此无寻处！

“一从陷贼经三载，终日惊忧心胆碎。夜卧千重剑戟围，朝飧一味人肝脍（一作鲙）。鸳帏纵入讵成欢，宝货虽多非所爱。蓬头面垢狵眉赤，几转横波看不得。衣裳颠倒语言异，面上夸功凋作字。柏台多士尽狐精，兰省诸郎皆鼠魅。还将短发戴华簪，不脱朝衣缠绣被。翻持象笏作三公，倒佩金鱼为两史。朝闻奏对入朝堂，暮见喧呼来酒市。

“一朝五鼓人惊起，叫啸喧争如窃议。‘夜来探马入皇（一作黄）城；昨日官军收赤水。’赤水去城一百里，朝若来（一作发）兮暮应至。凶徒马上暗吞声，女伴闺中潜失喜，皆言冤愤此是（维案，是当作时）销，必谓妖徒今日死。逡巡走马传声急，又道军前全阵入，大彭小彭（维案，彭，伦敦残本作台）相顾忧，二郎四郎抱鞍泣。泛泛数日无消息，必谓军前已衔璧。簸旗掉剑却来归，又道官军悉败绩！

“四面从兹多厄束，一斗黄金一升粟。尚让营中食木皮，黄巢机上刲人肉。东南断绝无粮道，沟壑渐平人渐少。六军门外倚僵尸，七架营中填饿殍。长安寂寂金（一作今）何有，废市荒街麦苗秀。采樵斫尽杏园花，修寨株（一作诛）残御沟柳。华轩绣毂（一作縠；维按，当作毂）皆销散，甲第朱门无一半。含元殿上狐兔行，花萼楼前荆棘满。昔时繁盛皆埋没，举目凄凉无故物。内库烧为锦绣灰，天街踏尽公卿骨！

“来时晓出城东陌，城外风烟如塞色。路傍时见游弈军，坡下寂无迎送客。霸陵东望人烟绝，树锁骊山金翠灭。大道俱城（一作但成）棘子林，行人夜宿长（一作墙）匡月。明朝晓至三峰路，百万人家无一户。破落田园但有蒿，摧残竹树皆无主。路傍试问金天神，金天无语愁於人。庙中古柏有残枿，殿上金炉生暗尘。‘一从狂寇陷中国（维案，国，当作国），天地晦冥风雨黑。桉前神水呪不成，壁上阴兵驱不得。闲日徒歆奠乡恩，危时不助神通力。我今愧恶拙为神，且向山中深避匿。寰中箫管不曾闻，筵上牺牲无处觅。旋教魇鬼傍乡村，诛剥生灵过朝夕。’妾闻此语愁更愁，天遣时灾非自由。神在山中犹避难，何须责望东诸侯！

“前年又出杨震关，举头云际见荆山，如从地府到人间，顿觉时清天地闲。陕州主帅忠且贞，不动干戈惟守城。蒲州主帅能戢兵，千里晏然无戈（维案，戈，当作鼓）声。朝携宝货无人问，夜插金钗惟独行。

“明朝又过新安东，路上乞浆逢一翁，苍苍面带苔藓色，隐隐身藏蓬萩（维案，萩，当作荻）中。问翁‘本是何乡曲？底事寒天霜露宿？’老翁踅起欲陈词，却坐支颐仰天哭，‘乡园本贯东畿县（贯，一作管），岁岁耕桑临近甸。岁种桑（一作良）田二百墬（一作廛），年输户税三千万。小姑惯织褐絁袍，中妇能炊红黍饭。千间仓兮万丝箱，黄巢过后犹残半。自从洛下屯师旅，日夜巡兵入村坞。匝（一作匣）中秋水拔青蛇，旗上高风吹白虎。入门下马若旋风，罄室倾囊如卷土。家财既尽骨肉离，今日垂（维案，垂，当作残）年一身苦。一身苦兮何足嗟，山中更有千万家，朝饥山草寻蓬子，夜宿霜中卧萩（一作荻）花！

妾闻此父伤心语，竟日阑干泪如雨。出门惟见乱枭鸣，更欲东奔何处所。仍闻汴路（一作洛下）舟车绝，又道彭门自相煞。野色徒销战士魂，河津半是冤人血。适闻有客金陵至，见说江南风景异（风景，一作夙影），自从大寇犯中原，戎马不曾生死（一作四）鄙，诛锄（一作除）窃盗若神功，惠爱生灵如赤子。城壕固护教金汤，赋税如云送军垒。如何四海尽滔滔，堪然一境平如甄（维案，甄，当是砥字之讹，古砥字每书作砥）。避难徒为阙下人，怀安却羡江南鬼。愿君举棹东复东，咏此长歌献相公。”

《秦妇吟》一卷。

天复伍年乙丑岁十二月十五日，敦煌郡金光明寺学仕张龟写。（右巴黎国民图书馆藏本。）

贞明五年己卯岁四月十一日，敦煌郡金光明寺学仕郎安友盛写讫。（伦敦博物馆藏本。诗中注一作某者，当据此本。）

甲子正月，法国伯希和教授录寄。观翁重录。

前年见日本狩野博士所录伦敦博物馆所藏残本，自“南邻走入北邻藏”至“诛剥生灵过朝夕”句止，余以篇中有“内库烧为锦绣灰”二句，据《北梦琐言》知为韦庄《秦妇吟》。后见巴黎图书馆《敦煌书目》有《秦妇吟》一卷，因逡书伯希和教授属为写寄。越四年，教授乃以此本见寄，并以伦敦另一足本校之，遂为完璧。观翁并记。

唐写本回文诗跋[1]

右回文诗，由中心至边旁读之，得五言八句。

① 此跋作于1919年，《王国维遗书》失收。

唐写本《季布歌》、《孝子董永传》残卷跋①

二残卷皆用七言叙故事。《季布歌》与《史》、《汉》本传合，《巴黎书目》亦有之。《董永传》与《御览》四百十一所引刘向《孝子传》合。

---

① 此跋作于1919年，收入《观堂别集》。

宋椠《大唐三藏取经诗话》跋[①]

宋椠《大唐取经诗话》三卷，日本高山寺旧藏，今在三浦将军许。阙卷上第一叶，卷中第二、三叶。卷末有中瓦子张家印款一行。中瓦子为宋临安府街名，倡优、剧场之所在也。吴自牧《梦梁录》卷十九云："杭之瓦舍内外合计有十七处，如清冷桥熙春楼下谓之南瓦子，市南坊北三元楼前谓之中瓦子。"又卷十五："铺席门保佑坊前张官人经史子文籍铺，其次即为中瓦子前诸铺。"此云"中瓦子张家印，"盖即《梦梁录》所谓"张官人经史子文籍铺"。南宋临安书肆若太庙前尹家，太学前陆家、鞔鼓桥陈家所刊书籍，世多知之，中瓦子张家惟此一见而已。此书与《五代平话》、《京本小说》及《宣和遗事》体例略同，三卷之书共分十七节，亦后世小说分章回之祖。其称"诗话"非唐、宋士大夫所谓诗话，以其中有诗有话故得此名。其有词有话者则谓之"词话"，《也是园书目》有宋人词话十六种，《宣和遗事》其一也。词话之名，非遵王所能杜撰，必此十六种中有题词话者。此书有诗无词，故名诗话，皆《梦梁录》、《都城纪胜》所谓说话之一种也。书中载玄奘取经。皆出猴行者之力，即《西游演义》之所本。又考陶南村《辍耕录》所载院本名目，实金人之作，中有《唐三藏》一本。《录鬼簿》载元吴昌龄杂剧有《唐三藏西天取经》，其书至国初尚存。《也是园书目》有吴昌龄《西游记》四卷，曹楝亭《书目》有《西游记》六卷，无名氏《传奇汇考》亦有《北西游记》云。今用北曲元人作，盖即昌龄所撰杂剧也。今金人院本、元人杂剧皆佚，而南宋人所撰话本尚存，岂非人间希有之秘笈乎！闻日本德富苏峰尚藏一大字本，题《大唐三藏取经记》，不知与小字本异同何如也。乙卯春。

---

① 此跋作于1913年，收入《观堂别集》卷三。

明黄勉之刻《楚辞章句》跋[①]

明吴中黄勉之刻《楚辞章句》十七卷，丁巳春得于上海。行款古雅，实出宋椠。书中不避宋讳，然目录自《九章》至《九思》，均有“传”字，与洪兴祖补注所引一本合。题名二行，旧云“汉护左都水使者光禄大夫臣刘向集，后汉校书郎王逸章句”，此本改为“汉刘向子政编集王逸叔师章句”，并为一行，而加“后学四蜀高弟、吴郡黄省曾校正”一行，其余犹宋本旧式也。旧为张船山藏书，前有张问陶印。小除夕记。

① 此跋作于1917年，收入《观堂别集》卷三。

蒙古刊《李贺歌诗编》跋[1]

案：赵行[1]跋，题丙辰者，蒙古宪宗六年。双溪中书君者，耶律丞相铸也。盖蒙古刊本，非金刊本也。

又案：《元史·耶律希亮传》："宪宗尝遣铸核钱粮于燕，铸曰：'臣先世皆读儒书，儒生俱在中土，愿携诸子至燕受业。'宪宗从之，乃命希亮师事业平赵行，时方九岁。岁丙辰，宪宗召铸还和林，希亮独留燕。"此本赵行跋中述双溪中书君，出所藏旧本，全与希亮传年月相合，是此本为蒙古宪宗丙辰所刊无疑矣。

何义门《跋》，以龙山为刘致君号，非也。《秋涧集》（四十三）《西岩赵君文集》云："西岩崛起畎亩，从龙山吕先生学。"又云："虎岩、龙山二公，挺英迈不凡之材，挟迈往凌云之气，雅为中书令耶律公宾礼，至令其子双溪从之问学，由是赵、吕之学，自为燕、蓟一派。"《玉堂嘉话》（一）记吕逊尝谈赵著、吕鲲以诗鸣燕、赵间。二人皆出耶律相门下。虎严每得一联一咏，即提掷其帽于九龙山，从旁谓曰："不知李、杜平时，费多少帽子。"闻者为之捧腹。是龙山乃吕鲲字，刘致君辈行较高，不得至蒙古时尚在也。乙丑夏五又记。

---

① 此跋作于1925年，收入《观堂别集》卷三。

① "行"，四部丛刊本作"衎"。

宋刊《分类集注杜工部诗》跋[①]壬戌

此书所集诸家注，其名重者，率伪作也。东坡注之伪，宋洪容斋已言之。余如王原叔，仁宗时人，徵引新史，犹可说也，乃引沈存中《梦溪笔谈》，岂不可笑。盖书肆中人一手所为也。观翁、□□□《杜诗须读编年本》、《分类本》，最可恨。

偶阅数篇注，支离可哂。少陵名重，身后乃遭此酷，真不幸也！

① 此跋作于1922年，收入《观堂别集》卷三。

明钞《北磵集》跋[①]

明钞《北磵集》十卷，颇有讹阙。孟蘋既假涵芬楼所藏宋刊本校前八卷，而宋本阙后二卷，乃寄此二卷至京师，属余就图书馆所藏陆存斋捐入南学本校之。陆本前录吴瓯亭跋，谓出马氏小玲珑馆宋本。其卷十《空圣予哀辞》上有校语云："以下宋本阙"，则似亦以宋本校过也，然其本讹脱，乃较此明钞本尤多，然亦有足以正此本之误者。天寒晷短，予以二日之力始校毕，并录吴跋于后。癸亥十月二十日，记于京师履道坊之寓庐。

① 此跋作于1923年，收入《观堂别集》卷三。

元刊《伯生诗续编》跋[1]

《伯生诗续编》三卷，后至元庚辰刘氏日新堂刊。案：文靖《道园学古录》刊于至正元年，《道园遗稿》刊于至正十四年。《翰林珠玉》未详刊刻时代，然已分《在朝稿》、《归田稿》，当在《学古录》之后。现存虞诗中，以此刊为最古矣。编中诗见于《学古录》者，惟卷上《送家兄孟修还江南》，卷中《商德符幽篁古木》，卷下题《织锦回文》三首，余并未见。至虞胜伯（堪）编遗稿，始多收之，疑即据是编。然如卷上《送熊太古下第归》、《牧牛歌》、《卢峰秋夕》三首，卷中《谢人惠棕雨笠》二首之一，卷下《金丹五颂》、《题能静斋皇出游图宫词》、《西湖景手卷偶题》，共十首，并遗稿所未载，恐胜伯别有所据，未必见是编矣。卷末附叶氏《四爱堂诗卷》并文靖序，此卷亦载《皇元风雅后集》卷四。以校是编，多太玄天师、太乙子詹、厚斋、吴月湾、彭孟圭、李絅斋、吴讷山诸人题咏，而此编《谢草庭诗》前有小序，亦《风雅》所未载，盖各从原卷选录。《风雅》虽刊于至元丙子，在此刻前四年，此却非从《风雅》抄出也。文靖一序，《学古录》亦不载，惟《饯梅野诗序》，则遗稿收之耳。此刻虽出坊肆，而字画清晰，可与蒋易《国朝风雅》相伯仲，在元季刊本中，实为上驷矣。丙寅仲冬。

《宫词》一绝，见《萨天锡集》。杨瑀《山居新话》亦以为天锡诗，宜胜伯不收入遗稿中也。又记。

① 此跋作于1926年，收入《观堂别集》卷三。

《顾亭林文集》跋[①]

先生文集诗集，皆手自编定。文集与诗集本各五卷，至第六卷，则次耕先生所增辑，故与全集体例不符，其编次亦不如前五卷之善。全谢山谓诗文集皆次耕编辑者，误也。此事至微，惟明眼人能辨之。

先生于康熙己未（十八年）作《春雨》诗曰："平生好修辞，著集逾十卷。"此诗文集十卷为手编之证。其云"逾十卷"者，亦约言之耳。

① 此跋收入《观堂别集》卷三，可参见该书第三册《观堂题跋选录》。

《南唐二主词》跋[1]

右南词本《南唐二主词》，与常熟毛氏所钞无锡侯氏所刻，同出一源，犹是南宋初辑本，殆即《直斋书录解题》所著录宋长沙书肆所刊行者也。直斋云："卷首四阕，《应天长》《望远行》各一、《浣溪沙》二，中主所作，重光尝书之，墨迹在盱江晁氏。"今此本正同。又注中引曹功显节度、孟郡王、曾端伯诸人。案：功显，曹勋字。《宋史》勋本传："以绍兴二十九年拜昭信军节度使，孝宗朝，加太尉，提举皇城司开府仪同三司。淳熙元年卒，赠少保。"又《外戚传》："孟忠厚以绍兴七年封信安郡王，绍兴二十七年卒。"曾端伯慥，亦绍兴时人。以此数条推之则编辑者当在绍兴之季，曹功显已拜节度之后，未加太尉之前也。且半从真迹编录，尤为可据。故如式写录，另为补遗，及校勘记附后。诸本得失，览者当自得之。宣统改元春三月。

---

① 此跋作于1909年，收入《观堂别集》卷三。

《赤城词》跋[①]

案：陈振孙《直斋书录解题》歌词类："赤城词一卷，陈克子高撰"。而诗集类，又有子高《天台集》十卷，外集四卷，长短句三卷。是子高词，在宋末已有二本矣。今二本皆佚，此本从曾慥《乐府雅词》抄出，亦传世蒲江东泽之流亚也。宣统改元三月，过录樊榭老人手钞《宋元四家词》本。

① 此跋作于1909年，收入《观堂别集》卷三。

《双溪诗馀》跋[①]

壬子夏日，于董氏诵芬室见《双溪文集》残本（明嘉靖刊）。幸诗余尚全，因假归令儿子潜明影写之。此集传世甚稀，竹垞纂《词综》时，未见此书。此本乃嘉靖十二年所刊，前有潘滋序。计为书十七卷，与文渊阁之二十七卷，编次不同。目录家亦罕见著录，词虽不甚工，亦一家眷属也。

① 此跋作于1912年，收入《观堂别集》卷三。

《王周士词》跋[1]

《王周士词》一卷，宋王以凝撰。以凝字周士，湘潭人。由太学生仕鼎澧帅幕。靖康初，征天下兵，以凝走鼎州，乞解太原围。建炎中，以宣抚司参谋制置襄邓。是编依毛晋汲古阁旧钞过录，凡三十一首。以凝词句法精壮，如“和虞彦恭寄钱逊升”《蓦山溪》一阕，“重午登霞楼”《满庭芳》一阕，“舣舟洪江步下”《浣溪沙》一阕，绝无南宋浮艳虚薄之习，其他作亦多类是也。

① 此跋作于1908年，收入《观堂别集》卷三。

《蜕岩词》跋[①]

《蜕岩词》二卷，厉樊榭先生校本，长塘鲍氏刻入《知不足斋丛书》。此乾隆间旧抄，亦从鲍出，所缺字略同。唯上卷《南浦词》自注“舣舟南浦，因赋题”，鲍刻漏“赋题”二字，知从钞本出，不从刻本出矣。宣统改元闰二月，取鲍刻校勘一过，并录厉跋，因记于后。

① 此跋作于1909年，收入《观堂别集》卷三。

《鸥梦词》跋[①]

江山刘彦清先生（履芬）《鸥梦词》手稿一卷，光绪乙巳得于吴中。上有彦翁手录，同时词人评骘商榷之语，小者杜小舫（文澜），少者勒少仲（方锜），瘦者潘瘦羊（锺瑞）也。宣统改元夏四月。

① 此跋作于1909年，收入《观堂别集》卷三。

《词林万选》跋[①]

此汲古阁刻《词苑英华》中一种也。《提要》疑升庵原本已佚，此为后来依托，并历举其考证之疏。然考证之疏，自是明人通病，且其中颇有与《升庵词品》印证之处，未必即为依托也。前有焦氏藏书印，乃理堂先生故物，尤可宝也。光绪戊申秋七月，积暑初退，于厂肆得此本，喜而志之。

① 此跋作于1908年，收入《观堂别集》卷三。

明熊忠节题稿跋[①]

宋人论汉代文书之速，举赵充国《陈兵利害书》，以六月戊申奏，七月甲寅玺书报从。按辛武贤与充国之争，所系甚巨，利害亦未易决，而自戊至甲，七日已报其奏，宜充国之有成功也。此疏上于崇祯十五年十二月二十六日，至十六年六月初九日始奉圣旨：该部知道。疏中所言士气之馁、军备之弛，皆间不容发之事，又非赵、辛议论不同之比，而迟至半年始下兵部，何其缓也！且大清兵入塞，在十五年十一月，北归在十六年夏四月，明季政事之丛脞，已可概见。此时忠节已得罪南徙，而下此疏者，思宗有悔意欤？壬戌十一月。

① 此跋作于1922年，收入《观堂别集》卷三。

明太傅朱文恪公手定册立光宗仪注稿卷跋[①]

此卷旧为朱氏家藏，今归吾友蒋孟蘋学部。案：竹垞先生《史馆上总裁第六书》及《书先太傅奏疏尺牍卷后》，并云“册立旨下仪注、皆先公预定，出诸袖中”盖即据此文恪《手定仪注》为说也。《上总裁书》又言，公上言国朝册立东宫，无谒谢贵妃四拜之礼，宣德、嘉靖旧仪，与今有别，故实录特书。是年礼臣，悉从裁革。今此稿中，皇太子有拜母妃、无拜皇贵妃事，则竹垞之言信矣。又稿中本有一内侍引皇太子诣恭妃前行四拜礼，一内侍引□王诣皇贵妃前，□王诣端妃前，各行四拜礼二条，文恪删之，而于末增入一内侍引皇太子亲王各诣母妃前行四拜礼一条，盖时福王母已为皇贵妃，而皇太子母尚为恭妃，与端王母端妃名位不殊，言之不顺，故以母妃二字浑括，此等处极有用意。昔竹垞言其家有客堂，所藏文恪手迹，多至四椟，经乱尽失之。既而搜访掇拾，五十年装界成六册，皆奏疏尺牍也。此卷既非疏稿，又系折本，当不在所装六册之内。今六册者，不知存佚。而此卷独存，足以见前代大臣之用心，是足珍已。辛酉孟冬。

① 此跋作于1921年，收入《观堂别集》卷三。

涧上草堂会合诗卷跋[①]

右杨潜夫、徐俟斋、贯时、朱柏庐四先生会合诗，俟斋复为之序。诗与序俱不见居易堂集中，盖缘少作删之。是岁俟斋居金墅墓庐，柏庐自昆山徒步诣之。贯时本居城中吴趍里第，因柏庐远来，故与潜夫俱来会也。卷中诗之先后，以齿为序。是岁潜夫年三十三，俟斋年二十八，柏庐年二十三，贯时生年虽无可考，然诗在柏庐前，当长于柏庐数岁矣。此为徐、朱被家难后第一次会合，俟斋诗云“灵均仍楚官，鲁连甘秦坑”二语，分指其父文靖及朱节孝先生。又云“胡为余小子，身重发肤轻”，则自谓乙酉冬在松陵被获髡首事也。顷上虞罗叔言参事作《俟斋先生年谱》，始及俟斋与贯时参辰之事。观于顺治戊戌俟斋大病濒死，贯时乃不闻问，则参事之言殊信。此卷前于戊戌者十年，贯时尚至山中，则其兄弟参池，当在数年以后矣。庚申夏五。

① 此跋作于1920年，收入《观堂别集》卷三。

乾隆诸贤送曾南邨守郴州诗卷跋[1]壬戌

卷中竹汀先生诗十章，不载《潜研堂诗集》中。末有大昕、及之二印。及之为先生旧字，人间亦罕知者。案：先生弟大昭字晦之，则先生宜字及之也。此卷题诗，皆雍、乾老辈，其有诗集行世者，惟竹汀先生《潜研堂诗集》耳。

① 此跋作于1922年，收入《观堂别集》卷三。

艺术散论

《中国名画集》序①

绘画之事，由来古矣。六书之字，作始于象形；五服之章，辉煌于作会。楚壁神灵，发累臣之问；宋舍众史，受元君之图。汉代黄门，亦有画者，殷纣踞妲己之图，周公负成王之象，遂乃悬诸别殿，颁之重臣。魏晋以还，盛图故事；齐梁以降，兼写佛象。爰自开天之际，实分南北之宗。王中允之清华，李将军之刻画，人物告退，而山水方滋。下至韩马、戴牛、张松、薛鹤，一物之工，兹焉托始。荆、关崛起，董、巨代兴。天水一朝，士夫工于画苑；有元四杰，气韵溢乎典型。胜国兴朝，代有作者，莫不家抱钟山之壁，人握赤水之珠，变化拟于鬼神，矩矱通于造化。陈之列肆，非徒照乘之光；闷之巾箱，恒有冲天之气。

今夫成而必亏者，时也；往而不复者，器也。江陵末造，见玉轴之扬灰；宣和旧藏，与降幡而北去。文武之道既尽，昆明之劫方多。即或脱坠简于秦余，逸焦桐于爨下。然且天吴紫凤，坼为牧竖之衣；长康探微，辱于酒家之壁。同糅玉石，终委泥涂。又或幸遘收藏，并遭著录，而兰亭茧纸，永闷昭陵；争坐遗文，竟分安氏。中郎帐中之帙，仅与王朗同观；博士壁中之书，不许晁生转写。此则叔疑之登龙断，众议其私；阳虎之窃大弓，当书为盗者矣。

平等阁主人英英如云，醰醰好古，慨横流之澒洞，惧名迹之榛芜。是用尽发旧藏，并征百氏。琳琅辐凑，吴越好事之家；摹写精能，欧美发明之术。八万四千之宝塔，成于崇朝；什一千百之菁英，珍兹片羽。冀以永留名墨，广被人间。

懿此一举有三美焉。夫学须才也，才须学。是以右相丹青，坐卧僧

① 此序作于1908年，《王国维遗书》失收，手稿今藏北京图书馆。见陈杏珍、刘烜《王国维〈中国名画集序〉注释》，载《中国文艺思想史论丛（一）》。

繇之侧；率更翰墨，徘徊索靖之傍。近世画师，罕窥真迹，见华亭而求北苑，执娄水以觅大痴，既摹仿之不知，于创作乎何有？今则摹从手迹，集自名家，裨我后生，贻之高矩。其美一也。且夫张而必弛者，文武之道；劳而求息者，含生之情。然走狗斗鸡，颇乖大雅；弹棋博簺，易入机心。若夫象在而遗其形，心生而无所住，则岂有对曹霸、韩干(之马)①，而计驰骋之乐；见毕宏、韦偃之松，而思栋梁之用？会心之处不远，鄙吝之情聿销，诚遣日之良方，亦息肩之胜地。其美二也。三代损益，文质殊尚；五方悬隔，嗜好不同。或以优美、宏壮为宗；或以古雅、简易为尚。我国绘事自为一宗，绘影绘声则有所短，一邱一壑则有所长。凡厥反唇，胥由韫椟。今则假以印刷，广彼流传。贾舶东来，慧光西被。不使蜻蜓岛国，独辉日出之光；罗马故国，专称美日之国。其美三也。

小有搜罗，粗谙鉴别，睹兹盛举，颇发幽情。索我弁言，贻君小引。冀夫笔精墨妙，随江汉而长流；玉躞金题，与昆仑而永固。八月。

---

① 据下文，此或应补“之马”两字。

此君轩记[①]

竹之为物，草木中之有特操者与？群居而不倚，虚中而多节，可折而不可曲，凌寒暑而不渝其色。至於烟晨雨夕，枝梢空而叶成滴，含风弄月，形态百变，自渭川淇澳千亩之园，以至小庭幽榭三竿两竿，皆使人观之。其胸廓然而高，渊然而深，泠然而清，挹之而无穷，玩之而不可亵也。其超世之致，与不可屈之节，与君子为近，是以君子取焉。古之君子，其为道也盖不同，而其所以同者，则在超世之致，与不可屈之节而已。其观物也，见夫类是者而乐焉，其创物也，达夫如是者而后慊焉。如屈子之於香草，渊明之於菊，王子猷之於竹，玩赏之不足而咏叹之，咏叹之不足而斯物遂若为斯人之所专有，是岂徒有托而然哉！其於此数者，必有以相契於意言之表也。善画竹者亦然。彼独有见於其原，而直以其胸中潇洒之致，劲直之气，一寄之於画，其所写者，即其所观；其所观者，即其所畜者也。物我无间，而道艺为一，与天冥合，而不知其所以然。故古之工画竹者，亦高致直节之士为多。如宋之文与可、苏子瞻，元之吴仲圭是已。观爱竹者之胸，可以知画竹者之胸；知画竹者之胸，则爱画竹者之胸亦可知也已。日本川口国次郎君，冲澹有识度，善绘事，尤爱墨竹。尝集元吴仲圭，明夏仲昭、文徵仲诸家画竹，为室以奉之，名之曰“此君轩”。其嗜之也至笃，而搜之也至专，非其志节意度符於古君子，亦安能有契於是哉！吾闻川口君之居，在备后之国，三原之城，山海环抱，松竹之所丛生。君优游其间，远眺林木，近观图画，必有有味於余之言者。既属余为《轩记》，因书以质之，惜不获从君于其间，而日与仲圭、徵仲诸贤游，且与此君游也。壬子九月。

---

① 本文作于1912年，收入《观堂集林·缀林》。

墨妙亭记[①]

昔宋孙莘老守湖州，尝集郡内自汉以来古文遗刻，为墨妙亭於府第之北，而东坡先生为之记。元乐善居士顾信，亦集其师松雪翁之书，刻诸其亭之壁，而名之曰“墨妙”。国朝顾湘舟（沅），又集明代诸贤小像墨迹，多至数百通，复以“墨妙”名其亭，於是兹名凡三用矣。湖郡遗刻，今无片石存者，松雪翁之书；世多有之，而顾氏所刻者尽亡，独湘舟所集古人小像，刻於吴中沧浪亭者，岿然尚存。其墨迹虽更兵燹，然其中烜赫者百余通，今归於日本久野元吉君。君又益以国朝名人墨迹，为亭储之，仍从其旧主人之所以名之者，而属余为之记。昔东坡之记是亭也，假客之言，谓：“有物必归於尽，虽金石之竖，俄而变坏。至於功名文章，其传世垂后，犹为差久。今乃以此托於彼，是久存者反求助於速坏，以此致疑於莘老，而自以知命者必尽人事释之。”今湖州石刻，与亭俱亡，而墨妙亭之名，反藉东坡之文以传，则东坡之言信矣。夫古之有德行政事学问文章者，固不藉金石翰墨以为重。苟非其人，则其金石翰墨虽存，仅足为学者考古之资，其流传之途，固已隘，而其入於人心者，固已浅矣。若是者，世固亦听其存亡，而反乐取夫德行政事学问文章，其力自足以传后者之金石翰墨而宝之。何者？彼之志节度量，固与世绝殊，故其发於金石翰墨者，不因其人亦足以自存於天壤，况其德行政事学问文章，又足以垂世而行远也。久野君之所储，其人皆足以自传，其发诸翰墨者，亦皆焕乎其有文，渊乎其有味，使人得窥其树立之所以然。与夫载籍之所不能纪，虽所托者无金石之坚，吾知其精神意度，必百世不可磨灭，宜君之构斯亭以奉之也。抑乐善居士所汇刻者，松雪一人之书耳。莘老所集者稍广，亦止吴兴一郡；湘舟之藏，殆网罗有明一代之名迹，而君复以国朝人益之，以两朝人之墨迹，

① 本文作于1912年，收入《观堂集林·缀林》。

萃於斯亭，君之嗜古，固前无孙、顾。余也不肖，乃从东坡之后为君记斯亭，故略广东坡之意，以为君之所为，非徒尽人事而已。壬子九月。

二田画庼记[1]

日本备后三原城，有好古之士三：曰川口国次郎，曰久野元吉，曰隅田吉卫。三君者，相得也，余皆得与之游。川口君之所居，有此君轩，久野君有墨妙亭，余皆记之矣。既而隅田君以书来，曰："余有二田画庼者，以沈石田、恽南田之画名焉。君于二君之居既有文，请为我记之。"则应之曰："诺。"夫绘画之可贵者，非以其所绘之物也，必有我焉以寄於物之中。故自其外而观之，则山水云树竹石花草，无往而非物也；自其内而观之，则子久也，仲圭也，元镇也，叔明也，吾见之于墙而闻其謦欬矣。且子久不能为仲圭，仲圭不能为元镇，元镇、叔明不能为子久、仲圭，则以子久之我，非仲圭之我，而仲圭、元镇、叔明三人者，亦各自有其我故也。画之高下，视其我之高下。一人之画之高下，又视其一时之我之高下。隅田君之於画，其知此也。夫二田之画，至不相类也。石田之苍古，南田之秀润，皆其所谓我而不能相为者也。石田之画，荟蔚沈厚，得气之夏，其所写者，虽小草拳石，而有土厚水深之势。南田之画，融和骀荡，得气之春，其所写者，虽枯木断流，而皆有苏生旁出之意。此其不能相为者也，其於书也亦然。石田之书瘦硬如黄山谷，南田之书秀媚如褚登善，而二田之书，又非登善、山谷之书也，彼各有所谓我者在也。不然，如石田者，生全盛之世，康宁好德，俯仰无怍，以老寿终，宜其和平简易，无奇伟之观。南田幼遭国变，至为僮仆，为浮屠，虽返初服，而枯槁以终，上有雍端之亲，下有敬通之妇，宜其忧伤憔悴，无乐生之意。而其发於书画者如此，岂非所谓真我者得之於天，不以境遇易欤？二田之画，绝不相类，而君乃合而珍弃之，是必有见於其我之高且大者，而不以其迹也。故书以谂君，并质之川口、久野二君以为何如也？壬子十月。

---

① 本文作于1912年，收入《观堂别林·缀林》。

待时轩仿古鉩印谱序[①]

一艺之微，风俗之盛衰见焉。今之攻艺术者，其心偷，其力弱，其气虚憍而不定，其为人也多，而其自为也少，厌常而好奇，师心而不说学。是故于绘画未窥王、恽之藩，而辄效清湘八大放逸之笔；于书则耻言赵、董，乃舍欧、虞、褚、薛，而学北朝碑工鄙别之体；于刻印则鄙薄文、何，乃不宗秦、汉，而摹魏、晋以后镵凿之迹；其中本枵然无有，而苟且鄙倍骄吝之意乃充塞于刀笔间，其去艺术远矣！余与上虞罗雪堂参事，深有慨乎此。参事有季子曰子期，笃嗜篆刻。其家所蓄有秦、汉古鉩印千百钮，及近世所出古鉩印谱录数十种。子期年幼而志锐，浑浑焉，浩浩焉，日摩挲耽玩于其中。其于世之所谓高名厚利，未尝知也；世人虚憍鄙倍之作，未尝见也。其泽于古也至深，而于今也若遗，故其所作，于古人准绳规矩无毫发遗憾，乃至并其精神意味之不可传者而传之。其伎如庖丁之解牛，佝偻丈人之承蜩，纵指之所至，无不中者，其全于天者欤？其诸不为风俗所转而能转移风俗者欤？风俗之转移，艺术之幸，抑非徒艺术之幸也？适子期以其所仿古鉩印谱见示，因书以序之。癸亥秋日。

---

① 此序作于1923年，收入《观堂别集》。

周之琦鹤塔铭手迹跋[①]

书法一道，山阴、平原，范围百代，唐、宋以来，无或逾越。完白山人夺乎千载之下，真积力久，别张一军，安吴、荆溪，此喁彼于，遂成宗派。世人争重山人篆书，不知其行楷书尤有关于百年以来风气也。山人一派，安吴书迹遍天下，而荆溪书传世甚少。今观此卷，寓骏快于顿挫，出新意于旧规，与近日所出两晋、六朝墨迹，波澜莫二。盖精诚之至，与古冥合，亦如山人篆书，与新出《汉司徒袁敞碑》同一机杼也。丙寅祀灶后一日。

① 此跋作于1926年，收入《观堂别集》。

沈乙庵先生绝笔楹联跋[①] 壬戌

东轩先生弥天四海之量，拨乱反正之志，四通六辟之识，深极研几之学，迈往不屑之韵，沈博绝丽之文，虽千载后犹奕奕有生气，矧在形神未离之顷耶？此书作于易箦前数小时，而气象笔力如是，先生之视躯体，直是传舍耳！陟降以往，无乎不在，箕尾星耶？兜率天耶？对此遗迹，谁谓先生不在人间也！世有唱《神灭论》者，请以此难之。

① 此跋作于1922年，收入《观堂别集》。

宋元戏曲考

序

凡一代有一代之文学：楚之骚，汉之赋，六代之骈语，唐之诗，宋之词，元之曲，皆所谓一代之文学，而后世莫能继焉者也。独元人之曲，为时既近，托体稍卑，故两朝史志与《四库》集部，均不著于录；后世儒硕，皆鄙弃不复道。而为此学者，大率不学之徒；即有一二学子，以余力及此，亦未有能观其会通，窥其奥窔者。遂使一代文献，郁堙沈晦者且数百年，愚甚惑焉。往者读元人杂剧而善之；以为能道人情，状物态，词采俊拔，而出乎自然，盖古所未有，而后人所不能仿佛也。辄思究其渊源，明其变化之迹，以为非求诸唐宋辽金之文学，弗能得也；乃成《曲录》六卷，《戏曲考源》一卷，《宋大曲考》一卷，《优语录》二卷，《古剧脚色考》一卷，《曲调源流表》一卷。从事既久，续有所得，颇觉昔人之说，与自己之书，罅漏日多，而手所疏记，与心所领会者，亦日有增益。壬子岁暮，旅居多暇，乃以三月之力，写为此书。凡诸材料，皆余所蒐集；其所说明，亦大抵余之所创获也。世之为此学者自余始，其所贡于此学者亦以此书为多，非吾辈才力过于古人，实以古人未尝为此学故也。写定有日，辄记其缘起，其有匡正补益，则俟诸异日云。海宁王国维序。

一、上古至五代之戏剧

歌舞之兴，其始于古之巫乎？巫之兴也，盖在上古之世。《楚语》："古者民神不杂，民之精爽不携贰者，而又能齐肃衷正。（中略）如此，则明神降之。在男曰觋，在女曰巫。（中略）及少皞之衰，九黎乱德，民神杂糅，不可方物。夫人作享，家为巫史。"然则巫觋之兴，在少皞之前，盖此事与文化俱古矣。巫之事神，必用歌舞，《说文解字》（五）："巫，祝也。女能事无形以舞降神者也。象人两褎舞形，与工同意。"故《商书》言："恒舞于宫，酣歌于室，时谓巫风。"《汉书·地理志》言："陈太姬妇人尊贵，好祭祀，用史巫，故其俗巫鬼。"《陈诗》曰："坎其击鼓，宛邱之下，无冬无夏，治其鹭羽。"又曰："东门之枌，宛邱之栩，子仲之子，婆娑其下。"此其风也。郑氏《诗谱》亦云。是古代之巫，实以歌舞为职，以乐神人者也。商人好鬼，故伊尹独有巫风之戒。及周公制礼，礼秩百神，而定其祀典。官有常职，礼有常数，乐有常节，古之巫风稍杀。然其余习，犹有存者：方相氏之驱疫也，大蜡之索万物也，皆是物也。故子贡观于蜡，而曰一国之人皆若狂，孔子告以张而不弛，文武不能。后人以八蜡为三代之戏礼（《东坡志林》），非过言也。

周礼既废，巫风大兴；楚越之间，其风尤盛。王逸《楚辞章句》谓："楚国南部之邑，沅湘之间，其俗信鬼而好祠，其祠必作歌乐鼓舞，以乐诸神。屈原见俗人祭祀之礼，歌舞之乐，其词鄙俚，因为作《九歌》之曲。"古之所谓巫，楚人谓之曰灵。《东皇太一》曰："灵偃蹇兮姣服，芳菲菲兮满堂。"《云中君》曰："灵连蜷兮既留，烂昭昭兮未央。"此二者，王逸皆训为巫，而他灵字则训为神。案《说文》（一）："灵，巫也。"古虽言巫，而不言灵，观于屈巫之字子灵，则楚人谓巫为灵，不自战国始矣。

古之祭也必有尸。宗庙之尸，以子弟为之。至天地百神之祀，用尸与否，虽不可考，然《晋语》载："晋祀夏郊，以董伯为尸。"则非宗庙之祀，固亦用之。《楚辞》之灵，殆以巫而兼尸之用者也。其词谓巫曰灵，谓神亦曰灵；盖群巫之中，必有象神之衣服形貌动作者，而视为神之所冯依；故谓之曰灵，或谓之灵保。《东君》曰："思灵保兮贤姱。"王逸《章句》，训灵为神，训保为安。余疑《楚词》之灵保，与《诗》之神保，皆尸之异名。《诗·楚茨》云："神保是飨。"又云："神保是格。"又云："鼓钟送尸，神保聿归。"《毛传》云："保，安也。"《郑笺》亦云："神安而飨其祭祀。"又云："神安归者，归于天也。"然如毛、郑之说，则谓神安是飨，神安是格，神安聿归者，于辞为不文。《楚茨》一诗，郑孔二君皆以为述绎祭宾尸之事，其礼亦与古礼《有司彻》一篇相合，则所谓神保，殆谓尸也。其曰："鼓钟送尸，神保聿归。"盖参互言之，以避复耳。知《诗》之神保为尸，则《楚辞》之灵保可知矣。至于浴兰沐芳，华衣若英，衣服之丽也；缓节安歌，竽瑟浩倡，歌舞之盛也；乘风载云之词，生别新知之语，荒淫之意也。是则灵之为职，或偃蹇以象神，或婆娑以乐神，盖后世戏剧之萌芽，已有存焉者矣。

巫觋之兴，虽在上皇之世，然俳优则远在其后。《列女传》云："夏桀既弃礼义，求倡优侏儒狎徒，为奇伟之戏。"此汉人所纪，或不足信。其可信者，则晋之优施，楚之优孟，皆在春秋之世。案《说文》(八)："优，饶也；一曰倡也，又曰倡乐也。"古代之优，本以乐为职，故优施假歌舞以说里克。《史记》称优孟亦云楚之乐人。又优之为言戏也，《左传》："宋华弱与乐辔少相狎，长相优。"杜注："优，调戏也。"故优人之言，无不以调戏为主。优施鸟乌之歌，优孟爱马之对，皆以微词托意，甚有谑而为虐者。《谷梁传》："颊谷之会，齐人使优施舞于鲁君之幕下。"孔子曰："笑君者罪当死，使司马行法焉。"厥后秦之优旃，汉之幸倡郭舍人，其言无不以调戏为事。要之，巫与优之别：巫以乐神，而优以乐人；巫以歌舞为主，而优以调谑为主；巫以女为之，而优以男为之。至若优孟之为孙叔敖衣冠，而楚王欲以为相；优施一舞，而孔子谓其笑君；则于言语之外，其调戏亦以动作行之，与后世之优，颇复相类。后世戏剧，当自巫、优二者出；而此二者，固未可以后世戏剧视之也。

附考：古之优人，其始皆以侏儒为之，《乐记》称优侏儒。颊谷之会，孔子所诛者，《谷梁传》谓之优，而《孔子家语》、何休《公羊解诂》，均谓之侏儒。《史记·李斯列传》："侏儒倡优之好，不列于前。"《滑稽列传》亦云："优旃者，秦倡侏儒也。"故其自言曰："我虽短也，幸休居。"此实以侏儒为优之一确证也。《晋语》："侏儒扶卢。"韦昭注："扶，缘也；卢，矛戟之柲，缘之以为戏。"此即汉寻橦之戏所由起。而优人于歌舞调戏外，且兼以竞技为事矣。

汉之俳优，亦用以乐人，而非以乐神。《盐铁论·散不足》篇虽云："富者祈名岳，望山川，椎牛击鼓，戏倡舞像"；然《汉书·礼乐志》载郊祭乐人员，初无优人，惟朝贺置酒陈前殿房中，有常从倡三十人，常从象人（孟康曰：象人，若今戏鱼虾狮子者也。韦昭曰：著假面者也。）四人，诏随常从倡十六人，秦倡员二十九人，秦倡象人员三人，诏随秦倡一人，此外尚有黄门倡。此种倡人，以郭舍人例之，亦当以歌舞调谑为事；以倡而兼象人，则又兼以竞技为事，盖自汉初已有之，《贾子新书·匈奴篇》所陈者是也。至武帝元封三年，而角抵戏始兴。《史记·大宛传》："安息以黎轩善眩人献于汉；是时上方巡狩海上，乃悉从外国客，大角抵，出奇戏诸怪物，及加其眩者之工；而角抵奇戏岁增变甚盛，益兴，自此始。"按角抵者，应劭曰："角者，角技也，抵者，相抵触也。"文颖曰："名此乐为角抵者，两两相当，角力角技艺射御，故名角抵，盖杂技乐也。"是角抵以角技为义，故所包颇广，后世所谓百戏者是也。角抵之地，汉时在平乐观。观张衡《西京赋》所赋平乐事，殆兼诸技而有之。"乌获扛鼎，都卢寻橦，冲狭燕濯，胸突铦锋，跳丸剑之挥霍，走索上而相逢。"则角力角技之本事也。"巨兽之为曼延，舍利之化仙车，吞刀吐火，云雾杳冥"，所谓加眩者之工而增变者也。"总会仙倡，戏豹舞罴，白虎鼓瑟，苍龙吹篪"，则假面之戏也。"女娲坐而长歌，声清畅而委蛇，洪厓立而指挥，被毛羽之襳褷，度曲未终，云起雪飞"，则歌舞之人，又作古人之形象矣。"东海黄公，赤刀粤祝，冀厌白虎，卒不能救"，则且敷衍故事矣。至李尤《平乐观赋》（《艺文类聚》六十三）亦云：“有仙驾雀，其形蚴虬，骑驴驰射，狐兔惊走，侏儒巨人，戏谑为偶。”则明明有俳优在其间矣。及元帝初元五年，始罢角抵，然其支流之流传于后世者尚多，故张衡李尤在后汉时，犹得取而赋之也。

至魏明帝时，复修汉平乐故事。《魏略》（《魏志·明帝纪》裴注所引）：“帝引谷水过九龙殿前，水转百戏；岁首，建巨兽，鱼龙曼延，弄马倒骑，备如汉西京之制。”故魏时优人，乃复著闻。《魏志·齐王纪注》引《世语》及《魏氏春秋》云：“司马文王镇许昌，征还击姜维，至京师，帝于平乐观，以临军过中领军许允，与左右小臣谋，因文王辞，杀之，勒其众以退大将军，已书诏于前。文王入，帝方食粟，优人云午等唱曰：‘青头鸡，青头鸡。’青头鸡者，鸭也，（谓押诏书）帝惧，不敢发。”又《魏书》（裴注引）载：司马师等《废帝奏》亦云：“使小优郭怀袁信于广望观下，作辽东妖妇，嬉亵过度，道路行人掩目。”太后废帝令亦云：“日延倡优，恣其丑谑。”则此时倡优亦以歌舞戏谑为事；其作辽东妖妇，或演故事，盖犹汉世角抵之余风也。

晋时优戏，殊无可考。惟《赵书》（《太平御览》卷五百六十九引）云：“石勒参军周延为馆陶令，断官绢数万匹，下狱，以八议宥之。后每大会，使俳优著介帻、黄绢、单衣。优问：‘汝何官，在我辈中？’曰：‘我本为馆陶令。’斗数单衣，曰：‘正坐取是，入汝辈中。’以为笑。”唐段安节《乐府杂录》，亦载此事云：“参军始自后汉馆陶令石耽。”然后汉之世，尚无参军之官，则《赵书》之说殆是。此事虽非演故事而演时事，又专以调谑为主，然唐宋以后，脚色中有名之参军，实出于此。自此以后迄南朝，亦有俗乐。梁时设乐，有曲、有舞、有技；然六朝之季，恩幸虽盛，而俳优罕闻，盖视魏晋之优，殆未有以大异也。

由是观之，则古之俳优，但以歌舞及戏谑为事。自汉以后，则间演故事；而合歌舞以演一事者，实始于北齐。顾其事至简，与其谓之戏，不若谓之舞之为当也。然后世戏剧之源，实自此始。《旧唐书·音乐志》云：“代面出于北齐。北齐兰陵王长恭，才武而面美，常著假面以对敌。尝击周师金墉城下，勇冠三军，齐人壮之，为此舞以效其指挥击刺之容，谓之《兰陵王入阵曲》。”《乐府杂录》与崔令钦《教坊记》

所载略同。又《教坊记》云："《踏摇娘》：北齐有人姓苏，齁鼻，实不仕，而自号为郎中。嗜饮酗酒，每醉，辄殴其妻。妻衔悲诉于邻里。时人弄之：丈夫著妇人衣，徐步入场，行歌。每一叠，旁人齐声和之云：'踏摇和来，踏摇娘苦，和来。'以其且步且歌，故谓之踏摇；以其称冤，故言苦；及其夫至，则作殴斗之状，以为笑乐。"此事《旧唐书·音乐志》及《乐府杂录》亦纪之。但一以苏为隋末河内人，一以为后周士人。齐周隋相距，历年无几，而《教坊记》所纪独详，以为齐人，或当不谬。此二者皆有歌有舞，以演一事；而前此虽有歌舞，未用之以演故事；虽演故事，未尝合以歌舞，不可谓非优戏之创例也。盖魏齐周三朝，皆以外族入主中国，其与西域诸国，交通频繁，龟兹、天竺、康国、安国等乐，皆于此时入中国；而龟兹乐则自隋唐以来，相承用之，以讫于今。此时外国戏剧，当与之俱入中国，如《旧唐书·音乐志》所载《拨头》一戏，其最著之例也。案《兰陵王》、《踏摇娘》二舞，《旧志》列之歌舞戏中，其间尚有《拨头》一戏。《志》云："《拨头》者，出西域。胡人为猛兽所噬，其子求兽杀之，为此舞以象之也。"《乐府杂录》谓之"钵头"，此语之为外国语之译音，固不待言；且于国名、地名、人名三者中，必居其一焉。其入中国，不审在何时。按《北史·西域传》有拔豆国去代五万一千里，（按五万一千里，必有误字，《北史·西域传》诸国，虽大秦之远，亦仅去代三万九千四百里，拔豆上之南天竺国去代三万一千五百里，叠伏罗国去代三万一千里，此五万一千里，疑亦三万一千里之误也。）隋唐二《志》，即无此国，盖于后魏之初一通中国，后或亡或隔绝，已不可知。如使"拨头"与"拔豆"为同音异译，而此戏出于拔豆国，或由龟兹等国而入中国，则其时自不应在隋唐以后，或北齐时已有此戏；而《兰陵王》、《踏摇娘》等戏，皆模仿而为之者欤。

此种歌舞戏，当时尚未盛行，实不过为百戏之一种。盖汉魏以来之角抵奇戏，尚行于南北朝，而北朝尤盛。《魏书·乐志》言："太宗增修百戏，撰合大曲。"《隋书·音乐志》亦云："齐武平中，有鱼龙烂漫，俳优侏儒，（中略）奇怪异端，百有余物，名为百戏。周明帝武成间，朔旦会群臣，亦用百戏。及宣帝时，征齐散乐人并会京师为之。至隋炀帝大业二年，突厥染干来朝，炀帝欲夸之，总追四方散乐，大集东都。自是每岁正月，万国来朝，留至十五日，于端门外建国门内，绵亘八里，列为戏场。百官起棚夹路，从昏至旦，以纵观，至晦而罢。伎人皆衣绵绣缯彩，其歌舞者多为妇人服，鸣环珮，饰以花眊者，殆三万人。”故柳彧上书谓：“鸣鼓聒天，燎炬照地，人戴兽面，男为女服，倡优杂技，诡状异形”，（《隋书·柳彧传》）薛道衡和许给事《善心戏场转韵诗》，（《初学记》卷十五）所咏亦略同。虽侈靡跨于汉代，然视张衡之赋西京，李尤之赋平乐观，其言固未有大异也。

至唐而所谓歌舞戏者，始多概见。有本于前代者，有出新撰者，今备举之。

一、《代面》《大面》

《旧唐书·音乐志》一则（见前）

《乐府杂录》鼓架部条有：“代面，始自北齐。神武弟，有胆勇，善战斗，以其颜貌无威，每入阵即著面具，后乃百战百胜。戏者，衣紫腰金执鞭也。”

《教坊记》：“大面出北齐。兰陵王长恭，性胆勇，而貌妇人，自嫌不足以威敌，乃刻为假面，临阵著之，因为此戏，亦入歌曲。”

二、《拨头》《钵头》

《旧唐书·音乐志》一则（见前）

《乐府杂录》鼓架部条：“钵头：昔有人父，为虎所伤，遂上山寻其父尸；山有八折，故曲八叠。戏者被发素衣，面作啼，盖遭丧之状也。”

三、《踏摇娘》《苏中郎》《苏郎中》

《旧唐书·音乐志》：“踏摇娘生于隋末河内。河内有人，貌恶而嗜酒，常自号郎中；醉归，必殴其妻。其妻美色善歌，为怨苦之辞。河朔演其声，而被之弦管，因写其夫之容；妻悲诉，每摇顿其身，故号‘踏摇娘’。近代优人改其制度，非旧旨也。”

《乐府杂录》鼓架部条：“《苏中郎》：后周士人苏葩，嗜酒落魄，自号中郎；每有歌场，辄入独舞。今为戏者，著绯、带帽，面正赤，盖状其醉也。即有踏摇娘。”

《教坊记》一则（见前）

四、参军戏

《乐府杂录》俳优条："开元中，黄幡绰、张野狐弄参军。始自汉馆陶令石耽。耽有赃犯，和帝惜其才，免罪；每宴乐，即令衣白夹衫，命俳优弄辱之，经年乃放，后为参军，误也。开元中，有李仙鹤善此戏，明皇特授韶州同正参军，以食其禄；是以陆鸿渐撰词，言韶州参军，盖由此也。"

赵璘《因话录》（卷一）："肃宗宴于宫中，女优有弄假官戏，其绿衣秉简者，谓之参军桩。"

范摅《云溪友议》（卷九）："元稹廉问浙东，有俳优周季南、季崇，及妻刘采春，自淮甸而来，善弄《陆参军》，歌声彻云。"

（附）《五代史·吴世家》："徐氏之专政也，杨隆演幼懦，不能自持；而知训尤凌侮之。尝饮酒楼上，命优人高贵卿侍酒，知训为参军，隆演鹑衣髽髻为苍鹘。"

（附）姚宽《西溪丛语》（下）引《吴史》："徐知训怙威骄淫，调谑王，无敬长之心。尝登楼狎戏，荷衣木简，自称参军，令王髽髻鹑衣，为苍头以从。"

五、《樊哙排君难》戏　《樊哙排闼》剧

《唐会要》（卷三十三）："光化四年正月，宴于保宁殿，上制曲，名曰《赞成功》。时盐州雄毅军使孙德昭等，杀刘季述反正，帝乃制曲以褒之，仍作《樊哙排君难》戏以乐焉。"

宋敏求《长安志》（卷六）："昭宗宴李继昭等将于保宁殿，亲制《赞成功》曲以褒之，仍命伶官作《樊哙排君难》戏以乐之。"

陈旸《乐书》（卷一百八十六）："昭宗光化中，孙德昭之徒刃刘季述，始作《樊哙排闼》剧。"

此五剧中其出于后赵者一（参军），出于北齐或周隋者二（《大面》、《踏摇娘》），出于西域者一（《拨头》），惟《樊哙排君难》戏乃唐代所自制，且其布置甚简，而动作有节，固与《破阵乐》、《庆善乐》诸舞，相去不远；其所异者，在演故事一事耳。顾唐代歌舞戏之发达，虽止于此，而滑稽戏则殊进步。此种戏剧，优人恒随时地而自由为之；虽不必有故事，而恒托为故事之形；惟不容合以歌舞，故与前者稍异耳。其见于载籍者，兹复汇举之，其可资比较之助者，颇不少也。

《资治通鉴》(卷二百十二)："侍中宋璟疾负罪而妄诉不已者，悉付御史台治之。谓中丞李谨度曰：'服不更诉者，出之，尚诉未已者，且系。'由是人多怨者。会天旱，优人作魃状，戏于上前。问'魃何为出?'对曰：'奉相公处分。'又问：'何故?'对曰：'负罪者三百余人，相公悉以系狱抑之，故魃不得不出。'上心以为然。"

《旧唐书·文宗纪》："太和六年二月己丑寒食节，上宴群臣于麟德殿。是日杂戏人弄孔子。帝曰：'孔子古今之师，安得侮黩。'亟命驱出。"

高彦休《唐阙史》(卷下)："咸通中，优人李可及者，滑稽谐戏，独出辈流。虽不能托讽匡正，然智巧敏捷，亦不可多得。尝因延庆节，缁黄讲论毕，次及倡优为戏，可及乃儒服险巾，褒衣博带，摄齐以升讲座，自称三教《论衡》。其隅坐者问曰：'既言博通三教，释迦如来是何人?'对曰：'是妇人。'问者惊曰：'何也?'对曰：'《金刚经》云：敷座而坐。或非妇人，何烦夫坐，然后儿坐也。'上为之启齿。又问曰：'太上老君何人也?'对曰：'亦妇人也。'问者益所不喻。乃曰：'《道德经》云：吾有大患，是吾有身，及吾无身，吾复何患。倘非妇人，何患乎有娠乎?'上大悦。又问：'文宣王何人也?'对曰：'妇人也。'问者曰：'何以知之?'对曰：'《论语》云：沽之哉！沽之哉！吾待贾者也。向非妇人，待嫁奚为?'上意极欢，宠锡甚厚。翌日，授环卫之员外职。"

唐无名氏《玉泉子真录》(《说郛》卷四十六)："崔公铉之在淮南，尝俾乐工集其家僮，教以诸戏。一日，其乐工告以成就，且请试焉。铉命阅于堂下，与妻李坐观之。僮以李氏妒忌，即以数僮衣妇人衣，曰妻曰妾，列于旁侧。一僮则执简束带，旋辟唯诺其间。张乐命酒，不能无属意者，李氏未之悟也。久之，戏愈甚，悉类李氏平昔所尝为；李氏虽少悟，以其戏偶合，私谓不敢而然，且观之。僮志在发悟，愈益戏之，李果怒，骂之曰：'奴敢无礼，吾何尝如此。’僮指之，且出，曰：‘咄咄！赤眼而作白眼，讳乎?’铉大笑，几至绝倒。”

孙光宪《北梦琐言》（卷六）：“光化中，朱朴自《毛诗》博士登庸，恃其口辩，可以立致太平。由藩邸引导，闻于昭宗，遂有此拜。对扬之日，面陈时事数条，每言：‘臣为陛下致之。’洎操大柄，无以施展，自是恩泽日衰，中外腾沸。内宴日，俳优穆刀陵作念经行者，至御前曰：‘若是朱相，即是非相。’翌日出官。”

附五代

《北梦琐言》（卷十四）：“刘仁恭之军，为汴帅败于内黄。尔后汴帅攻燕，亦败于唐河。他日命使聘汴，汴帅开宴，俳优戏医病人以讥之。且问：病状内黄，以何药可瘗？其聘使谓汴帅曰：‘内黄，可以唐河水浸之，必愈。’宾主大笑。”

钱易《南部新书》（卷癸）：“王延彬独据建州，称伪号，一旦大设，伶官作戏，辞云：‘只闻有泗州和尚，不见有五县天子。’”

郑文宝《江南余载》（卷上）：“徐知训在宣州，聚敛苛暴，百姓苦之。入觐侍宴，伶人戏，作绿衣大面若鬼神者。旁一人问：‘谁?’对曰：‘我宣州土地神也，吾主人入觐，和地皮掘来，故得至此。’”

又（卷上）：“张崇帅庐州，人苦其不法。因其入觐，相谓曰：‘渠伊必不来矣。’崇闻之，计口征渠伊钱。明年又入觐，人不敢交语，唯道路相目，捋须为庆而已。崇归，又征捋须钱。其在建康，伶人戏，为死而获谴者曰：‘焦湖百里，一任作獭。’”

观上文之所汇集，知此种滑稽戏，始于开元，而盛于晚唐。以此与歌舞戏相比较：则一以歌舞为主，一以言语为主；一则演故事，一则讽时事；一为应节之舞蹈，一为随意之动作；一可永久演之，一则除一时一地外，不容施于他处；此其相异者也。而此二者之关纽，实在参军一戏。参军之戏，本演石耽或周延故事。又《云溪友议》谓：“周季南等弄《陆参军》，歌声彻云”，则似为歌舞剧。然至唐中叶以后，所谓参军者，不必演石耽或周延；凡一切假官，皆谓之参军。《因话录》所谓“女优弄假官戏，其绿衣秉简者谓之参军桩”是也。由是参军一色，遂为脚色之主。其与之相对者，谓之苍鹘。李义山《骄儿诗》：“忽复学参军，按声唤苍鹘。”《五代史·吴世家》所纪，足以证之。上所载滑稽剧中，无在不可见此二色之对立。如李可及之儒服险巾，褒衣博带；崔铉家童之执简束带，旋辟唯诺；南唐伶人之绿衣大面，作宣州土地神，皆所谓参军者为之；而与之对待者，则为苍鹘。此说观下章所载宋代戏剧，自可了然，此非想象之说也。要之：唐、五代戏剧，或以歌舞为主，而失其自由；或演一事，而不能被以歌舞。其视南宋、金、元之戏剧，尚未可同日而语也。

二、宋之滑稽戏

今日流传之古剧，其最古者出于金、元之间。观其结构，实综合前此所有之滑稽戏及杂戏、小说为之。又宋、元之际，始有南曲、北曲之分，此二者，亦皆综合宋代各种乐曲而为之者也。今欲溯其发达之迹，当分为三章论之：一、宋之滑稽戏，二、宋之杂戏小说，三、宋之乐曲是也。

宋之滑稽戏，大略与唐滑稽戏同，当时亦谓之杂剧。兹复汇集之如下：

刘攽《中山诗话》："祥符、天禧中，杨大年、钱文僖、晏元献、刘子仪以文章立朝，为诗皆宗李义山，后进多窃义山语句。尝内宴，优人有为义山者，衣服败裂，告人曰：'吾为诸馆职挦撦至此。'闻者欢笑。"

范镇《东斋纪事》（卷一）："赏花、钓鱼，赋诗，往往有宿构者。天圣中，永兴军进山水石适至，会命赋山水石，其间多荒恶者，盖出其不意耳。中坐，优人入戏，各执笔若吟咏状。其一人忽仆于界石上，众扶掖起之，既起，曰：'数日来作赏花钓鱼诗，准备应制，却被这石头擦倒。'左右皆大笑。翌日，降出其诗，令中书铨定。秘阁校理韩义最为鄙恶，落职与外任。"

张师正《倦游杂录》（江少虞《皇宋事实类苑》卷六十四引）："景祐末，诏以郑州为奉宁军，蔡州为淮康军。范雍自侍郎领淮康节钺，镇延安。时羌人旅拒戍边之卒，延安为盛。有内臣卢押班者，为钤辖，心常轻范。一日军府开宴，有军伶人杂剧，称参军梦得一黄瓜，长丈余，是何祥也？一伶贺曰：'黄瓜上有刺，必作黄州刺史。'一伶批其颊曰：'若梦见镇府萝卜，须作蔡州节度使。'范疑卢所教，即取二伶杖背，黥为城旦。"

宋无名氏《续墨客挥犀》（卷五）："熙宁九年，太皇生辰，教坊例有献香杂剧。时判都水监侯叔献新卒，伶人丁仙现假为一道士，善出神，一僧善入定。或诘其出神何所见，道士云'近曾出神至大罗，见玉皇殿上，有一人披金紫，熟视之，乃本朝韩侍中也。手捧一物，窃问旁立者，曰：韩侍中献国家金枝玉叶万世不绝图。'僧曰：'近入定到地狱，见阎罗殿侧，有一人衣绯垂鱼，细视之，乃判都水监侯工部也。手中亦擎一物，窃问左右，云：为奈河水浅，献图欲别开河道耳。'时叔献兴水利以图恩赏，百姓苦之，故伶人有此语。"（江少虞《皇宋事实类苑》卷六十五引此条作《倦游杂录》。）

朱彧《萍洲可谈》（卷三）："熙宁间，王介甫行新法，（中略）其时多引人上殿。伶人对上作俳，跨驴直登轩陛，左右止之。其人曰：'将谓有脚者尽上得。'荐者少沮。"

陈师道《谈丛》（卷一）："王荆公改科举，暮年乃觉其失，曰：'欲变学究为秀才，不谓变秀才为学究也。'盖举子专通《王氏章句》，而不解其义，正如学究诵注疏尔。教坊杂戏亦曰：'学诗于陆农师，学易于龚深之。（之当作父）'盖讥士之寡闻也。"

王辟之《渑水燕谈录》（卷十）："顷有秉政者，深被眷倚，言事无不从。一日御宴，教坊杂剧：为小商，自称姓赵，以瓦瓿卖沙糖。道逢故人，喜而拜之。伸足误踏瓿倒，糖流于地。小商弹指叹息曰：'甜采，你即溜也，怎奈何？'左右皆笑。俚语以王姓为甜采。"

李廌《师友谈记》："东坡先生近令门人作《人不易物赋》，或戏作一联曰：'伏其几而袭其裳，岂为孔子；学其书而戴其帽，未是苏公。'（士大夫近年仿东坡桶高檐短帽，名曰子瞻样。）廌因言之，公笑曰：'近扈从醴泉观，优人以相与自夸文章为戏者，一优丁仙现曰："吾之文章，汝辈不可及也。"众优曰："何也？"曰："汝不见吾头上子瞻乎？"'上为解颜，顾公久之。"

《萍洲可谈》（卷三）："王德用为使相，黑色，俗号黑相。尝与北使伴射，使已中的，黑相取箭镡头，一发破前矢，俗号劈筈箭。姚麟亦善射，为殿帅十年，伴射，尝蒙奖赐。崇宁初，王恩以遭遇处位殿帅，不习弓矢，岁岁以伴射为窘。伶人对御作俳，先一人持一矢入，曰：'黑相劈筈箭，售钱三百万。'又一人持八矢入，曰：'老姚射不输箭，售钱三百万。'后二人挽箭一车入，曰：'车箭卖一钱。'或问：'此何人家箭，价贱如此？'答曰：'王恩不及垛箭。'"

又："崇宁铸九鼎，帝鼐居中，八鼎各镇一隅。是时行当十钱，苏州无赖子弟冒法盗铸。会浙中大水，伶水对御作俳：今岁东南大水，乞遣彤鼎往镇苏州。或作鼎神附奏云：'不愿前去，恐一例铸作当十钱。'朝廷因治章綖之狱。"

曾敏行《独醒杂志》（卷九）："崇宁二年，铸大钱，蔡元长建议，俾为折十。民间不便。优人因内宴，为卖浆者，或投一大钱，饮一杯，而索偿其余。卖浆者对以方出市，未有钱，可更饮浆。乃连饮至于五六，其人鼓腹曰：'使相公改作折百钱，奈何！'上为之动。法由是改。又，农告乏时，有献廪俸减半之议。优人乃为衣冠之士，自束带衣裾，被身之物，辄除其半。众怪而问之，则曰：'减半。'已而，两足共穿半袴，跫而来前。复问之，则又曰：'减半。'乃长叹曰：'但知减半，岂料难行。'语传禁中，亦遂罢议。"

洪迈《夷坚志》丁集（卷四）："俳优侏儒，周技之下且贱者；然亦能因戏语而箴讽时政，有合于古矇诵工谏之义，世目为杂剧者是已。崇宁初，斥远元祐忠贤，禁锢学术，凡偶涉其时所为所行，无论大小，一切不得志。伶者对御为戏：推一参军作宰相，据坐，宣扬朝政之美。一僧乞给公据游方，视其戒牒，则元祐三年者，立涂毁之，而加以冠巾。道士失亡度牒，闻被载时，亦元祐也，剥其羽服，使为民。一士以元祐五年获荐，当免举，礼部不为引用，来自言，即押送所属屏斥。已而，主管宅库者附耳语曰：'今日在左藏库，请相公料钱一千贯，尽是元祐钱，合取钧旨。'其人俯首久之，曰：'从后门搬入去。'副者举所挺杖其背，曰：'你做到宰相，元来也只要钱！'是时，至尊亦解颜。"

又："蔡京作宰，弟卞为元枢。卞乃王安石婿，尊崇妇翁。当孔庙释奠时，跻于配享而封舒王。优人设孔子正坐，颜、孟与安石侍侧。孔子命之坐，安石揖孟子居上，孟辞曰：'天下达尊，爵居其一，轲近蒙公爵，相公贵为真王，何必谦光如此。’遂揖颜，曰：‘回也陋巷匹夫，平生无分毫事业，公为命世真儒，位貌有间，辞之过矣。’安石遂处其上。夫子不能安席，亦避位。安石惶惧拱手，云：‘不敢。’往复未决。子路在外，情愤不能堪，径趋从祀堂，挽公冶长臂而出。公冶为窘迫之状，谢曰：‘长何罪？’乃责数之曰：‘汝全不救护丈人，看取别人家女婿。’其意以讥卞也。时方议欲升安石于孟子之上，为此而止。”

又：“又常设三辈为儒、道、释，各称颂其教。儒者曰：‘吾之所学，仁、义、礼、智、信，曰五常。’遂演畅其旨，皆采引经书，不杂媟语。次至道士，曰：‘吾之所学，金、木、水、火、土，曰五行。’亦说大意。末至僧，僧抵掌曰：‘二子腐生常谈，不足听；吾之所学，生、老、病、死、苦，曰五化。《藏经》渊奥，非汝等所得闻，当以现世佛菩萨法理之妙，为汝陈之。盍以次问我？’曰：‘敢问生？’曰：‘内自太学辟雍，外至下州偏县，凡秀才读书者，尽为三舍生。华屋美馔，月书季考，三岁大比，脱白挂绿，上可以为卿相。国家之于生也如此。’曰：‘敢问老？’曰：‘老而孤独贫困，必沦沟壑，今所在立孤老院，养之终身。国家之于老也如此。’曰：‘敢问病？’曰：‘不幸而有疾，家贫不能拯疗，于是有安济坊，使之存处，差医付药，责以十全之效。其于病也如此。’曰：‘敢问死？’曰：‘死者，人所不免，惟贫民无所归。则择空隙地，为漏泽园；无以敛，则与之棺，使得葬埋；春秋享祀，恩及泉壤。其于死也如此。’曰：‘敢问苦？’其人瞑目不应，阳若恻悚然。促之再三，乃蹙额答曰：‘只是百姓一般受无量苦。’徽宗为恻然长思，弗以为罪。”

周密《齐东野语》（卷二十）：“宣和间，徽宗与蔡攸辈在禁中，自为优戏。上作参军趋出，攸戏上曰：‘陛下好个神宗皇帝。’上以杖鞭之曰：‘你也好个司马丞相。’”

又（卷十）：“宣和中，童贯用兵燕蓟，败而窜。一日内宴，教坊进伎，为三四婢，首饰皆不同。其一当额为髻，曰：蔡太师家人也；其二髻偏坠，曰：郑太宰家人也；又一人满头为髻如小儿，曰：童大王家人也。问其故。蔡氏者曰：‘太师觐清光，此名朝天髻。’郑氏者曰：‘吾太宰奉祠就第，此懒梳髻。’至童氏者曰：‘大王方用兵，此三十六髻也。’”（三十六计，走为上计，宋人有此俗语。）

刘绩《霏雪录》：“宋高宗时，饔人瀹馄饨不熟，下大理寺。优人扮两士人，相貌各异；问其年，一曰甲子生，一曰丙子生。优人告曰：‘此二人皆合下大理。’高宗问故。优人曰：‘饺子饼子皆生，与馄饨不熟者同罪。’上大笑，赦原饔人。”

张知甫《可书》：“金人自侵中国，惟以敲棒击人脑而毙。绍兴间，有伶人作杂戏云：‘若要胜金人，须是我中国一件件相敌，乃可。且如金国有粘罕，我国有韩少保；金国有柳叶枪，我国有凤凰弓；金国有凿子箭，我国有锁子甲；金国有敲棒，我国有天灵盖。’人皆笑之。”

岳珂《桯史》（卷七）：“秦桧以绍兴十五年四月丙子朔，赐第望仙桥；丁丑，赐银绢万匹两，钱千万，彩千缣。有诏：‘就第赐燕，假以教坊优伶。’宰执咸与。中席，优长诵致语，退。有参军者，前，褒桧功德，一伶以荷叶交椅从之。诙语杂至，宾欢既洽。参军方拱揖谢，将就椅，忽坠其幞头，乃总发为髻，如行伍之巾，后有大巾镮，为双叠胜。伶指而问曰：‘此何镮？’曰：‘二圣镮。’遽以朴击其首，曰：‘尔但坐太师交椅，请取银绢例物，此镮掉脑后可也。’一坐失色。桧怒，明日下伶于狱，有死者。于是语禁始益繁。”

《夷坚志》丁集（卷四）：“绍兴中，李椿年行经界量田法。方事之初，郡县奉命严急，民当其职者，颇困苦之。优者为先圣、先师，鼎足而坐。有弟子从末席起，咨叩所疑。孟子奋然曰：‘仁政必自经界始。吾下世千五百年，其言乃为圣世所施用，三千之徒皆不如。’颜子默默无语。或于傍笑曰：‘使汝不是短命而死，也须做出一场害人事。’时秦桧方主李议，闻者畏获罪，不待此段之毕，即以谤亵圣贤，叱执送狱。明日，杖而逐出境。”

又：“壬戌省试，秦桧之子熺、侄昌时、昌龄，皆奏名。公议籍籍，而无敢辄语。至乙丑春首，优者即戏场，设为士子，赴南宫，相与推论知举官为谁。指侍从某尚书、某侍郎，当主文柄，优长者非之曰：‘今年必差彭越。’问者曰：‘朝廷之上，不闻有此官员。’曰：‘汉梁王也。’曰：‘彼是古人，死已千年，如何来得?’曰：‘前举是楚王韩信，信、越一等人，所以知今为彭王。’问者嗤其妄，且扣厥指，笑曰：‘若不是韩信，如何取得他三秦!’四座不敢领略，一哄而出。秦亦不敢明行谴罚云。”

明田汝成《西湖游览志余》（卷二十二，此条当出宋人小说，未知所本）：“绍兴间，内宴，有优人作善天文者，云：‘世间贵官人，必应星象，我悉能窥之。法当用浑仪设玉衡；若对其人窥之，则见星而不见其人；玉衡不能卒办，用铜钱一文亦可。’乃令窥光尧，云：‘帝星也。’秦师垣，曰：‘相星也。’韩蕲王，曰：‘将星也。’张循王，曰：‘不见其星。’众皆骇，复令窥之，曰：‘中不见星，只见张郡王在钱眼内坐。’殿上大笑。俊最多资，故讥之。”

张端义《贵耳集》（卷一）：“寿皇赐宰执宴，御前杂剧，妆秀才三人。首问曰：‘第一秀才，仙乡何处?’曰：‘上党人。’次问：‘第二秀才，仙乡何处?’曰：‘泽州人。’次问：‘第三秀才，仙乡何处?’曰：‘湖州人。’又问：‘上党秀才，汝乡出何生药?’曰：‘某乡出人参。’次问：‘泽州秀才，汝乡出甚生药?’曰：‘某乡出甘草。’次问：‘湖州出甚生药?’曰：‘出黄蘗。’‘如何湖州出黄蘗?’‘最是黄蘗苦人!’当时皇伯秀王在湖州，故有此语。寿皇即日召入，赐第，奉朝请。”

又：“何自然中丞，上疏乞朝廷并库，寿皇从之。方且讲究未定，御前有燕，杂剧：伶人妆一卖故衣者，持裤一腰，只有一只裤口。买者得之，问：‘如何著?’卖者曰：‘两脚并做一裤口。’买者曰：‘裤却并了，只恐行不得。’寿皇即寝此议。”

《桯史》（卷十）：“淳熙间，胡给事元质既新贡院，嗣岁庚子，适大比，（中略）会初场赋题，出《舜闻善若决江河》，而以‘闻善而行、沛然莫御’为韵。士既就案矣。（中略）忽一老儒摘《礼部韵》示诸生，谓沛字惟十四泰有之，一为颠沛，一为沛邑。注无沛决之义。惟它有霈字，乃从雨为可疑。众曰是，哄然叩帘请。（中略）或入于房，执考校者一人驱之。考校者惶遽，急曰：‘有雨头也得，无雨头也得。’或又咨其误，曰：‘第二场更不敢也。’

盖一时祈脱之辞，移时稍定。试司申：鼓谍场屋。胡以其不称于礼遇也，怒，物色为首者，尽系狱。韦布益不平。既拆号，例宴主司以劳还，毕三爵，优伶序进。有儒服立于前者，一人旁揖之，相与诧博洽，辨古今，岸然不相下。因各求挑试所诵忆。其一问：'汉名宰相凡几？'儒服以萧、曹以下，枚数之无遗。群优咸赞其能。乃曰：'汉相吾言之矣。敢问唐三百年间，名将帅何人也？'旁揖者亦诎指英、卫以及季叶，曰：'张巡、许远、田万春。'儒服奋起，争曰：'巡、远之姓是也，万春之姓雷，历考史牒，未有以雷为田者。'揖者不服，撑拒腾口。俄一绿衣参军，自称教授，据几，二人敬质疑。曰：'是故雷姓。'揖者大诟，袒裼奋拳，教授遽作恐惧状，曰：'有雨头也得，无雨头也得！'坐中方失色，知其讽己也。忽优有黄衣者，持令旗跃出稠人中，曰：'制置大学给事台旨：试官在座，尔辈安得无礼。'群优亟敛下，喏曰：'第二场更不敢也。'侠戺皆笑，席客大惭。明日遁去。遂释系者。胡意其为郡士所使，录优而诘之，杖而出诸境。然其语盛传至今。"

又（卷五）："韩平原在庆元初，其弟仰胄为知阁门事，颇与密议，时人谓之大小韩，求捷径者争趋之。一日内宴，优人有为衣冠到选者，自叙履历才艺，应得美官，而流滞铨曹，自春徂冬，未有所拟，方徘徊浩叹。又为日者，敝帽持扇，过其旁，遂邀使谈庚甲，问以得禄之期。日者厉声曰：'君命甚高；但以五星局中，财帛宫若有所碍。目下若欲亨达，先见小寒；更望事成，必见大寒可也。'优盖以寒为韩。侍宴者皆缩颈匿笑。"

张仲文《白獭髓》（《说郛》卷三十八）："嘉泰末年，平原公恃有扶日之功，凡事自作威福，政事皆不由内出。会内宴，伶人王公瑾曰：'今日政如客人卖伞，不由里面。'"

叶绍翁《四朝闻见录》（戊集）："韩侂胄用兵既败，为之须发俱白，困闷不知所为。优伶因上赐侂胄宴，设樊迟、樊哙，旁有一人曰樊恼。又设一人，揖问迟：'谁与你取名？'对以夫子所取。则拜曰：'此圣门之高弟也。'又揖问哙，曰：'谁名汝？'对曰：'汉高祖所命。'则拜曰：'真汉家之名将也。'又揖恼，曰：'谁名汝？'对以'樊恼自取'。又因郭倪、郭果（按果当作倬）败，因赐宴，优伶以生菱进于桌上，命二人移桌，忽生菱坠，尽碎。其一人曰：‘苦，苦，苦！坏了多少生灵，只因移果桌！’”

《贵耳集》（卷下）：“袁彦纯尹京，专一留意酒政。煮酒卖尽，取常州宜兴县酒、衢州龙游县酒在都下卖。御前杂剧，三个官人：一曰京尹，二曰常州太守，三曰衢州太守。三人争坐位，常守让京尹曰：‘岂宜在我二州之下？’衢守争曰：‘京尹合在我二州之下。’常守问曰：‘如何有此说？’衢守云：‘他是我二州拍户。’宁庙亦大笑。”

又：“史同叔为相日，府中开宴，用杂剧人。作一士人念诗，曰：‘满朝朱紫贵，尽是读书人。’旁一士人曰：‘非也，满朝朱紫贵，尽是四明人。’自后相府有宴，二十年不用杂剧。”

《桯史》（卷十三）：“蜀伶多能文，俳语率杂以经史，凡制帅幕府之燕集，多用之。嘉定中，吴畏斋帅成都，从行者多选人，类以京削系念。伶知其然。一日，为古衣冠服数人，游于庭，自称孔门弟子。交质以姓氏，或曰常，或曰於，或曰吾。问其所莅官，则合而应曰：‘皆选人也。’固请析之。居首者率然对曰：‘子乃不我知，《论语》所谓：常从事於斯矣，即某其人也。官为从事而系以姓，固理之然。’问其次，曰：‘亦出《论语》，於从政乎何有，盖即某官氏之称。’又问其次，曰：‘某又《论语》，十七篇所谓：吾将仕者。’遂相与叹诧，以选调为淹抑。有怂恿其旁者，曰：‘子之名不见于七十子，固圣门下第，盍叩十哲而请教焉。’如其言，见颜、闵方在堂，群而请益。子骞蹙额曰：‘如之何？何必改！’兖公应之曰：‘然！回也不改。’众怃然不怡，曰：‘无已，质诸夫子。’如之，夫子不答，久而曰：‘钻遂改，火急可已矣。’坐客皆愧而笑。闻者至今启颜。优流侮圣言，直可诛绝。特记一时之戏语如此。”

《齐东野语》（卷十三）：“蜀优尤能涉猎古经，援引经史，以佐口吻，资笑谈。当史丞相弥远用事，选人改官，多出其门。制阃大宴，有优为衣冠者数辈，皆称为孔门弟子，相与言吾侪皆选人。遂各言其姓，曰‘吾为常从事’，‘吾为于从政’，‘吾为吾将仕’‘吾为路文学’。别有二人出，曰：‘吾宰予也。夫子曰，于予与改，可谓侥幸。’其一曰：‘吾颜回也。夫子曰，回也不改。吾为四科之首而不改，汝何为独改?’曰：‘吾钻故，汝何不钻?’曰：‘吾非不钻，而钻弥坚耳。’曰：‘汝之不改宜也，何不钻弥远乎?’其离析文义，可谓侮圣言；而巧发微中，有足称言者焉。有袁三者，名尤著。有从官姓袁者，制蜀颇乏廉声。群优四人，分主酒、色、财、气，各夸张其好尚之乐，而余者互讥笑之。至袁优，则曰：‘吾所好者，财也。’因极言财之美利，众亦讥诮不已。徐以手自指曰：‘任你讥笑，其如袁丈好此何!’”

又：“近者己亥，史岩之为京尹，其弟以参政督兵于淮。一日内宴，伶人衣金紫，而幞头忽脱，乃红巾也。或惊问曰：‘贼裹红巾，何为官亦如此?’旁一人答云：‘如今做官的都是如此。’于是褫其衣冠，则有万回佛自怀中坠地。其旁者曰：‘他虽做贼，且看他哥哥面。’”

又：“女冠吴知古用事，人皆侧目。内宴，参军肆筵张乐，胥辈请佥文书，参军怒曰：‘吾方听觱栗，可少缓。’请至再三，其答如前。胥击其首曰：‘甚事不被觱栗坏了!’盖是俗呼黄冠为觱栗也。”

又：“王叔知吴门日，名其酒曰‘彻底清’。锡宴日，伶人持一樽，夸于众曰：‘此酒名彻底清。’既而开樽，则浊醪也。旁诮之云：‘汝既为彻底清，却如何如此?’答云：‘本是彻底清，被钱打得浑了。’”

罗大经《鹤林玉露》(卷三)：“端平间，督西山参大政，未及有所建置而薨。魏鹤山督师，亦未及有所设施而罢。临安优人，装一儒生，手持一鹤；别一儒生与之邂逅，问其姓名，曰：‘姓锺名庸。’问所持何物，曰：‘大鹤也。’因倾盖欢然，呼酒对饮。其人大嚼洪吸，酒肉靡有孑遗。忽颠仆于地，众数人曳之不动。一人乃批其颊，大骂曰：‘说甚《中庸》、《大学》，吃了许多酒食，一动也动不得。’遂一笑而罢。或谓有使其为此，以姗侮君子者，府尹乃悉黥其人。”

《西湖游览志余》(卷二，不知其所本)：“丁大全作相，与董宋臣表里。(中略)一日内宴，一人专打锣，一人扑之，曰：‘今日排当，不奏他乐，丁丁董董不已，何也？’曰：‘方今事皆丁董，吾安得不丁董？’”

仇远《裨史》（《说郛》卷二十五）：“至元丙子，北兵入杭，庙朝为虚。有金姓者，世为伶官，流离无所归。一日，道遇左丞范文虎，向为宋殿帅时，熟知其为人，谓金曰：‘来日公宴，汝来献伎，不愁贫贱。’如期往，为优戏，作诨曰：‘某寺有钟，寺僧不敢击者数日，主僧问故，乃言钟楼有巨神，神怪不敢登也。主僧亟往视之，神即跪伏投拜，主僧曰：“汝何神也？”答曰：“钟神。”主僧曰：“既是钟神，何故投拜？”’众皆大笑，范为之不怿。其人亦不顾。识者莫不多之。”

附辽金伪齐

《宋史·孔道辅传》：“道辅奉使契丹，契丹宴使者，优人以文宣王为戏，道辅艴然径出。”

邵伯温《闻见前录》（卷十）：“潞公谓温公曰：‘吾留守北京，遣人入大辽侦事，回云：见辽主大宴群臣，伶人剧戏，作衣冠者，见物必攫取怀之。有从其后以梃朴之者，曰：司马端明耶？君实清名，在夷狄如此。’温公媿谢。”

沈作喆《寓简》（卷十）：“伪齐刘豫，既僭位，大宴群臣。教坊进杂剧。有处士问星翁曰：‘自古帝王之兴，必有受命之符，今新主有天下，押有嘉祥美瑞以应之乎？’星翁曰：‘固有之。新主即位之前一日，有一星聚东井，真所谓符命也。’处士以杖击之，曰：‘五星，非一也，乃云聚耳。一星，又何聚焉？’星翁曰：‘汝固不知也。新主圣德，比汉高祖只少四星儿里。’”

《金史·后妃传》：“章宗元妃李氏，势位熏赫，与皇后侔。一日，宴宫中，优人玳瑁头者，戏于上前。或问：‘上国有何符瑞？’优曰：‘汝不闻凤凰见乎？’曰：‘知之而未闻其详。’优曰：‘其飞有四，所应亦异。若向上飞，则风雨顺时；向下飞，则五谷丰登；向外飞，则四国来朝；向里飞，（音同李妃）则加官进禄。’上笑而罢。”

宋辽金三朝之滑稽剧，其见于载籍者略具于此。此种滑稽剧，宋人亦谓之杂剧，或谓之杂戏。吕本中《童蒙训》曰："作杂剧者，打猛诨入，却打猛诨出。"吴自牧《梦粱录》亦云："杂剧全用故事，务在滑稽。"孟元老《东京梦华录》云："圣节内殿杂戏，为有使人预宴，不敢深作谐谑。"则无使人时可知。是宋人杂剧，固纯以诙谐为主，与唐之滑稽剧无异。但其中脚色，较为著明，而布置亦稍复杂；然不能被以歌舞，其去真正戏剧尚远。然谓宋人戏剧，遂止于此，则大不然。虽明之中叶，尚有此种滑稽剧，观文林《琅邪漫钞》，徐咸《西园杂记》，沈德符《万历野获编》所载者，全与宋滑稽剧无异。若以此概明之戏剧，未有不笑之者也。宋剧亦然。故欲知宋元戏剧之渊源，不可不兼于他方面求之也。

三、宋之小说杂戏

宋之滑稽戏，虽托故事以讽时事，然不以演事实为主，而以所含之意义为主。至其变为演事实之戏剧，则当时之小说，实有力焉。

小说之名起于汉，《西京赋》云：“小说九百，本自虞初。”《汉书·艺文志》：“有虞初周说九百四十四篇。”其书之体例如何，今无由知。唯《魏略》（《魏志·王粲传》注引）言：“临淄侯植，诵俳优小说数千言。”则似与后世小说，已不相远。六朝时，干宝、任昉、刘义庆诸人，咸有著述；至唐而大盛。今《太平广记》所载，实集其成。然但为著述上之事，与宋之小说无与焉。宋之小说，则不以著述为事，而以讲演为事。灌园耐得翁《都城纪胜》，谓：说话有四种：一小说，一说经，一说参请，一说史书。《梦粱录》（卷二十）所纪略同。《武林旧事》（卷六）所载诸色伎艺人中，有书会（谓说书会），有演史，有说经诨经，有小说。而《都城纪胜》、《梦粱录》均谓小说人能以一朝一代故事，顷刻间提破。则演史与小说，自为一类。此三书所记，皆南渡以后之事；而其源则发于宋初。高承《事物纪原》（卷九）：“仁宗时，市人有能谈三国事者，或采其说，加缘饰，作影人。”《东坡志林》（卷六）：王彭尝云：“涂巷中小儿薄劣，为其家所厌苦，辄与钱令聚坐，听说古话，至说三国事”云云。《东京梦华录》（卷五）所载京瓦伎艺，有霍四究说三分，尹常卖《五代史》。至南渡以后，有敷衍《复华篇》及《中兴名将传》者，见于《梦粱录》，此皆演史之类也。其无关史事者，则谓之小说。《梦粱录》云：“小说一名银字儿，如烟粉、灵怪、传奇、公案、朴刀、杆棒、发迹、变泰等事。”则其体例，亦当与演史大略相同。今日所传之《五代平话》，实演史之遗；《宣和遗事》，殆小说之遗也。此种说话，以叙事为主，与滑稽剧之但托故事者迥异。其发达之迹，虽略与戏曲平行；而后世戏剧之题目，多取诸此，其结构亦多依仿为之，所以资戏剧之发达者，实不少也。

至与戏剧更相近者，则为傀儡。傀儡起于周季，《列子》以偃师刻木人事，为在周穆王时，或系寓言；然谓列子时已有此事，当不诬也。《乐府杂录》以为起于汉祖平城之围，其说无稽。《通典》则云："《窟礌子》作偶人以戏，善歌舞，本丧家乐也。汉末始用之于嘉会。"其说本于应劭《风俗通》，则汉时固确有此戏矣。汉时此戏结构如何，虽不可考，然六朝之际，此戏已演故事。《颜氏家训·书证篇》："或问：'俗名傀儡子为郭秃，有故实乎？'答曰：'《风俗通》云：诸郭皆讳秃，当是前世有姓郭而病秃者，滑稽调戏，故后人为其象，呼为郭秃。'"唐时傀儡戏中之郭郎实出于此，至宋犹有此名。唐之傀儡，亦演故事。《封氏闻见记》（卷六）："大历中，太原节度辛景云葬日，诸道节度使使人修祭。范阳祭盘，最为高大，刻木为尉迟鄂公突厥斗将之象，机关动作，不异于生。祭讫，灵车欲过，使者请曰：'对数未尽。'又停车，设项羽与汉高祖会鸿门之象，良久乃毕。"至宋而傀儡最盛，种类亦最繁：有悬丝傀儡，走线傀儡，杖头傀儡，药发傀儡，肉傀儡，水傀儡各种。（见《东京梦华录》、《武林旧事》、《梦粱录》）《梦粱录》云："凡傀儡敷衍烟粉、灵怪、铁骑、公案、史书，历代君臣将相故事。话本或讲史，或作杂剧，或如崖词，（中略）大抵弄此，多虚少实，如《巨灵神》、《朱姬大仙》等也。"则宋时此戏，实与戏剧同时发达，其以敷衍故事为主，且较胜于滑稽剧。此于戏剧之进步上，不能不注意者也。

傀儡之外，似戏剧而非真戏剧者，尚有影戏。此则自宋始有之。《事物纪原》（卷九）："宋朝仁宗时，市人有能谈三国事者，或采其说加缘饰、作影人，始为魏吴蜀三分战争之象。"《东京梦华录》所载京瓦伎艺，有影戏，有乔影戏。南宋尤盛。《梦粱录》云："有弄影戏者，元汴京初以素纸雕簇，自后人巧工精，以羊皮雕形，以彩色装饰，不致损坏。（中略）其话本与讲史书者颇同，大抵真假相半。公忠者雕以正貌，奸邪者刻以丑形，盖亦寓褒贬于其间耳。"然则影戏之为物，专以演故事为事，与傀儡同。此亦有助于戏剧之进步者也。

以上三者，皆以演故事为事。小说但以口演，傀儡、影戏则为其形象矣。然而非以人演也。其以人演者，戏剧之外，尚有种种，亦戏剧之支流，而不可不一注意也。

三教　《东京梦华录》（卷十）："十二月，即有贫者三教人，为一火，装妇人神鬼，敲锣击鼓，巡门乞钱，俗呼为打夜胡。”

讶鼓　《续墨客挥犀》（卷七）：“王子醇初平熙河，边陲宁静，讲武之暇，因教军士为讶鼓戏，数年间遂盛行于世。其举动舞装之状，与优人之词，皆子醇初制也。或云：‘子醇初与西人对阵，兵未交，子醇命军士百余人，装为讶鼓队，绕出军前，虏见皆愕眙，进兵奋击，大破之。’”《朱子语类》（卷一百三十九）亦云：“如舞讶鼓，其间男子、妇人、僧道、杂色，无所不有，但都是假的。”

舞队　《武林旧事》（卷二）所纪舞队，全与前二者相似。今列其目：

《查查鬼》（《查大》）、《李大口》（《一字口》）、《贺丰年》、《长瓠敛》（《长头》）、《兔吉》（《兔毛大伯》）、《吃遂》、《大憨儿》、《粗姐》、《麻婆子》、《快活三郎》、《黄金杏》、《瞎判官》、《快活三娘》、《沈承务》、《一脸膜》、《猫儿相公》、《洞公觜》、《细妲》、《河东子》、《黑遂》、《王铁儿》、《交椅》、《夹棒》、《屏风》、《男女竹马》、《男女杵歌》、《大小斫刀鲍老》、《交衮鲍老》、《子弟清音》、《女童清音》、《诸国献宝》、《穿心国入贡》、《孙武子教女兵》、《六国朝》、《四国朝》、《遏云社》、《绯绿社》、《胡安女》、《凤阮稽琴》、《扑蝴蝶》、《回阳丹》、《火药》、《瓦盆鼓》、《焦锤架儿》、《乔三教》、《乔迎酒》、《乔亲事》、《乔乐神》（《马明王》）、《乔捉蛇》、《乔学堂》、《乔宅眷》、《乔像生》、《乔师娘》、《独自乔》、《地仙》、《旱划船》、《教象》、《装态》、《村田乐》、《鼓板》、《踏撬》（一作《踏跷》）、《扑旗》、《抱锣装鬼》、《狮豹蛮牌》、《十斋郎》、《耍和尚》、《刘衮》、《散钱行》、《货郎》、《打娇惜》。

其中装作种种人物，或有故事。其所以异于戏剧者，则演剧有定所，此则巡回演之。然后来戏名曲名中，多用其名目，可知其与戏剧非毫无关系也。

四、宋之乐曲

前二章既述宋代之滑稽戏及小说杂戏，后世戏剧之渊源，略可于此窥之。然后代之戏剧，必合言语、动作、歌唱，以演一故事，而后戏剧之意义始全。故真戏剧必与戏曲相表里。然则戏曲之为物，果如何发达乎？此不可不先研究宋代之乐曲也。

宋之歌曲其最通行而为人人所知者，是为词，亦谓之近体乐府，亦谓之长短句。其体始于唐之中叶，至晚唐五代，而作者渐多，及宋而大盛。宋人宴集，无不歌以侑觞；然大率徒歌而不舞，其歌亦以一阕为率。其有连续歌此一曲者，如欧阳公之〔采桑子〕，凡十一首；赵德麟之〔商调·蝶恋花〕，凡十首。一述西湖之胜，一咏《会真》之事，皆徒歌而不舞，其所以异于普通之词者，不过重叠此曲，以咏一事而已。

其歌舞相兼者，则谓之传踏，（曾慥《乐府雅词》卷上）亦谓之转踏，（王灼《碧鸡漫志》卷三）亦谓之缠达。（《梦粱录》卷二十）北宋之转踏，恒以一曲连续歌之。每一首咏一事，共若干首则咏若干事。然亦有合若干首而咏一事者。《碧鸡漫志》（卷三）谓石曼卿作《拂霓裳转踏》，述开元天宝遗事是也。其曲调唯〔调笑〕一调用之最多。今举其一例：

调笑转踏　郑仅（《乐府雅词》卷上）

良辰易失，信四者之难并。佳客相逢，实一时之盛会。用陈妙曲，上助清欢。女伴相将，调笑入队。

秦楼有女字罗敷，二十未满十五余，金镮约腕携笼去，攀枝折叶城南隅。

使君春思如飞絮，五马徘徊芳草路，东风吹鬓不可亲，日晚蚕饥欲归去。归去，携笼女，南陌春愁三月暮，使君春思如飞絮，五马徘徊频驻。蚕饥日晚空留顾，笑指秦楼归去。

石城女子名莫愁，家住石城西渡头，拾翠每寻芳草路，采莲时过绿蘋洲。

五陵豪客青楼上，醉倒金壶待清唱，风高江阔白浪飞，急催艇子操双桨。双桨，小舟荡，唤取莫愁迎叠浪，五陵豪客青楼上，不道风高江广。千金难买倾城样，那听绕梁清唱。

绣户朱帘翠幕张，主人置酒宴华堂；相如年少多才调，消得文君暗断肠。

断肠初认琴心挑，么弦暗写相思调，从来万曲不关心，此度伤心何草草！草草，最年少，绣户银屏人窈窕，瑶琴暗写相思调，一曲关心多少。临邛客舍成都道，苦恨相逢不早！（此三曲分咏罗敷莫愁文君三事，尚有九曲咏九事，文多略之。）

放队

新词宛转递相传，振袖倾鬟风露前，月落乌啼云雨散，游人陌上拾花钿。

此种词前有勾队词，后以一诗一曲相间，终以放队词，则亦用七绝，此宋初体格如此。然至汴宋之末，则其体渐变。《梦粱录》（卷二十）："在京时，只有缠令缠达，有引子尾声为缠令，引子后只有两腔迎互循环，间有缠达。"此缠达之音，与传踏同，其为一物无疑也。吴《录》所云，与上文之传踏相比较，其变化之迹显然。盖勾队之词，变而为引子；放队之词，变而为尾声；曲前之诗，后亦变而用他曲；故云引子后只有两腔迎互循环也。今缠达之词皆亡，唯元剧中正宫套曲，其体例全自此出，观第七章所引例，自可了然矣。

传踏之制，以歌者为一队，且歌且舞，以侑宾客。宋时有与此相似，或同实异名者，是为队舞。《宋史·乐志》："队舞之制，其名各十。小儿队凡七十二人：一曰柘枝队，二曰剑器队，三曰婆罗门队，四曰醉胡腾队，五曰诨臣万岁乐队，六曰儿童感圣乐队，七曰玉兔浑脱队，八曰异域朝天队，九曰儿童解红队，十曰射雕回鹘队。女弟子队凡一百五十三人：一曰菩萨蛮队，二曰感化乐队，三曰抛球乐队，四曰佳人剪牡丹队，五曰拂霓裳队，六曰采莲队，七曰凤迎乐队，八曰菩萨献香花队，九曰彩云仙队，十曰打球乐队。"其装饰各由其队名而异：如佳人剪牡丹队，则衣红生色砌衣，戴金冠，剪牡丹花；采莲队则执莲花；菩萨献香花队则执香花盘。其舞未详，其曲宋人或取以填词。其中有拂霓裳队，而《碧鸡漫志》谓石曼卿作《拂霓裳传踏》，恐与传踏为一，或为传踏之所自出也。

宋时舞曲，尚有曲破。《宋史·乐志》："太宗洞晓音律，制曲破二十九。"此在唐五代已有之，至宋时又藉以演故事。史浩《鄮峰真隐漫录》之《剑舞》即是也。今录其辞如下：

剑舞（《鄮峰真隐漫录》卷四十六）

二舞者对厅立裀上，（下略）乐部唱〔剑器曲破〕，作舞。

一段了。二舞者同唱〔霜天晓角〕。

莹莹巨阙，左右凝霜雪；且向玉阶掀舞，终当有用时节。唱彻，人尽说，宝此刚不折，内使奸雄落胆，外须遣豺狼灭。

乐部唱曲子，作舞《剑器曲破》一段。舞罢，二人分立两边。别二人汉装者出，对坐。桌上设酒桌。竹竿子念：

"伏以断蛇大泽，逐鹿中原，佩赤帝之真符，接苍姬之正统。皇威既振，天命有归，量势虽盛于重瞳，度德难胜于隆准。鸿门设会，亚父输谋，徒矜起舞之雄姿，厥有解纷之壮士。想当时之贯勇，激烈飞扬，宜后世之效颦，回翔宛转。双鸾奏技，四座腾欢。"

乐部唱曲子，舞《剑器曲破》一段。一人左立者，上裀舞，有欲刺右汉装者之势，又一人舞进前，翼蔽之。舞罢，两舞者并退。汉装者亦退。复有两人唐装者出，对坐，桌上设笔砚纸，舞者一人换妇人装，立裀上。竹竿子念：

"伏以云鬟耸苍壁，雾縠罩香肌，袖翻紫电以连轩，手握青蛇而的皪，花影下游龙自跃，锦裀上跄凤来仪，逸态横生，瑰姿谲起。领此入神之技，诚为骇目之观，巴女心惊，燕姬色沮。岂唯张长史草书大进，抑亦杜工部丽句新成。称妙一时，流芳万古，宜呈雅态，以洽浓欢。"

乐部唱曲子，舞《剑器曲破》一段，作龙蛇蜿蜒曼舞之势。两人唐装者起。

二舞者，一男一女，对舞，结《剑器曲破》彻。竹竿子念：

“项伯有功扶帝业，大娘驰誉满文场，合兹二妙甚奇特，欲使嘉宾釂一觞。霍如羿射九日落，矫如群帝骖龙翔，来如雷霆收震怒，罢如江海含晴光。歌舞既终，相将好去。”

念了，二舞者出队。

由此观之，其乐有声无词，且于舞踏之中，寓以故事，颇与唐之歌舞戏相似。而其曲中有“破”有“彻”，盖截大曲入破以后用之也。

此外兼歌舞之伎，则为大曲。大曲自南北朝已有此名。南朝大曲，则清商三调中之大曲，《宋书·乐志》所载者是也。北朝大曲，则《魏书·乐志》言之而不详。至唐而雅乐、清乐、燕乐、西凉、龟兹、安国、天竺、疏勒、高昌，乐中均有大曲。（见《大唐六典》卷十四《协律郎》条注。）然传于后世者，唯胡乐大曲耳。其名悉载于《教坊记》，而其词尚略存于《乐府诗集》近代曲辞中。宋之大曲，即自此出。教坊所奏，凡十八调四十大曲，《文献通考》及《宋史·乐志》具载其目。此外亦尚有之，故又有五十大曲，及五十四大曲之称。（详见予《唐宋大曲考》，兹略之）其曲辞之存于今日者，有董颖〔薄媚〕（《乐府雅词》卷上）、曾布〔水调歌头〕（王明清《玉照新志》卷二）、史浩〔采莲〕（《鄮峰真隐漫录》卷四十五）三曲稍长，然亦非其全遍。其中间一二遍，则于宋词中间遇之。大曲遍数，多至一二十。其各遍之名，则唐时有排遍、入破、彻。（《乐府诗集》卷七十九）而排遍、入破，又各有数遍。彻者，入破之末一遍也。宋大曲则王灼谓：“凡大曲有散序、靸、排遍、攧、正攧、入破、虚催、实催、衮遍、歇拍、杀衮，始成一曲，谓之大遍。”（《碧鸡漫志》卷三）沈括亦云：“所谓大遍者，有序、引、歌、歙、嗺、哨、催、攧、衮、破、行、中腔、踏歌之类，凡数十解。”（《梦溪笔谈》卷五）沈氏所列各名，与现存大曲不合。王说近之。惟攧后尚有延遍，实催前尚有衮遍。（即张炎《词源》所谓中衮。）而散序与排遍，均不止一遍，排遍且多至八九，故大曲遍数，往往至于数十，唯宋人多裁截用之。即其所用者，亦以声与舞为主，而不以词为主，故多有声无词者。自北宋时，葛守诚撰四十大曲，而教坊大曲，始全有词。然南宋修内司所编《乐府混成集》，大曲一项，凡数百解，有谱无词者居半。（周密《齐东野语》卷十）则亦不以词重矣。其攧、破、催、衮，以舞之节名之。此种大曲，遍数既多，自于叙事为便，故宋人咏事多用之。今录董颖〔薄媚〕，以示其一例；宋人大曲之存者，以此为最长矣。

薄媚（西子词。《乐府雅词》卷上）

排遍第八

怒涛卷雪，巍岫布云，越襟吴带如斯。有客经游，月伴风随。值盛世，观此江山美，合放怀，何事却兴悲？不为回头，旧国天涯，为想前君事，越王嫁祸献西施，吴即中深机。阖庐死，有遗誓，勾践必诛夷。吴未干戈出境，仓卒越兵，投怒夫差，鼎沸鲸鲵。越遭劲敌，可怜无计脱重围！归路茫然，城郭邱墟，飘泊稽山里。旅魂暗逐战尘飞，天日惨无辉。

排遍第九

自笑平生，英气凌云，凛然万里宣威。那知此际，熊虎涂穷，来伴麋鹿卑栖。既甘臣妾犹不许，何为计？争若都燔宝器，尽诛吾妻子，径将死战决雄雌，天意恐怜之。偶闻太宰正擅权，贪赂市恩私。因将宝玩献诚，虽脱霜戈，石室囚系，忧嗟又经时，恨不如巢燕自由归。残月朦胧，寒雨潇潇，有血都成泪。备尝崄厄反邦畿，冤愤刻肝脾。

第十攧

种陈谋，谓吴兵正炽，越勇难施；破吴策，唯妖姬。有倾城妙丽，名称（一作字）西子岁方笄。算夫差惑此，须致颠危。范蠡微行，珠贝为香饵，苧萝不钓钓深闺。吞饵果殊姿。素肌纤弱，不胜罗绮。鸾镜畔，粉面淡匀，梨花一朵琼壶里，嫣然意态娇春，寸眸剪水，斜鬟松翠，人无双宜。名动君王，绣履容易，来登玉陛。

入破第一

窣湘裙，摇汉珮，步步香风起。敛双蛾，论时事，兰心巧会君意。殊珍异宝。犹自朝臣未与，妾何人，被此隆恩，虽令效死奉严旨。隐约龙姿忻悦，更把甘言说。辞俊美，质娉婷，天教汝众美兼备。闻吴重色，凭汝和亲，应为靖边陲。将别金门，俄挥粉泪，靓妆洗。

第二虚催

飞云驶香车，故国难回睇，芳心渐摇，迤逦吴都繁丽。忠臣子胥，预知道为邦祟，谏言先启，愿勿容其至。周亡褒姒，商倾妲己。吴王却嫌胥逆耳，才经眼，便深恩，爱东风暗绽娇蕊。彩鸾翻妒伊。得取次于飞，共戏金屋，看承他宫尽废。

第三衮遍

华宴夕，灯摇醉粉，菡萏笼蟾桂。扬翠袖，含风舞，轻妙处，惊鸿态，分明是。瑶台琼榭，阆苑蓬壶景，尽移此地。花绕仙步，莺随管吹。宝帐暖，留春百和，馥郁融鸳被。银漏永，楚云浓，三竿日犹褪霞衣。宿酲轻腕嗅，宫花双带系，合同心时，波下比目，深怜到底。

第四催拍

耳盈丝竹，眼摇珠翠，迷乐事，宫闱内。争知渐国势陵夷。奸臣献佞，转恣奢淫，天谴岁屡饥。从此万姓，离心解体。越遣使阴窥虚实，蚤夜营边备。兵未动，子胥存，虽堪伐尚畏忠义。斯人既戮，又且严兵卷土赴黄池。观衅种蠡，方云可矣。

第五衮遍

机有神，征鼙一鼓，万马襟喉地。庭喋血，诛留守，怜屈服，敛兵还，危如此。当除祸本，重结人心，争奈竟荒迷。战骨方埋，灵旗又指。势连败，柔荑携泣，不忍相抛弃。身在兮，心先死，宵奔兮，兵已前围。谋穷计尽，唳鹤啼猿，闻处分外悲。丹穴纵近，谁容再归。

第六歇拍

哀诚屡吐，甬东分赐，垂暮日，置荒隅，心知愧。宝锷红委，鸾存凤去，辜负恩怜，情不似虞姬。尚望论功，荣归故里。降令曰：吴无赦汝，越与吴何异。吴正怨，越方疑，从公论合去妖类。蛾眉宛转，竟殒鲛绡，香骨委尘泥。渺渺姑苏，荒芜鹿戏。

第七煞衮

王公子，青春更才美，风流慕连理。耶溪一日，悠悠回首凝思。云鬟烟鬓，玉珮霞裾，依约露妍姿。送目惊喜，俄迂玉趾。同仙骑洞府归去，帘栊窈窕戏鱼水。正一点犀通，遽别恨何已！媚魄千载，教人属意，况当时金殿里。

此曲自〔排遍第八〕至〔煞衮〕，共十遍，而截去〔排遍第七〕以上不用。此种大曲，遍数既多。虽便于叙事；然其动作皆有定则，欲以完全演一故事，固非易易。且现存大曲，皆为叙事体，而非代言体。即有故事，要亦为歌舞戏之一种，未足以当戏曲之名也。

由上所述宋乐曲观之，则传踏仅以一曲反复歌之；曲破与大曲，则曲之遍数虽多，然仍限于一曲。至合数曲而成一乐者，唯宋鼓吹曲中有之。宋大驾鼓吹，恒用〔导引〕、〔六州〕、〔十二时〕三曲。梓宫发引，则加〔祔陵歌〕，虞主回京，则加〔虞主歌〕，各为四曲。南渡后郊祀，则于〔导引〕、〔六州〕、〔十二时〕三曲外，又加〔奉礼歌〕、〔降仙台〕二曲，共为五曲。合曲之体例，始于鼓吹见之。若求之于通常乐曲中，则合诸曲以成全体者，实自诸宫调始。诸宫调者，小说之支流，而被之以乐曲者也。《碧鸡漫志》（卷二）：“熙宁元丰间，泽州孔三传始创诸宫调古传，士大夫皆能诵之。”《梦粱录》（卷二十）云：“说唱诸宫调，昨汴京有孔三传，编成传奇灵怪，入曲说唱。”《东京梦华录》（卷五）纪崇观以来瓦舍伎艺，有孔三传耍秀才诸宫调。《武林旧事》（卷六）所载诸色伎艺人，诸宫调传奇，有高郎妇等四人。则南北宋均有之。今其词尚存者，唯金董解元之《西厢》耳。董解元《西厢》，胡元瑞、焦理堂、施北研笔记中，均有考订，讫不知为何体。沈德符《野获编》（卷二十五）且妄以为金人院本模范。以余考之，确为诸宫调无疑。观陶南村《辍耕录》谓：“金章宗时董解元所编《西厢记》，时代未远，犹罕有人能解之。”则后人不识此体，固不足怪也。此编之为诸宫调有三证：本书卷一〔太平赚〕词云：“俺平生情性好疎狂，疎狂的情性难拘束。一回家想么，诗魔多，爱选多情曲。比前贤乐府不中听，在诸宫调里却著数。”此开卷自叙作词缘起，而自云“在诸宫调里”；其证一也。元凌云翰《柘轩词》有〔定风波〕词赋《崔莺莺传》云：“翻残金旧日诸宫调本，才入时人听”，则金人所赋《西厢》词，自为诸宫调；其证二也。此书体例，求之古曲，无一相似。独元王伯成《天宝遗事》，见于《雍熙乐府》、《九宫大成》所选者，大致相同。而元钟嗣成《录鬼簿》（卷上）于王伯成条下注云：“有《天宝遗事诸宫调》

行于世。”王词既为诸宫调，则董词之为诸宫调无疑；其证三也。其所以名诸宫调者，则由宋人所用大曲传踏，不过一曲。其为同一宫调中甚明。唯此编每宫调中，多或十余曲，少或一二曲，即易他宫调，合若干宫调以咏一事，故谓之诸宫调。今录二三调以示其例：

〔黄钟宫·出队子〕　最苦是离别，彼此心头难弃舍。莺莺哭得似痴呆，脸上啼痕都是血，有千种恩情何处说。夫人道："天晚教郎疾去！"怎奈红娘心似铁，把莺莺扶上七香车。君瑞攀鞍空自撷，道得个冤家宁奈些。

〔尾〕　马儿登程坐车儿归舍。马儿往西行，坐车儿往东拽，两口儿一步儿离得远如一步也。

〔仙吕调·点绛唇〕〔缠令〕　美满生离，据鞍兀兀离肠痛，旧欢新宠，变作高唐梦。回首孤城，依约青山拥。西风送，戍楼寒重，初品〔梅花弄〕。

〔瑞莲儿〕　衰草凄凄一径通，丹枫索索满林红。平生踪迹无定著，如断蓬。听塞鸿，哑哑的飞过暮云重。

〔风吹荷叶〕　忆得枕鸳衾凤，今宵管半壁儿没用。触目凄凉千万种：见滴流流的红叶，淅零零的微雨，率剌剌的西风。

〔尾〕　驴鞭半袅，吟肩双耸，休问离愁轻重，向个马儿上驼也驼不动。（离蒲西行三十里，日色晚矣，野景堪画。）

〔仙品调·赏花时〕　落日平林噪晚鸦，风袖翩翩催瘦马，一径入天涯，荒凉古岸，衰草带霜滑。瞥见个孤林端入画，篱落萧疏带浅沙，一个老大伯捕鱼虾，横桥流水，茅舍映荻花。

〔尾〕　驼腰的柳树上有鱼槎，一竿风旆茅檐上挂。澹烟潇洒，横锁著两三家。（生投宿于村落。）

此上八曲，已易三调，全书体例皆如是。此于叙事最为便利，盖大曲等先有曲，而后人借以咏事。此则制曲之始，本为叙事而设，故宋金杂剧院本中，后亦用之，（见后二章）非徒供说唱之用而已。

宋人乐曲之不限一曲者，诸宫调之外，又有赚词。赚词者，取一宫调之曲若干，合之以成一全体。此体久为世人所不知，案《梦粱录》

（卷二十）："绍兴年间，有张五牛大夫，因听动鼓板中有〔太平令〕或赚鼓板，即今拍板大节抑扬处是也，遂撰为赚。赚者，误赚之之义，正堪美听中，不觉已至尾声，是不宜为片序也。又有覆赚，其中变花前月下之情，及铁骑之类"云云。是唱赚之中，亦有敷演故事者，今已不传。其常用赚词，余始于《事林广记》（日本翻元泰定本戊集卷二）中发见之。其前且有唱赚规例，今具录如下：

（遏云要诀）"夫唱赚一家，古谓之道赚。腔必真，字必正。欲有墩亢掣拽之殊，字有唇喉齿舌之异；抑分轻清重浊之声，必别合口半合口之字；更忌马罍鏧子，俗语乡谈。如对圣案，但唱乐道、山居、水居、清雅之词，切不可以风情花柳、艳冶之曲；如此，则为渎圣。社条不赛。筵会吉席，上寿庆贺，不在此限。假如未唱之初，执拍当胸，不可高过鼻，须假鼓板村掇，三拍起引子，唱头一句。又三拍至两片结尾，三拍煞；入序，尾，三拍，巾斗煞；入赚，头一字当一拍，第一片三拍，后仿此。出赚三拍，出声巾斗，又三拍煞。尾声，总十二拍：第一句四拍，第二句五拍，第三句三拍煞。此一定不逾之法。"

遏云致语（筵会用）〔鹧鸪天〕

遇酒当歌酒满斟，一觞一咏乐天真，三杯五盏陶情性，对月临风自赏心。环列处，总佳宾，歌声缭亮遏行云，春风满座知音者，一曲教君侧耳听。

圆社市语〔中吕宫·圆里圆〕

〔紫苏丸〕　相逢闲暇时，有闲的打唤瞒儿，呵喝啰声嗽道肷厮，俺嗏欢喜，才下脚，须和美。试问伊家，有甚夹气，又管甚官场侧背，算人间落花流水。

〔缕缕金〕　把金银锭打旋起，花星临照我，怎辩避？近日闲游戏，因到花市帘儿下，瞥见一个表儿圆，咱每便著意。

〔好女儿〕　生得宝妆跷，身分美，绣带儿缠脚，更好肩背。画眉儿入鬓春山翠。带著粉钳儿，更绾个朝天髻。

〔大夫娘〕　忙入步，又迟疑，又怕五角儿冲撞我没跷踢。网儿尽是札，圆底都松例，要抛声忒壮果难为，真个费脚力。

〔好孩儿〕 供送饮三杯，先入气，道今宵打歇处，把人拍惜。怎知他水脉透不由得你。咱们只要表儿圆，时复地一合儿美。

〔赚〕 春游禁陌，流莺往来穿梭戏，紫燕归巢，叶底桃花绽蕊。赏芳菲，蹴秋千高而不远，似踏火不沾地，见小池，风摆荷叶戏水。素秋天气，正玩月斜插花枝，赏登高佶料沙羔美，最好当场落帽，陶潜菊绕篱。仲冬时，那孩儿忌酒怕风，帐幞中缠脚忒稔腻。讲论处，下梢团圆到底，怎不则剧。

〔越恁好〕 勘脚并打二，步步随定伊，何曾见走衮，你于我，我与你，场场有踢，没些拗背。两个对垒，天生不枉作一对。脚头果然厮稠密密。

〔鹘打兔〕 从今后一来一往，休要放脱些儿。又管甚搅闲底，拽闲定白打膁厮，有千般解数，真个难比。

骨自有

〔尾声〕 五花丛里英雄辈，倚玉偎香不暂离，做得个风流第一。

《事林广记》虽载此词，然不著其为何时人所作。以余考之，则当出南渡之后。词前有“遏云要诀”，遏云者，南宋歌社之名。《武林旧事》（卷三）“二月八日，为相川张王生辰，霍山行宫朝拜极盛，百戏竞集。如绯绿社（杂剧）、齐云社（蹴球）、遏云社（唱赚）等”云云。《梦粱录》（卷十九）《社会》条下亦载之。今此词之首，有遏云要诀、遏云致语，又云“唱赚”、“道赚”，而词中又有赚词，则为宋遏云社所唱赚词无疑也。所唱之曲，题为“圆社市语”，圆社，谓蹴球，《事林广记》戊集（卷二）《圆社摸场》条，起四句云：“四海齐云社，当场蹴气球，作家偏著所，圆社最风流。”今曲题如此，而曲中所使，皆蹴球家语，则圆社为齐云社无疑。以遏云社之人，唱齐云社之事，谓非南宋人所作不可也。此词自其结构观之，则似北曲；自其曲名，则疑为南曲。盖其用一宫调之曲，颇似北曲套数。其曲名则〔缕缕金〕、〔好孩儿〕、〔越恁好〕三曲，均在南曲中吕宫，〔紫苏丸〕则在南曲仙吕宫，北曲中无此数调。〔鹘打兔〕则南北曲皆有，唯皆无〔大夫娘〕一曲。盖南北曲之形式及材料，在南宋已全具矣。

五、宋官本杂剧段数

由前三章研究之所得，而后宋之戏曲，可得而论焉。戏曲之作，不能言其始于何时。宋《崇文总目》（卷一）已有周优人《曲辞》二卷。原释云："周吏部侍郎赵上交，翰林学士李昉，谏议大夫刘陶、司勋，郎中冯古，纂录燕优人曲辞。"此燕为刘守光之燕，或契丹之燕，其曲辞为乐曲或戏曲，均不可考。《宋史·乐志》亦言："真宗不喜郑声，而或为杂剧词，未尝宣布于外。"《梦粱录》（卷二十）亦云："向者汴京教坊大使孟角球，曾做杂剧本子，葛守诚撰四十大曲。"则北宋固确有戏曲。然其体裁如何，则不可知。惟《武林旧事》（卷十）所载官本杂剧段数，多至二百八十本。今虽仅存其目，可以窥两宋戏曲之大概焉。

就此二百八十本精密考之，则其用大曲者一百有三，用法曲者四，用诸宫调者二，用普通词调者三十有五。兹分别叙之。大曲一百有三本：

〔六么〕二十本（案《宋史·乐志》、《文献通考·教坊部》十八调中，中吕调、南吕调、仙吕调，均有〔绿腰〕大曲。六么，即其略字也。）

《争曲六么》、《扯拦六么》、《教鳌六么》、《鞭帽六么》、《衣笼六么》、《厨子六么》、《孤奔旦六么》、《王子高六么》、《崔护六么》、《骰子六么》、《照道六么》、《莺莺六么》、《大宴六么》、《驴精六么》、《女生外向六么》、《慕道六么》、《三偌慕道六么》、《双拦哮六么》、《赶厥夹六么》、《羹汤六么》。

〔瀛府〕六本（《宋史·乐志》及《通考·教坊部》十八调中，正宫、南吕宫中，均有〔瀛府〕大曲。）

《索拜瀛府》、《厚熟瀛府》、《哭骰子瀛府》、《醉院君瀛府》、

《懊骨头瀛府》、《赌钱望瀛府》。

〔梁州〕七本（《宋史·乐志》及《通考·教坊部》十八调中，正宫调、道调宫、仙吕宫、黄钟宫，均有〔梁州〕大曲。）

《四僧梁州》、《三索梁州》、《诗曲梁州》、《头钱梁州》、《食店梁州》、《法事馒头梁州》、《四哮梁州》。

〔伊州〕五本（《宋史·乐志》及《通考·教坊部》十八调，越调、歇指调中，均有〔伊州〕大曲。）

《领伊州》、《铁指甲伊州》、《闹伍伯伊州》、《裴少俊伊州》、《食店伊州》。

〔新水〕四本（《宋史·乐志》及《通考·教坊部》十八调，双调中有〔新水调〕大曲。〔新水〕，即〔新水调〕之略也。）

《桶担新水》、《双哮新水》、《烧花新水》、《新水爨》。

〔薄媚〕九本（《宋史·乐志》及《通考·教坊部》十八调，道调宫、南吕宫中，均有〔薄媚〕大曲。）

《简帖薄媚》、《请客薄媚》、《错取薄媚》、《传神薄媚》、《九妆薄媚》、《本事现薄媚》、《打调薄媚》、《拜褥薄媚》、《郑生遇龙女薄媚》。

〔大明乐〕三本（《宋史·乐志》及《通考·教坊部》十八调，大石调中有〔大明乐〕大曲。）

《土地大明乐》、《打球大明乐》、《三爷老大明乐》。

〔降黄龙〕五本（案《宋史·乐志》及《通考·教坊部》大曲中，无〔降黄龙〕之名，然张炎《词源》卷下云："如〔六么〕，如〔降黄龙〕，皆大曲。"又云："大曲〔降黄龙〕花十六，当用十六拍。"今《董西厢》及南北曲均有〔降黄龙衮〕一调，衮者，大曲中一遍之名，则此五本为大曲无疑。）

《列女降黄龙》、《双旦降黄龙》、《柳玭上官降黄龙》、《入寺降黄龙》、《偷标降黄龙》。

〔胡渭州〕四本（《宋史·乐志》及《通考·教坊部》十八调，小石调、林钟商中均有〔胡渭州〕大曲。）

《赵厥胡渭州》、《单番将胡渭州》、《银器胡渭州》、《看灯胡渭州》。

〔石州〕三本（《宋史·乐志》及《通考·教坊部》十八调，越调中有〔石州〕大曲。）

《单打石州》、《和尚那石州》、《赶厥石州》。

〔大圣乐〕三本（《宋史·乐志》及《通考·教坊部》十八调，道调宫中有〔大圣乐〕大曲。）

《塑金刚大圣乐》、《单打大圣乐》、《柳毅大圣乐》。

〔中和乐〕四本（《宋史·乐志》及《通考·教坊部》十八调，黄钟宫中有〔中和乐〕大曲。）

《霸王中和乐》、《马头中和乐》、《大打调中和乐》、《封陟中和乐》。

〔万年欢〕二本（《宋史·乐志》及《通考·教坊部》十八调，中吕宫中有〔万年欢〕大曲。）

《喝贴万年欢》、《托合万年欢》。

〔熙州〕三本（案《宋史·乐志》及《通考·教坊部》十八调，四十大曲中无〔熙州〕之名。然洪迈《容斋随笔》卷十四云："今世所传大曲，皆出于唐。而以州名者五：伊、凉、熙、石、渭也。"周邦彦《片玉词》有〔氐州第一〕词。毛晋注《清真集》作〔熙州摘遍〕，是氐州即熙州。摘遍者，谓摘大曲之一遍为之，亦宋人语，则〔熙州〕之为大曲审矣。）

《迓鼓熙州》、《骆驼熙州》、《二郎熙州》。

〔道人欢〕四本（《宋史·乐志》及《通考·教坊部》十八调，中吕调中有〔道人欢〕大曲。）

《大打调道人欢》、《会子道人欢》、《打拍道人欢》、《越娘道人欢》。

〔长寿仙〕三本（《宋史·乐志》及《通考·教坊部》十八调，般涉调中有〔长寿仙〕大曲。）

《打勘长寿仙》、《偌卖旦长寿仙》、《分头子长寿仙》。

〔剑器〕二本（《宋史·乐志》及《通考·教坊部》十八调，中吕宫、黄钟宫中，均有〔剑器〕大曲。）

《病爷老剑器》、《霸王剑器》。

〔延寿乐〕二本（《宋史·乐志》及《通考·教坊部》十八调，仙吕宫中有〔延寿乐〕大曲。）

《黄杰进延寿乐》、《义养娘延寿乐》。

〔贺皇恩〕二本（《宋史·乐志》及《通考·教坊部》十八调，林钟商中有〔贺皇恩〕大曲。）

《扯篮儿贺皇恩》、《催妆贺皇恩》。

〔采莲〕三本（《宋史·乐志》及《通考·教坊部》十八调，双调中有〔采莲〕大曲。）

《唐辅采莲》、《双哮采莲》、《病和采莲》。

〔保金枝〕一本（《宋史·乐志》及《通考·教坊部》十八调，仙吕宫中有〔保金枝〕大曲。）

《槛偌保金枝》。

〔嘉庆乐〕一本（《宋史·乐志》及《通考·教坊部》十八调，小石调中有〔嘉庆乐〕大曲。）

《老孤嘉庆乐》。

〔庆云乐〕一本（《宋史·乐志》及《通考·教坊部》十八调，歇指调中有〔庆云乐〕大曲。）

《进笔庆云乐》。

〔君臣相遇乐〕一本（《宋史·乐志》及《通考·教坊部》十八调，歇指调中有〔君臣相遇乐〕大曲。〔相遇乐〕，即〔君臣相遇乐〕之略也。）

《裴航相遇乐》。

〔泛清波〕二本（《宋史·乐志》及《通考·教坊部》十八调，林钟商中有〔泛清波〕大曲。）

《能知他泛清波》、《三钓鱼泛清波》。

〔彩云归〕二本（《宋史·乐志》及《通考·教坊部》十八调，仙吕调中有〔彩云归〕大曲。）

《梦巫山彩云归》、《青阳观碑彩云归》。

〔千春乐〕一本（《宋史·乐志》及《通考·教坊部》十八调，黄钟羽中有〔千春乐〕大曲。）

《禾打千春乐》。

〔罢金钲〕一本（《宋史·乐志》及《通考·教坊部》十八调，南吕调中有〔罢金钲〕大曲。)

《牛五郎罢金钲》(原作〔罢金征〕,误也)。

以上百有三本,皆为大曲。其为曲二十有八,而其中二十六,在《教坊部》四十大曲中。余如〔降黄龙〕、〔熙州〕二曲之为大曲,亦有宋人之说可证也。

法曲四本:

《棋盘法曲》、《孤和法曲》、《藏瓶法曲》、《车儿法曲》。

《宋史·乐志》有法曲部。其曲二:一曰〔道调宫·望瀛〕,二曰〔小石调·献仙音〕。《词源》(卷下)谓大曲片数(即遍数)与法曲相上下,则二者略相似也。

诸宫调二本:

《诸宫调霸王》、《诸宫调卦册儿》。

按此即以诸宫调填曲也。

普通词调三十本:

《打地铺逍遥乐》、《病郑逍遥乐》、《崔护逍遥乐》、《瀼湎逍遥乐》、《四郑舞杨花》、《四偌满皇州》(原脱满字)、《浮沤暮云归》、《五柳菊花新》、《四季夹竹桃》、《醉花阴爨》、《夜半乐爨》、《木兰花爨》、《月当斤爨》、《醉还醒爨》、《扑蝴蝶爨》、《满皇州卦铺儿》、《白苧卦铺儿》、《探春卦铺儿》、《三哮好女儿》、《二郎神变二郎神》、《大双头莲》、《小双头莲》、《三笑月中行》、《三登乐院公狗儿》、《三教安公子》、《普天乐打三教》、《满皇州打三教》、《三姐醉还醒》、《三姐黄莺儿》、《卖花黄莺儿》。

其不见宋词,而见于金元曲调者九本:

《四小将整乾坤》、《棹孤舟爨》、《庆时丰卦铺儿》、《三哮上小楼》、《鹘打兔变二郎神》、《双罗罗啄木儿》、《赖房钱啄木儿》、《围城啄木儿》、《四国朝》。

此外有不著其名,而实用曲调者。如《三十拍爨》则李涪《刊误》云:"朧酒三十拍,促曲名〔三台〕。"则实用〔三台〕曲也。《三十六拍爨》当亦仿此。《钱手帕爨》注云:"小字〔太平歌〕",则用〔太平歌〕曲也。余如《两相宜万年芳》之〔万年芳〕,《病孤三乡题》、《王魁三乡题》、《强偌三乡题》之〔三乡题〕，《三哮文字儿》之〔文字儿〕，虽词曲调中，均不见其名，以他本例之，疑亦俗曲之名也。又如《崔智韬艾虎儿》、《雌虎》（原注云：崔智韬。）二本，并不见有用歌曲之迹，而关汉卿《谢天香》杂剧楔子曰："郑六遇妖狐，崔韬逢雌虎，大曲内尽是寒儒。"则此二本之一，当以大曲演之。此外各本之类此者，当亦不乏也。

由此观之，则此二百八十本中，其用大曲、法曲、诸宫调、词曲调者，共一百五十余本，已过全数之半，则南宋杂剧，殆多以歌曲演之，与第二章所载滑稽戏迥异。其用大曲、法曲、诸宫调者，则曲之片数颇多，以敷衍一故事，自觉不难。其单用词调及曲调者，只有一曲，当以此曲循环敷演，如上章传踏之例，此在元明南曲中，尚得发见其例也。

且此二百八十本，不皆纯正之戏剧。如《打调薄媚》、《大打调中和乐》、《大打调道人欢》三本，则刘昌诗《芦浦笔记》（卷三）谓街市戏谑，有打砌打调之类。实滑稽戏之支流，而佐以歌曲者也。如《门子打三教爨》、《双三教》、《三教安公子》、《三教闹著棋》、《打三教庵宇》、《普天乐打三教》、《满皇州打三教》、《领三教》，则演前章所述三教人者也。《迓鼓儿熙州》、《迓鼓孤》则前章所云讶鼓之戏也。《天下太平爨》及《百花爨》，则《乐府杂录》所谓字舞花舞也。案《齐东野语》（卷十）云："州郡遇圣节赐宴，率命猥伎数十，群舞于庭，作天下太平字，殊为不经。而唐王建宫词云：'每过舞头分两向，太平万岁字当中。'则此事由来久矣"，云云。可知宋代戏剧，实综合种种之杂戏；而其戏曲亦综合种种之乐曲，此事观后数章自益明也。

此项官本杂剧，虽著录于宋末，然其中实有北宋之戏曲，不可不知也。如《王子高六么》一本，实神宗元丰以前之作。赵彦卫《云麓漫钞》（卷十）："王迥字子高，旧有周琼姬事，胡徽之为作传，或用其传作〔六么〕。"朱彧《萍洲可谈》（卷一）："王迥美姿容，有才思，少年时不甚持重，间为狎邪辈所诬，播入乐府。今〔六么〕所歌奇俊王家郎者，乃迥也。元丰初，蔡持正举之，可任监司，神宗忽云：'此乃奇俊王家郎乎？'持正叩头请罪。"（又见一宋人小说云：或荐子高于王荆公，公举此语。今不能举其书名。案子高尝从荆公游，则语或近是。）则此曲实作于神宗时，然至南宋末尚存。吴文英《梦窗乙稿》中，〔惜秋华〕词自注，尚及之。然其为北宋之作，无可疑也。又如《三爷老大明乐》、《病爷老剑器》二本，爷老二字，中国夙未闻有此，疑是契丹语。《唐书·房琯传》："彼曳落河虽多，岂能当我刘秩等。"愚谓曳落河即《辽史》屡见之拽剌。《辽史·百官志》云："走卒谓之拽剌"，元马致远《荐福碑》杂剧，尚有曳刺，为从㡑之属。爷老二字，当亦曳刺之同音异译，此必北宋与辽盟聘时输入之语。则此二本，当亦为北宋之作。以此推之，恐尚不止此数本。然则此二百八十本，与其视为南宋之作，不若视为两宋之作为妥也。

六、金院本名目

两宋戏剧，均谓之杂剧，至金而始有院本之名。院本者，《太和正音谱》云："行院之本也。"初不知行院为何语，后读元刊《张千替杀妻》杂剧云："你是良人良人宅眷，不是小末小末行院。"则行院者，大抵金元人谓倡伎所居，其所演唱之本，即谓之院本云尔。院本名目六百九十种，见于陶九成《辍耕录》（卷二十五）者，不言其为何代之作。而院本之名，金元皆有之，故但就其名，颇难区别。以余考之，其为金人所作，殆无可疑者也。（见下）自此目观之，甚与宋官本杂剧段数相似，而复杂过之。其中又分子目若干，曰"和曲院本"者，十有四本。其所著曲名，皆大曲法曲，则和曲殆大曲法曲之总名也。曰"上皇院本"者十有四本。其中如《金明池》、《万岁山》、《错入内》、《断上皇》等，皆明示宋徽宗时事，他可类推，则上皇者，谓徽宗也。曰"题目院本"者二十本。按题目，即唐以来合生之别名。高承《事物纪原》（卷九）《合生》条言："《唐书·武平一传》：'平一上书，比来妖伎胡人于御座之前，或言妃主情貌，或列王公名质，咏歌舞踏，名曰合生。始自王公，稍及闾巷。'即合生之原，起于唐中宗时也。今人亦谓之唱题目"云云。此云题目，即唱题目之略也。曰"霸王院本"者六本，疑演项羽之事。曰"诸杂大小院本"者一百八十有九，曰"院么"者二十有一，曰"诸杂院爨"者一百有七。陶氏云："院本又谓之五花爨弄。"则爨亦院本之异名也。曰"冲撞引首"者一百有九，曰"拴搐艳段"者九十有二。案《梦粱录》（卷二十）云："杂剧先做寻常熟事一段，名曰艳段；次做正杂剧。"则引首与艳段，疑各相类。艳段，《辍耕录》又谓之焰段。曰："焰段，亦院本之意，但差简耳。取其如火焰，易明而易灭也。"其所以不得为正杂剧者，当以此；但不知所谓冲撞、拴搐，作何解耳。曰"打略拴搐"者八十有八，曰"诸杂砌"者三十。案《芦浦笔记》谓："街市戏谑，有打砌、打调之类。"疑杂砌亦滑稽戏之流。然其目则颇多故事，则又似与打砌无涉。《云麓漫钞》（卷八）：“近日优人作杂班，似杂剧而稍简略。金虏官制，有文班武班，若医卜倡优，谓之杂班。每宴集，伶人进，曰杂班上，故流传作此。”然《东京梦华录》已有杂扮之名。《梦粱录》亦云：“杂扮或曰杂班，又名经（当作纽）元子，又谓之拔和，即杂剧之后散段也。顷在汴京时，村落野夫，罕得入城，遂撰此端，多是借装为山东河北村叟，以资笑端。”则自北宋已有之，今“打略拴搐”中，有《和尚家门》、《先生家门》、《秀才家门》、《列良家门》、《禾下家门》各种，每种各有数本，疑皆装此种人物以资笑剧，或为杂扮之类；而所谓杂砌者，或亦类是也。

更就其所著曲名分之，则为大曲者十六：

《上坟伊州》、《烧花新水》、《熙州骆驼》、《列良瀛府》、《贺贴万年欢》、《掷麎降黄龙》、《列女降黄龙》（以上和曲院本），《进奉伊州》（诸杂大小院本），《闹夹棒六么》、《送宣道人欢》、《扯彩延寿乐》、《讳老长寿仙》、《背箱伊州》、《酒楼伊州》、《抹面长寿仙》、《羹汤六么》（以上诸杂院爨）。

为法曲者七：

《月明法曲》、《郓王法曲》、《烧香法曲》、《送香法曲》（以上和曲院本），《闹夹棒法曲》、《望瀛法曲》、《分拐法曲》（以上诸杂院爨）。

为词曲调者三十有七：

《病郑逍遥乐》、《四皓逍遥乐》、《四酸逍遥乐》（以上和曲院本），《春从天上来》（上皇院本），《杨柳枝》（题目院本），《似娘儿》、《丑奴儿》、《马明王》、《斗鹌鹑》、《满朝欢》、《花前饮》、《卖花声》、《隔帘听》、《击梧桐》、《海棠春》、《更漏子》（以上诸杂大小院本），《逍遥乐打马铺》、《夜半乐打明皇》、《集贤宾打三教》、《喜迁莺剁草鞋》、《上小楼衮头子》，《单兜望梅花》、《双声叠韵》、《河转迓鼓》、《和燕归梁》、《谒金门爨》（以上诸杂院爨），《憨郭郎》、《乔捉蛇》、《天下乐》，《山麻秸》、《捣练子》、《净瓶儿》、《调笑令》、《斗鼓笛》、《柳青娘》（以上冲撞引首），《归塞北》、《少年游》（以上拴搐艳段），《春从天上来》、《水龙吟》（以上打略拴搐)。

又“拴搐艳段”中,有一本名《诸宫调》,殆以诸宫调敷演之;则其体裁,全与宋官本杂剧段数相似。唯著曲名者,不及全体十分之一;而官本杂剧则过十分之五,此其相异者也。

此院本名目中,不但有简易之剧,且有说唱杂戏在其间。如:

《讲来年好》、《讲圣州序》、《讲乐章序》、《讲道德经》、《讲蒙求爨》、《讲心字爨》。

此即推说经诨经之例而广之。他如:

《订注论语》、《论语谒食》、《擂鼓孝经》、《唐韵六帖》。

疑亦此类。又有:

《背鼓千字文》、《变龙千字文》、《摔盒千字文》、《错打千字文》、《木驴千字文》、《埋头千字文》。

此当取周兴嗣《千字文》中语,以演一事,以悦俗耳,在后世南曲宾白中犹时遇之;盖其由来已古,此亦说唱之类也。又如:

《神农大说药》、《讲百果爨》、《讲百花爨》、《讲百禽爨》。

案《武林旧事》(卷六)载说药有杨郎中、徐郎中、乔七官人,则南宋亦有之。其说或借药名以制曲,或说而不唱,则不可知;至讲百果、百花、百禽,亦其类也。

“打略拴搐”中,有《星象名》、《果子名》、《草名》等。以名字终者二十六种,当亦说药之类。又有:

《和尚家门》四本,《先生家门》四本(自其子目观之,先生谓道士也),《秀才家门》十本,《列良家门》六本(列良谓日者),《禾下家门》五本(禾下谓农夫)。《大夫家门》八本(大夫谓医士),《卒子家门》四本,《良头家门》二本(良头未详),《邦老家门》五本(邦老谓盗贼),《都子家门》三本(都子谓乞丐),《孤下家门》三本(孤下谓官吏),《司吏家门》二本,《仵作行家门》一本,《撅倈家门》一本(撅倈未详)。

此五十五本,殆摹写社会上种种人物职业,与三教、迓鼓等戏相似。此外如“拴搐艳段”中之《遮截架解》、《三打步》、《穿百倬》,“打略拴搐”中之《难字儿》、《猜谜》等,则并竞技游戏等事而有之。此种或占演剧之一部分,或用为戏剧中之材料,虽不可知;然可见此种戏剧，实综合当时所有之游戏技艺，尚非纯粹之戏剧也。

此院本名目之为金人所作，盖无可疑。《辍耕录》云：“金有杂剧、院本、诸宫调。院本、杂剧，其实一也。国朝院本杂剧，始厘而二之。”今此目之与官本杂剧段数同名者十余种，而一谓之杂剧，一谓之院本，足明其为金之院本，而非元之院本，一证也。中有《金皇圣德》一本，明为金人之作，而非宋元人之作，二证也。如《水龙吟》、《双声叠韵》等之以曲调名者，其曲仅见于《董西厢》，而不见于元曲，三证也。与宋官本杂剧名例相同，足证其为同时之作，四证也。且其中关系开封者颇多，开封者，宋之东都，金之南都，而宣宗贞祐后迁居于此者也，故多演宋汴京时事。“上皇院本”且勿论，他如郓王、蔡奴，汴京之人也，金明池、陈桥，汴京之地也，其中与宋官本杂剧同名者，或犹是北宋之作，亦未可知。然宋金之间，戏剧之交通颇易；如杂班之名，由北而入南，唱赚之作，由南而入北；（唱赚始于绍兴间，然《董西厢》中亦多用之。）又如演蔡中郎事者，则南有负鼓盲翁之唱，而院本名目中亦有《蔡伯喈》一本：可知当时戏曲流传，不以国土限也。

七、古剧之结构

宋金以前杂剧院本，今无一存。又自其目观之，其结构与后世戏剧迥异，故谓之古剧。古剧者，非尽纯正之剧，而兼有竞技游戏在其中，既如前二章所述矣。盖古人杂剧，非瓦舍所演，则于宴集用之。瓦舍所演者，技艺甚多，不止杂剧一种；而宴集时所以娱耳目者，杂剧之外，亦尚有种种技艺。观《宋史·乐志》、《东京梦华录》、《梦粱录》、《武林旧事》，所载天子大宴礼节可知。即以杂剧言，其种类亦不一。正杂剧之前，有艳段，其后散段谓之杂扮，（见第六章）二者皆较正杂剧为简易。此种简易之剧，当以滑稽戏竞技游戏充之，故此等亦时冒杂剧之名，此在后世犹然。明顾起元《客座赘语》谓："南都万历以前，大席则用教坊打院本，乃北曲四大套者。中间错以撮垫圈，舞观音，或百丈旗，或跳队。"明代且然，则宋金固不足怪。但其相异者，则明代竞技等，错在正剧之中间，而宋金则在其前后耳。至正杂剧之数，每次所演，亦复不多。《东京梦华录》谓："杂剧入场，一场两段。"《梦粱录》亦云："次做正杂剧，通名两段。"《武林旧事》（卷一）所载："天基圣节排当乐次"，亦皇帝初坐，进杂剧二段，再坐，复进二段。此可以例其余矣。

脚色之名，在唐时只有参军、苍鹘，至宋而其名稍繁。《梦粱录》（卷二十）云："杂剧中末泥为长，每一场四人或五人。（中略）末泥色主张，引戏色分付，副净色发乔，副末色打诨。或添一人，名曰装孤。"《辍耕录》（卷二十五）所述略同。唯《武林旧事》（卷一）所载："乾淳教坊乐部"中，杂剧三甲，一甲或八人或五人。其所列脚色五，则有戏头而无末泥，有装旦而无装孤，而引戏、副净、副末三色则同，唯副净则谓之次净耳。《梦粱录》云："杂剧中末泥为长。"则末泥或即戏头；然戏头、引戏，实出古舞中之舞头、引舞，（唐王建宫词："舞头先拍第三声"，又："每过舞头分两向"，则舞头唐时已有之。《宋史·

乐志》有引舞，亦谓之引舞头。《乐府杂录·傀儡》条有引歌舞者郭郎，则引舞亦始于唐也。）则末泥亦当出于古舞中之舞末。《东京梦华录》（卷九）云："舞旋多是雷中庆，舞曲破撷前一遍，舞者入场，至歇拍，一人入场，对舞数拍，前舞者退，独后舞者终其曲，谓之舞末。"末之名当出于此。又长言之则为末泥也。净者，参军之促音，宋代演剧时，参军色手执竹竿子以句之，（见《东京梦华录》卷九）亦如唐代协律郎之举麾乐作，偃麾乐止相似，故参军亦谓之竹竿子。由是观之，则末泥色以主张为职，参军色以指麾为职，不亲在搬演之列。故宋戏剧中净、末二色，反不如副净、副末之著也。

唐之参军、苍鹘，至宋而为副净、副末二色。夫上既言净为参军之促音，兹何故复以副净为参军也？曰：副净本净之副，故宋人亦谓之参军。《东京梦华录》中执竹竿子之参军，当为净；而第二章滑稽剧中所屡见之参军，则副净也。此说有徵乎？曰：《辍耕录》云："副净古谓之参军，副末古谓之苍鹘，鹘能击禽鸟，末可打副净。"此说以第二章所引《夷坚志》（丁集卷四）、《桯史》（卷七）、《齐东野语》（卷十三）诸事证之，无乎不合；则参军之为副净，当可信也。故净与末，始见于宋末诸书；而副净与副末，则北宋人著述中已见之。黄山谷〔鼓笛令〕词云："副靖传语木大，鼓儿里且打一和。"王直方《诗话》（《苕溪渔隐丛话》前集卷二十引）载："欧阳公致梅圣俞简云：'正如杂剧人，上名下韵不来，须副末接续。'"凡宋滑稽剧中，与参军相对待者，虽不言其为何色，其实皆为副末。此出于唐代参军与苍鹘之关系，其来已古。而《梦粱录》所谓末泥色主张，引戏色分付，副净色发乔，副末色打诨，此四语实能道尽宋代脚色之职分也。主张、分付，皆编排命令之事，故其自身不复演剧。发乔者，盖乔作愚谬之态，以供嘲讽；而打诨，则益发挥之以成一笑柄也。试细玩第二章所载滑稽剧，无在不可见发乔打诨二者之关系。至他种杂剧，虽不知如何，然谓副净、副末二色，为古剧中最重之脚色，无不可也。

至装孤、装旦二语，亦有可寻味者。元人脚色中有孤有旦，其实二者非脚色之名；孤者，当时官吏之称，旦者，妇女之称。其假作官吏妇女者，谓之装孤、装旦则可；若径谓之孤与旦，则已过矣。孤者，当以帝王官吏自称孤寡，故谓之孤；旦与妲不知其义。然《青楼集》谓张奔儿为风流旦，李娇儿为温柔旦，则旦疑为宋元倡伎之称。优伶本非官吏，又非妇人，故其假作官吏妇人者，谓之装孤、装旦也。

要之：宋杂剧、金院本二目所现之人物，若妲、若旦、若徕，则示其男女及年齿；若孤、若酸、若爷老、若邦老，则示其职业及位置；若厥、若偌，则示其性情举止；（其解均见拙著《古剧脚色考》）若哮、若郑、若和，虽不解其义，亦当有所指示。然此等皆有某脚色以扮之，而其自身非脚色之名，则可信也。

宋杂剧、金院本二目中，多被以歌曲。当时歌者与演者，果一人否，亦所当考也。滑稽剧之言语，必由演者自言之；至自唱歌曲与否，则当视此时已有代言体之戏曲否以为断。若仅有叙事体之曲，则当如第四章所载史浩《剑舞》，歌唱与动作，分为二事也。

综上所述者观之，则唐代仅有歌舞剧及滑稽剧，至宋金二代而始有纯粹演故事之剧；故虽谓真正之戏剧，起于宋代，无不可也。然宋金演剧之结构，虽略如上，而其本则无一存。故当日已有代言体之戏曲否，已不可知。而论真正之戏曲，不能不从元杂剧始也。

八、元杂剧之渊源

由前数章之说，则宋金之所谓杂剧院本者，其中有滑稽戏，有正杂剧，有艳段，有杂班，又有种种技艺游戏。其所用之曲，有大曲，有法曲，有诸宫调，有词，其名虽同，而其实颇异。至成一定之体段，用一定之曲调，而百余年间无敢逾越者，则元杂剧是也。元杂剧之视前代戏曲之进步，约而言之，则有二焉。宋杂剧中用大曲者几半。大曲之为物，遍数虽多，然通前后为一曲，其次序不容颠倒，而字句不容增减，格律至严，故其运用亦颇不便。其用诸宫调者，则不拘于一曲。凡同在一宫调中之曲，皆可用之。顾一宫调中，虽或有联至十余曲者，然大抵用二三曲而止。移宫换韵，转变至多，故于雄肆之处，稍有欠焉。元杂剧则不然，每剧皆用四折，每折易一宫调，每调中之曲，必在十曲以上；其视大曲为自由，而较诸宫调为雄肆。且于正宫之〔端正好〕、〔货郎儿〕、〔煞尾〕，仙吕宫之〔混江龙〕、〔后庭花〕、〔青哥儿〕，南吕宫之〔草池春〕、〔鹌鹑儿〕、〔黄钟尾〕，中吕宫之〔道和〕，双调之□□□、〔折桂令〕、〔梅花酒〕、〔尾声〕，共十四曲：皆字句不拘，可以增损，此乐曲上之进步也。其二则由叙事体而变为代言体也。宋人大曲，就其现存者观之，皆为叙事体。金之诸宫调，虽有代言之处，而其大体只可谓之叙事。独元杂剧于科白中叙事，而曲文全为代言。虽宋金时或当已有代言体之戏曲，而就现存者言之，则断自元剧始，不可谓非戏曲上之一大进步也。此二者之进步，一属形式，一属材质，二者兼备，而后我中国之真戏曲出焉。

顾自元剧之进步言之，虽若出于创作者，然就其形式分析观之，则颇不然。元剧所用曲，据周德清《中原音韵》所纪，则黄钟宫二十四章，正宫二十五章，大石调二十一章，小石调五章，仙吕四十二章，中吕三十二章，南吕二十一章，双调一百章，越调三十五章，商调十六章，商角调六章，般涉调八章，都三百三十五章，（章即曲也）而其中小石、商角、般涉三调，元剧中从未用之。故陶九成《辍耕录》（卷二十七）无此三调之曲，仅有正宫二十五章，黄钟十五章，南吕二十章，中吕三十八章，仙吕三十六章，商调十六章，大石十九章，双调六十章，都二百三十章。二者不同。观《太和正音谱》所录，全与《中原音韵》同。则以曲言之，陶说为未备矣。然剧中所用，则出于陶《录》二百三十章外者甚少。此外百余章，不过元人小令套数中用之耳。今就此三百三十五章研究之，则其曲为前此所有者几半。更分析之，则出于大曲者十一：

〔降黄龙衮〕（黄钟），〔小梁州〕、〔六么遍〕（以上正宫），〔催拍子〕（大石），〔伊州遍〕（小石），〔八声甘州〕、〔六么序〕、〔六么令〕（以上仙吕），〔普天乐〕（《宋史·乐志》太宗撰大曲，有《平晋普天乐》，此或其略语也）、〔齐天乐〕（以上中吕），〔梁州第七〕（南吕）。

出于唐宋词者七十有五：

〔醉花阴〕、〔喜迁莺〕、〔贺圣朝〕、〔昼夜乐〕、〔人月圆〕、〔抛球乐〕、〔侍香金童〕、〔女冠子〕（以上黄钟宫），〔滚绣球〕、〔菩萨蛮〕（以上正宫），〔归塞北〕（即词之〔望江南〕）、〔雁过南楼〕（晏殊《珠玉词》〔清商怨〕中有此句，其调即词之〔清商怨〕）、〔念奴娇〕、〔青杏儿〕（宋词作〔青杏子〕）、〔还京乐〕、〔百字令〕（以上大石），〔点绛唇〕、〔天下乐〕、〔鹊踏枝〕、〔金盏儿〕（词作〔金盏子〕）、〔忆王孙〕、〔瑞鹤仙〕、〔后庭花〕、（太常引）、〔柳外楼〕（即〔忆王孙〕）（以上仙吕），〔粉蝶儿〕、〔醉春风〕、（醉高歌）、〔上小楼〕、〔满庭芳〕、〔剔银灯〕、〔柳青娘〕、〔朝天子〕（以上中吕），〔乌夜啼〕、〔感皇恩〕、〔贺新郎〕（以上南吕），〔驻马听〕、〔夜行船〕、（月上海棠）、（风入松）、〔万花方三台〕、〔滴滴金〕、〔太清歌〕、〔捣练子〕、〔快活年〕（宋词作〔快活年近拍〕）、〔豆叶黄〕、〔川拨棹〕（宋词作〔拨棹子〕）、〔金盏儿〕、〔也不罗〕（原注即〔野落索〕。案其调即宋词之〔一落索〕也）、〔行香子〕、〔碧玉箫〕、〔骤雨打新荷〕、〔减字木兰花〕、〔青玉案〕、〔鱼游春水〕（以上双调），（金蕉叶）、〔小桃红〕、〔三台印〕、〔耍三台〕、〔梅花引〕、〔看花回〕、〔南乡子〕、〔糖多令〕

(以上越调),〔集贤宾〕、〔逍遥乐〕、〔望远行〕、〔玉抱肚〕、〔秦楼月〕(以上商调),〔黄莺儿〕、〔踏莎行〕、〔垂丝钓〕、〔应天长〕(以上商角调),〔哨遍〕、〔瑶台月〕(以上般涉调)。

其出于诸宫调中各曲者,二十有八:

〔出队子〕、〔刮地风〕、〔寨儿令〕、〔神仗儿〕、〔四门子〕、〔文如锦〕、〔啄木儿煞〕(以上黄钟),〔脱布衫〕(正宫),〔荼蘼香〕、〔玉翼蝉煞〕(以上大石),〔赏花时〕、〔胜葫芦〕、〔混江龙〕(以上仙吕),〔迎仙客〕、〔石榴花〕、〔鹘打兔〕、〔乔捉蛇〕(以上中吕),〔一枝花〕、〔牧羊关〕(以上南吕),〔搅筝琶〕、(庆宣和〕(以上双调),〔斗鹌鹑〕、〔青山口〕、〔凭栏人〕、〔雪里梅〕(以上越调),〔耍孩儿〕、〔墙头花〕、〔急曲子〕、〔麻婆子〕(以上般涉调)。

然则此三百三十五章,出于古曲者一百有十,殆当全数之三分之一。虽其词字句之数,或与古词不同,当由时代迁移之故;其渊源所自,要不可诬也。此外曲名,尚有虽不见于古词曲,而可确知其非创造者如下:

〔六国朝〕(大石)　曾敏行《独醒杂志》(卷五):“先君尝言宣和末,客京师,街巷鄙人,多歌蕃曲,名曰〔异国朝〕、〔四国朝〕、〔六国朝〕、〔蛮牌序〕、〔蓬蓬花〕等。其言至俚,一时士大夫亦皆歌之。”则汴宋末已有此曲也。

〔憨郭郎〕(大石)　《乐府杂录·傀儡子》条云:“其引歌舞有郭郎者,发正秃,善优笑,闾里呼为郭郎,凡剧场必在俳儿之首也。”《后山诗话》载杨大年《傀儡诗》:“鲍老当筵笑郭郎”,则宋时尚有之,其曲当出宋代也。

〔叫声〕(中吕)　《事物纪原》(卷九)《吟叫》条:“嘉祐末,仁宗上仙,四海遏密,故市井初有叫果子之戏。其本盖自至和嘉祐之间叫〔紫苏丸〕,洎乐工杜人经十叫子始也。京师凡卖一物,必有声韵,其吟哦俱不同;故市人采其声调,间以词章,以为戏乐也。今盛行于世,又谓之吟哦也。”《梦粱录》(卷二十):“今街市与宅院,往往效京师叫声,以市井诸色歌叫卖合之声,采合宫商,成其词也。”

〔快活三〕（中吕）　《东京梦华录》（卷七）关扑有名者，任大头快活三之类。《武林旧事》（卷二）舞队有《快活三郎》、《快活三娘》二种，盖亦宋时语也。

〔鲍老儿〕（古鲍老）（中吕）　杨文公诗："鲍老当筵笑郭郎。"《武林旧事》（卷二）舞队中有《大小斫刀鲍老》、《交衮鲍老》，则亦宋时语也。

（四边静〕（中吕）　《云麓漫钞》（卷四）："巾之制，有圆顶、方顶、砖顶、琴顶，秦伯阳又以砖顶服，去顶上之重纱，谓之四边净。"则此亦宋时语也。

〔乔捉蛇〕（中吕）　《武林旧事》（卷二）舞队中有《乔捉蛇》，金人院本名目中，亦有《乔捉蛇》一本。

〔拨不断〕（仙吕）　《武林旧事》（卷六）唱（拨不断〕有张胡子、黄三二人，则亦宋时旧曲也。

〔太平令〕（仙吕）　《梦粱录》（卷二十）："绍兴年间，有张五牛大夫，因听动鼓板中有〔太平令〕或赚鼓板，遂撰为赚。"则亦宋时旧曲也。

此上十章，虽不见于现存宋词中，然可证其为宋代旧曲，或为宋时习用之语，则其有所本，盖无可疑。由此推之，则其他二百十余章，其为宋金旧曲者，当复不鲜；特无由证明之耳。

虽元剧诸曲配置之法，亦非尽由创造。《梦粱录》谓宋之缠达，引子后只有两腔，迎互循环。今于元剧仙吕宫、正宫中曲，实有用此体例者。今举其例：如马致远《陈抟高卧》剧第一折，（仙吕）第五曲后，实以〔后庭花〕、〔金盏儿〕二曲迎互循环。今举其全折之曲名：

〔仙吕·点绛唇〕、〔混江龙〕、〔油葫芦〕、〔天下乐〕、〔醉中天〕、〔后庭花〕、〔金盏儿〕、〔后庭花〕、〔金盏儿〕、〔醉中天〕、〔金盏儿〕、〔赚煞〕。

郑廷玉《看钱奴买冤家债主》第二折，则其例更明。

〔正宫·端正好〕、〔滚绣球〕、〔倘秀才〕、〔滚绣球〕、〔倘秀才〕、〔滚绣球〕、〔倘秀才〕、〔滚绣球〕、〔倘秀才〕、〔塞鸿秋〕、〔随煞〕。

此中〔端正好〕一曲，当宋缠达中之引子，而以〔滚绣球〕、〔倘秀才〕二曲循环迎互，至于四次，〔随煞〕则当缠达之尾声，唯其上多〔塞鸿秋〕一曲。《陈抟高卧》剧之第四折亦然。其全折之曲名如下：

〔正宫·端正好〕、〔滚绣球〕、〔倘秀才〕、〔滚绣球〕、〔倘秀才〕、〔叨叨令〕、〔倘秀才〕、〔滚绣球〕、〔倘秀才〕、〔滚绣球〕、〔倘秀才〕、〔三煞〕、〔二煞〕、〔煞尾〕。

元刊无名氏《张千替杀妻》杂剧第二折亦同。

〔端正好〕、〔滚绣球〕、〔倘秀才〕、〔滚绣球〕、〔倘秀才〕、〔滚绣球〕、〔倘秀才〕、〔滚绣球〕、〔叨叨令〕、〔尾声〕。

此亦皆以〔滚绣球〕、〔倘秀才〕二曲相循环，中唯杂以〔叨叨令〕一曲。他剧正宫曲中之相循环者，亦皆用此二曲，故《中原音韵》于此二曲下皆注“子母调”。此种自宋代缠达出，毫无可疑。可知元剧之构造，实多取诸旧有之形式也。

且不独元剧之形式为然；即就其材质言之，其取诸古剧者不少。兹列表以明之：

元杂剧		宋官本杂剧	金院本名目	其他
作者	剧名			
关汉卿	姑苏台范蠡进西施		范蠡	董颖［薄媚］大曲
同	包待制三勘蝴蝶梦		蝴蝶梦	
同	隋炀帝牵龙舟		牵龙舟	
同	刘盼盼闹衡州		刘盼盼	
高文秀	刘先主襄阳会		襄阳会	
白朴	鸳鸯简墙头马上（一作裴少俊墙头马上）	裴少俊伊州	鸳鸯简 墙头马	
同	崔护谒浆	崔护六么 崔护逍遥乐		
庾天锡	隋炀帝风月锦帆舟		牵龙舟	
同	薛昭误入兰昌宫		兰昌宫	
同	封骘先生骂上元	封涉中和乐		
李文蔚	蔡逍遥醉写石州慢		蔡逍遥	
李直夫	尾生期女渰蓝桥		渰蓝桥	
吴昌龄	唐三藏西天取经		唐三藏	
同	张天师断风花雪月	风花雪月爨	风花雪月	董解元《西厢诸宫调》
王实父	韩彩云丝竹芙蓉亭		芙蓉亭	

续表

元杂剧		宋官本杂剧	金院本名目	其他
作者	剧名			
同	崔莺莺待月西厢记	莺莺六么		
李寿卿	船子和尚秋莲梦		船子和尚四不犯	
尚仲贤	海神庙王魁负桂英		王魁三乡题	宋末有《王魁》戏文
同	凤皇坡越娘背灯	越娘道人欢		
同	洞庭湖柳毅传书	柳毅大圣乐		
同	崔护谒浆		（见前）	
同	张生煮海		张生煮海	
史九敬先	花间四友庄周梦		庄周梦	
郑光祖	崔怀宝月夜闻筝		月夜闻筝	
范 康	曲江池杜甫游春		杜甫游春	
沈 和	徐驸马乐昌分镜记			南宋有《乐昌分镜》戏文
周文质	孙武子教女兵			宋舞队有《孙武子教女兵》
赵善庆	孙武子教女兵			同上
无名氏	朱砂担滴水浮沤记	浮沤传永成双浮沤暮云归		
同	逞风流王焕百花亭			宋末有《王焕》戏文
同	双斗医		双斗医	
同	十样锦诸葛论功		十样锦	

今元剧目录之见于《录鬼簿》、《太和正音谱》者，共五百余种。而其与古剧名相同，或出于古剧者，共三十二种。且古剧之目，存亡恐亦相半，则其相同者，想尚不止于此也。

由元剧之形式材料两面研究之，可知元剧虽有特色，而非尽出于创造；由是其创作之时代，亦可得而略定焉。

九、元剧之时地

元杂剧之体，创自何人，不见于纪载。钟嗣成《录鬼簿》所著录，以关汉卿为首。宁献王《太和正音谱》以马致远为首。然《正音谱》之评曲也，于关汉卿则云："观其词语，乃可上可下之才；盖所以取者，初为杂剧之始，故卓以前列。"盖《正音谱》之次第，以词之甲乙论，而非以时代之先后。其以汉卿为杂剧之始，固与《录鬼簿》同也。汉卿时代，颇多异说。杨铁崖《元宫词》云："开国遗音乐府传，白翎飞上十三弦，大金优谏关卿在，《伊尹扶汤》进剧编。"此关卿当指汉卿而言。虽《录鬼簿》所录汉卿杂剧六十本中，无《伊尹扶汤》，而郑光祖所作杂剧目中有之。然马致远《汉宫秋》杂剧中，有云："不说它《伊尹扶汤》，则说那《武王伐纣》。"案《武王伐纣》乃赵文殷所作杂剧，则《伊尹扶汤》亦必为杂剧之名。马致远时代，在汉卿之后，郑光祖之前，则其所云《伊尹扶汤》剧，自当为关氏之作，而非郑氏之作。其不见于《录鬼簿》者，亦犹其所作《窦娥冤》、《续西厢》等，亦未为钟氏所著录也。杨诗云云，正指汉卿，则汉卿固逮事金源矣。《录鬼簿》云："汉卿，大都人，太医院尹。"明蒋仲舒《尧山堂外纪》（卷六十八）则云："金末为太医院尹，金亡不仕。"则不知所据。据《辍耕录》（卷二十三）则汉卿至中统初尚存。案自金亡至元中统元年，凡二十六年。果使金亡不仕，则似无于元代进杂剧之理。宁视汉卿生于金代，仕元，为太医院尹，为稍当也。又《鬼董》五卷末，有元泰定丙寅临安钱孚跋云："关解元之所传"，后人皆以解元为即汉卿。《尧山堂外纪》遂误以此书为汉卿所作。钱氏《元史·艺文志》仍之。案解元之称，始于唐；而其见于正史也，始于《金史·选举志》。金人亦喜称人为解元，如董解元是已。则汉卿得解，自当在金末。若元则唯太宗九年，（金亡后三年）秋八月一行科举，后废而不举者七十八年。至仁宗延祐元年八月，始复以科目取士，遂为定制。故汉卿得解，即非在金世，亦必在蒙古太宗九年。至世祖中统之初，固已垂老矣。杂剧苟为汉卿所创，则其创作之时，必在金天兴与元中统间二三十年之中，此可略得而推测者也。

《正音谱》虽云汉卿为杂剧之始，然汉卿同时，杂剧家业已辈出，此未必由新体流行之速，抑由元剧之创作诸家亦各有所尽力也。据《录鬼簿》所载，于杨显之，则云“与汉卿莫逆交，凡有珠玉，与公较之”；于费君祥则云“与汉卿交，有《爱女论》行于世”；于梁进之则云“与汉卿世交”。又如红字李二、花李郎二人，皆注教坊刘耍和婿。按《辍耕录》所载院本名目，前章既定为金人之作，而云教坊魏武刘三人鼎新编辑，刘疑即刘耍和。金李治敬斋《古今黈》（卷一）云：“近者伶官刘子才，蓄才人隐语数十卷。”疑亦此人，则其人自当在金末，而其婿之时代，当与汉卿不甚相远也。他如石子章，则《元遗山诗集》（卷九）有答石子章兼送其行七律一首；李庭《寓庵集》（卷二）亦有送石子章北上七律一首。按寓庵生于金承安三年，卒于元至元十三年，其年代与遗山略同。如杂剧家之石子章，即《遗山》、《寓庵集》中之人，则亦当与汉卿同时矣。

此外与汉卿同时者，尚有王实父。《西厢记》五剧，《录鬼簿》属之实父。后世或谓王作，而关续之；（都穆《南濠诗话》，王世贞《艺苑卮言》。）或谓关作，而王续之者。（《雍熙乐府》卷十九，载无名氏《西厢十咏》）然元人一剧，如《黄粱梦》、《骕骦裘》等，恒以数人合作，况五剧之多乎？且合作者，皆同时人，自不能以作者与续者定时代之先后也。则实父生年，固不后于汉卿。又汉卿有《闺怨佳人拜月亭》一剧，实甫亦有《才子佳人拜月亭》剧，其所谱者乃金南迁时事，事在宣宗贞祐之初，距金亡二十年。或二人均及见此事，故各有此本欤。此外元初杂剧家，其时代确可考者，则有白仁甫朴。据元王博文《天籁集序》谓：“仁甫年甫七岁，遭壬辰之难。”又谓：“中统初，开府史公，将以所业荐之于朝。”按壬辰为金哀宗天兴元年，时仁甫年七岁，则至中统元年庚辰，年正三十五岁；故于至元一统后，尚游金陵。盖视汉卿为后辈矣。

由是观之，则元剧创造之时代，可得而略定矣。至有元一代之杂剧，可分为三期：一、蒙古时代：此自太宗取中原以后，至至元一统之初。《录鬼簿》卷上所录之作者五十七人，大都在此期中。（中如马致远、尚仲贤、戴善甫，均为江浙行省务官，姚守中为平江路吏，李文蔚为江州路瑞昌县尹，赵天锡为镇江府判，张寿卿为浙江省掾史，皆在至元一统之后。侯正卿亦曾游杭州，然《录鬼簿》均谓之前辈名公才人，与汉卿无别，或其游宦江浙，为晚年之事矣。）其人皆北方人也。二、一统时代：则自至元后至至顺、后至元间，《录鬼簿》所谓“已亡名公才人，与余相知或不相知者”是也。其人则南方为多；否则北人而侨寓南方者也。三、至正时代：《录鬼簿》所谓“方今才人”是也。此三期，以第一期之作者为最盛，其著作存者亦多，元剧之杰作大抵出于此期中。至第二期，则除宫天挺、郑光祖、乔吉三家外，殆无足观；而其剧存者亦罕。第三期则存者更罕，仅有秦简夫、萧德祥、朱凯、王晔五剧，其去蒙古时代之剧远矣。

就诸家之时代，今取其有杂剧存于今者，著之。

第一期

关汉卿　杨显之　张国宝（一作国宾）　石子章　王实父　高文秀　郑廷玉　白朴　马致远　李文蔚　李直夫　吴昌龄　武汉臣　王仲文　李寿卿　尚仲贤　石君宝　纪君祥　戴善甫　李好古　孟汉卿　李行道　孙仲章　岳伯川　康进之　孔文卿　张寿卿

第二期

杨梓　宫天挺　郑光祖　范康　金仁杰　曾瑞　乔吉

第三期

秦简夫　萧德祥　朱凯　王晔

此外如王子一、刘东生、谷子敬、贾仲名、杨文奎、杨景言、汤式，其名均不见《录鬼簿》。《元曲选》于谷子敬、贾仲名诸剧，皆云元人，《太和正音谱》则直以为明人。案王刘诸人不见他书；唯贾仲名则元人有同姓名者。《元史·贾居贞传》：“居贞字仲明，真定获鹿人，官至江西行省参知政事。卒于至元十七年，年六十三。”则尚为元初人，似非作曲之贾仲名。且《正音谱》宁献王所作，纪其同时之人，当无大谬。又谷贾二人之曲，虽气骨颇高，而伤于绮丽，颇于元曲不类；则视为明初人，当无大误也。

更就杂剧家之里居研究之，则如下表。

大都	中书省所属		河南江北等处行中书省所属	江浙等处行中书省所属
关汉卿	李好古“保定”	陈无妄“东平”	赵天锡“汴梁”	金仁杰“杭州”
王实甫	彭伯威“同”	王廷秀“益都”		范　康“同”
庾天锡	白　朴“真定”	武汉臣“济南”	陆显之“同”	沈　和“同”
马致远	李文蔚“同”	岳伯川“同”	钟嗣成“同”	鲍天祐“同”
王仲文	尚仲贤“同”	康进之“棣州”	姚守中“洛阳”	陈以仁“同”
杨显之	戴善甫“同”	吴昌龄“西京”	孟汉卿“亳州”	范居中“同”
		李寿卿“太原”		
纪君祥	侯正卿“同”	刘唐卿“同”	张鸣善“扬州”	施　惠“同”
费君祥	史九敬先“同”	乔吉甫“同”	孙子羽“同”	黄天泽“同”
费唐臣	江泽民“同”	石君宝“平阳”		沈　拱“同”
张国宝	郑廷玉“彰德”	于伯渊“同”		周文质“同”
石子章		赵公辅“同”		萧德祥“同”
李宽甫	赵文殷“同”	狄君厚“同”		陆登善“同”
梁进之	陈宁甫“大名”	孔文卿“同”		王　晔“同”
孙仲章	李进取“同”	郑光祖“同”		王仲元“同”
赵明道	宫天挺“同”	李行甫“同”		杨　梓“嘉兴”
李子中	高文秀“东平”			
李时中	张时起“同”			
曾　瑞	顾仲清“同”			
	张寿卿“同”			
王伯成	赵良弼“同”			
涿　州				

由上表观之，则六十二人中，北人四十九，而南人十三。而北人之中，中书省所属之地，即今直隶、山东西产者，又得四十六人。而其中大都产者，十九人；且此四十六人中，其十分之九，为第一期之杂剧家，则杂剧之渊源地，自不难推测也。又北人之中，大都之外，以平阳为最多。其数当大都之五分之二。按《元史·太宗纪》：“太宗二七年，

耶律楚材请立编修所于燕京，经籍所于平阳，编集经史，至世祖至元二年，始徙平阳经籍所于京师。”则元初除大都外，此为文化最盛之地，宜杂剧家之多也。至中叶以后，则剧家悉为杭州人，中如宫天挺、郑光祖、曾瑞、乔吉、秦简夫、钟嗣成等，虽为北籍，亦均久居浙江。盖杂剧之根本地，已移而至南方，岂非以南宋旧都，文化颇盛之故欤。

元初名臣中有作小令套数者；唯杂剧之作者，大抵布衣；否则为省掾令史之属。蒙古色目人中，亦有作小令套数者；而作杂剧者，则唯汉人。（其中唯李直夫为女真人。）盖自金末重吏，自掾史出身者，其任用反优于科目。至蒙古灭金，而科目之废，垂八十年，为自有科目来未有之事。故文章之士，非刀笔吏无以进身；则杂剧家之多为掾史，固自不足怪也。沈德符《万历野获编》（卷二十五）及臧懋循《元曲选序》均谓蒙古时代，曾以词曲取士，其说固诞妄不足道。余则谓元初之废科目，却为杂剧发达之因。盖自唐宋以来，士之竞于科目者，已非一朝一夕之事，一旦废之，彼其才力无所用，而一于词曲发之。且金时科目之学，最为浅陋。（观刘祁《归潜志》卷七、八、九数卷可知。）此种人士，一旦失所业，固不能为学术上之事。而高文典册，又非其所素习也。适杂剧之新体出，遂多从事于此；而又有一二天才出于其间，充其才力，而元剧之作，遂为千古独绝之文字。然则由杂剧家之时代爵里，以推元剧创造之时代，及其发达之原因，如上所推论，固非想像之说也。

附考：案金以律赋策论取士。逮金亡后，科目虽废，民间犹有为此学者。如王博文、白仁甫《天籁集序》谓：“律赋为专门之学，而太素有能声，（太素，仁甫字）号后进之翘楚。”案仁甫金亡时不及十岁，则其作律赋，必在科目已废之后。当时人士之热中科目如此。又元代士人不平之气，读宫天挺《范张鸡黍》剧第一二折，可见一斑也。

十、元剧之存亡

元人所作杂剧，共若干种，今不可考。明李开先作《张小山乐府序》云：“洪武初年，亲王之国，必以词典千七百本赐之。”然宁献王权亦当时亲王之一，其所作《太和正音谱》卷首，著录元人杂剧，仅五百三十五本，加以明初人所作，亦仅五百六十六本。则李氏之言或过矣。元钟嗣成《录鬼簿序》，作于至顺元年，而书中纪事，讫于至正五年。其所著录者，亦仅四百五十八本。虽此二书所未著录而见于他书，或尚传于今者，亦尚有之；然现今传本出于二书外者，不及百分之五，则李氏所云千七百本，或兼小令套数言之。而其中杂剧，至多当亦不出千种；又其煊赫有名者，大都尽于二书所录，良可信也。至明隆、万间而流传渐少，长兴臧懋循之刻《元曲选》也，从黄州刘延伯借元人杂剧二百五十种。然其所刻百种内，已有明初人作六种（《儿女团圆》、《金安寿》、《城南柳》、《误入桃源》、《对玉梳》、《萧淑兰》）；则二百五十种中，亦非尽元人作矣。与臧氏同时刊行杂剧者，有无名氏之《元人杂剧选》，海宁陈与郊之《古名家杂剧》，而金陵唐氏世德堂亦有汇刊之本。唐氏所刊，仅见残本三种：一为明王九思作，馀二种皆《元曲选》所已刊。至《元人杂剧选》与《古名家杂剧》二书，至为罕觏，存佚已不可知。第就其目观之，则《元人杂剧选》之出《元曲选》外者，仅马致远《踏雪寻梅》、罗贯中《龙虎风云会》、无名氏《九世同居》、《荇金锭》四种耳。《古名家杂剧》正续二集，虽多至六十种；然并刻明人之作，内同于《元曲选》者三十九种，同于《元人杂剧选》者一种；此外则除明周宪王、徐文长、汪南溟，各四种外，所馀唯八种，且为元为明尚不可知；可知隆、万间人所见元曲，当以臧氏为富矣。姚士舜《见只编》谓：“汤海若先生妙于音律，酷嗜元人院本。自言箧中所藏，多世不常有，已至千种。”朱竹垞《静志居诗话》谓：“山阴祁氏淡生堂所藏元明传奇，多至八百馀部。”汤氏自言未免过于夸大。

若祁氏所藏，有明人作在内，则其中元剧，当亦不过二三百种。何元朗《四友斋丛说》（卷三十七）谓其家所藏杂剧本，几三百种，则当时元剧存者，其数略可知矣。惟钱遵王也是园藏曲，则目录具存。其中确为元人作者一百四十一种；而注元明间人，及古今无名氏杂剧者，凡二百有二种；共三百四十三种。其后钱书归泰兴季氏，《季沧苇书目》载钞本元曲三百种一百本。当即此书。则季氏之元曲三百种，当亦含明人作在内也。自是以后，藏书家罕注意元剧。唯黄氏丕烈于题跋中时时夸其所藏词曲之富，而其所跋元曲，仅《太平乐府》数种。向颇疑其夸大；然其所藏《元刊杂剧三十种》，今藏乃显于世。此书木函上，刊黄氏手书题字有云"《元刻古今杂剧乙编》。士礼居藏。"不知当时共有几编。而其前尚有甲编，则固无疑。如甲编种数，与乙编同，则其所藏元刊杂剧，当有六十种，可谓最大之秘笈矣。今甲编存佚不可知，但就其乙编言之，则三十种中为《元曲选》所无者，已有十七种。合以《元曲选》中真元剧九十四种，与《西厢》五剧，则今日确存之元剧，而为吾辈所能见者，实得一百十六种。今从《录鬼簿》之次序，并补其所未载者，叙录之如下：

关汉卿十三本（凡元刊本均不著作者姓名，并识。）

《关张双赴西蜀梦》（元刊本。《录鬼簿》、《太和正音谱》并著录。《正音谱》作《双赴梦》。）

《闺怨佳人拜月亭》（元刊本。《录鬼簿》、《正音谱》、《也是园书目》并著录。亭《录鬼簿》作庭。钱目作《王瑞兰私祷拜月亭》。）

《钱大尹智宠谢天香》（《元曲选》甲集下。《录鬼簿》、《正音谱》、《也是园书目》并著录。）

《杜蕊娘智赏金线池》（《元曲选》辛集上。《录鬼簿》、《正音谱》、《也是园书目》著录。）

《望江亭中秋切鲙旦》（《元曲选》癸集上。《录鬼簿》、《正音谱》、《也是园书目》著录。）

《赵盼儿风月救风尘》（《元曲选》乙集上。《录鬼簿》、《正音谱》、《也是园书目》著录。《录鬼簿》作《烟月旧风尘》。）

《关大王单刀会》（元刊本。《录鬼簿》、《正音谱》、《也是园书目》

著录。)

《温太真玉镜台》(《元曲选》甲集下。《录鬼簿》、《正音谱》、《也是园书目》著录。)

《诈妮子调风月》(元刊本。《录鬼簿》、《正音谱》著录。)

《包待制三勘蝴蝶梦》(《元曲选》丁集下。《正音谱》、《也是园书目》著录。)

《感天动地窦娥冤》(《元曲选》壬集下。《正音谱》、《也是园书目》著录。)

《包待制智斩鲁斋郎》(《元曲选》戊集下。《也是园书目》著录,作元无名氏。《元曲选》题元大都关汉卿撰。)

《崔莺莺待月西厢记》第五剧(明归安凌氏覆周定王刊本。近贵池刘氏覆凌本。他本皆改易体例,不足信据。《南濠诗话》、《艺苑卮言》,皆以第五剧为汉卿作,是也。)

高文秀三本:

《黑旋风双献功》(《元曲选》丁集下。《录鬼簿》、《正音谱》著录。《录鬼簿》作《黑旋风双献头》。)

《须贾谇范叔》(《元曲选》庚集下。《录鬼簿》、《正音谱》、《也是园书目》著录。《录鬼簿》作《须贾谇范雎》。)

《好酒赵元遇上皇》(元刊本。《录鬼簿》、《正音谱》、《也是园书目》著录。)

郑廷玉五本:

《楚昭王疏者下船》(元刊本。《元曲选》乙集下。《录鬼簿》、《正音谱》、《也是园书目》著录。)

《包待制智勘后庭花》(《元曲选》己集上。《录鬼簿》、《正音谱》、《也是园书目》著录。)

《布袋和尚忍字记》(《元曲选》庚集上。《录鬼簿》、《正音谱》、《也是园书目》著录。)

《看钱奴买冤家债主》(元刊本。《元曲选》癸集上。《录鬼簿》、《正音谱》、《也是园书目》著录。)

《崔府君断冤家债主》(《元曲选》庚集上。《也是园书目》著录,作元郑廷玉撰。《元曲选》题元无名氏撰。)

白朴二本：

《唐明皇秋夜梧桐雨》（《元曲选》丙集上。《录鬼簿》、《正音谱》、《也是园书目》著录。）

《裴少俊墙头马上》（《元曲选》乙集下。《录鬼簿》、《正音谱》、《也是园书目》著录。《录鬼簿》作《鸳鸯简墙头马上》。）

马致远六本：

《江州司马青衫泪》（《元曲选》己集上。《录鬼簿》、《正音谱》、《也是园书目》著录。）

《吕洞宾三醉岳阳楼》（《元曲选》丁集下。《录鬼簿》、《正音谱》、《也是园书目》著录。）

《太华山陈抟高卧》（元刊本。《元曲选》戊集上。《录鬼簿》、《正音谱》、《也是园书目》著录。）

《破幽梦孤雁汉宫秋》（《元曲选》甲集上。《录鬼簿》、《正音谱》、《也是园书目》著录。《录鬼簿》无“破幽梦”三字。）

《半夜雷轰荐福碑》（《元曲选》丁集上。《正音谱》、《也是园书目》著录。）

《马丹阳三度任风子》（元刊本。《元曲选》癸集下。《正音谱》、《也是园书目》著录。）

李文蔚一本：

《同乐院燕青博鱼》（《元曲选》乙集上。《录鬼簿》、《正音谱》、《也是园书目》著录。《录鬼簿》作《报冤台燕青扑鱼》。）

李直夫一本：

《便宜行事虎头牌》（《元曲选》丙集上。《录鬼簿》、《正音谱》、《也是园书目》著录。《录鬼簿》作《武元皇帝虎头牌》。）

吴昌龄二本：

《张天师断风花雪月》（《元曲选》乙集上。《录鬼簿》、《正音谱》著录。《录鬼簿》作《张天师夜断辰钩月》，《正音谱》作《辰钩月》。）

《花间四友东坡梦》（《元曲选》辛集上。《正音谱》、《也是园书目》著录。）

王实甫二本：

《崔莺莺待月西厢记》（明归安凌氏覆周定王刊本。近覆凌本。《录鬼簿》、《正音谱》、《也是园书目》著录。）

《四丞相歌舞丽春堂》（《元曲选》己集上。《录鬼簿》、《正音谱》、《也是园书目》著录。《录鬼簿》“四丞相”作“四大王”。）

武汉臣三本：

《散家财天赐老生儿》（元刊本。《元曲选》丙集上。《录鬼簿》、《正音谱》、《也是园书目》著录。）

《李素兰风月玉壶春》（《元曲选》丙集下。《也是园书目》著录，作元无名氏；《元曲选》题武汉臣撰。）

《包待制智勘生金阁》（《元曲选》癸集下。《也是园书目》著录，作元无名氏；《元曲选》题武汉臣撰。）

王仲文一本：

《救孝子烈母不认尸》（《元曲选》戊集上。《录鬼簿》、《正音谱》著录。）

李寿卿二本：

《说专诸伍员吹箫》（《元曲选》丁集下。《录鬼簿》、《正音谱》、《也是园书目》著录。）

《月明和尚度柳翠》（《元曲选》辛集下。《录鬼簿》、《正音谱》、《也是园书目》著录。《录鬼簿》作《月明三度临歧柳》。）

尚仲贤四本：

《洞庭湖柳毅传书》（《元曲选》癸集上。《录鬼簿》、《正音谱》、《也是园书目》著录。）

《尉迟公三夺槊》（元刊本。《录鬼簿》、《正音谱》著录。）

《汉高祖濯足气英布》（元刊本。《元曲选》辛集上。《录鬼簿》、《正音谱》、《也是园书目》著录。《元曲选》不著谁作。）

《尉迟公单鞭夺槊》（《元曲选》庚集下。《也是园书目》著录。）

石君宝三本：

《鲁大夫秋胡戏妻》（《元曲选》丁集上。《录鬼簿》、《正音谱》、《也是园书目》著录。）

《李亚仙诗酒曲江池》（《元曲选》乙集下。《录鬼簿》、《正音谱》著录。）

《诸宫调风月紫云庭》(元刊本。《录鬼簿》、《正音谱》著录。《录鬼簿》"庭"作"亭",又戴善甫亦有《宫调风月紫云亭》,此不知石作或戴作也。)

杨显之二本:

《临江驿潇湘夜雨》(《元曲选》己集上。《录鬼簿》、《正音谱》、《也是园书目》著录。)

《郑孔目风雪酷寒亭》(《元曲选》己集下。《录鬼簿》、《正音谱》、《也是园书目》著录。郑孔目《录鬼簿》作萧县君。)

纪君祥一本:

《赵氏孤儿冤报冤》(元刊本。《元曲选》壬集上。《录鬼簿》、《正音谱》、《也是园书目》著录。冤报冤钱目作大报仇。)

戴善甫一本:

《陶学士醉写风光好》(《元曲选》丁集上。《录鬼簿》、《正音谱》、《也是园书目》著录。陶学士《录鬼簿》作陶秀实。)

李好古一本:

《沙门岛张生煮海》(《元曲选》癸集下。《录鬼簿》、《正音谱》、《也是园书目》著录。《录鬼簿》无"沙门岛"三字。)

张国宾三本:

《公孙汗衫记》(元刊本。《元曲选》甲集下。《录鬼簿》、《正音谱》著录。《录鬼簿》公字上有"相国寺"三字。《元曲选》作《相国寺公孙合汗衫》。)

《薛仁贵衣锦还乡》(元刊本。《元曲选》乙集下。《录鬼簿》、《正音谱》著录。)

《罗李郎大闹相国寺》(《元曲选》壬集下。《也是园书目》著录,元无名氏;《元曲选》题元张国宾撰。)

石子章一本:

《秦翛然竹坞听琴》(《元曲选》壬集上。《录鬼簿》、《正音谱》、《也是园书目》著录。)

孟汉卿一本:

《张鼎智勘魔合罗》(元刊本。《元曲选》辛集下。《录鬼簿》、《正音谱》、《也是园书目》著录。钱目及《元曲选》作《张孔目智勘魔合罗》。）

李行道一本：

《包待制智勘灰阑记》（《元曲选》庚集上。《录鬼簿》、《正音谱》著录。）

王伯成一本：

《李太白贬夜郎》（元刊本。《录鬼簿》、《正音谱》著录。）

孙仲章一本：

《河南府张鼎勘头巾》（《元曲选》丁集下。《也是园书目》著录。《录鬼簿》孙仲章下无此本，而陆登善下有之，《元曲选》题元孙仲章撰。）

康进之一本：

《梁山泊李逵负荆》（《元曲选》壬集下。《录鬼簿》、《正音谱》著录。《录鬼簿》作《梁山泊黑旋风负荆》。）

岳伯川一本：

《岳孔目借铁拐李还魂》（元刊本。《元曲选》丙集下。《录鬼簿》、《正音谱》、《也是园书目》著录。《录鬼簿》、《元曲选》作《吕洞宾度铁拐李岳》。钱目作《铁拐李借尸还魂》。）

狄君厚一本：

《晋文公火烧介子推》（元刊本。《录鬼簿》、《正音谱》著录。）

孔文卿一本：

《东窗事犯》（元刊本。《录鬼簿》、《正音谱》、《也是园书目》著录。《录鬼簿》、钱目均作《秦太师东窗事犯》。案金仁杰亦有此本，未知孔作或金作也。）

张寿卿一本：

《谢金莲诗酒红梨花》（《元曲选》庚集上。《录鬼簿》、《正音谱》、《也是园书目》著录。）

马致远、李时中、花李郎、红字李二合作一本：

《邯郸道省悟黄粱梦》（《元曲选》戊集上。《录鬼簿》、《正音谱》、《也是园书目》著录。《录鬼簿》、钱目作《开坛阐教黄粱梦》。）

宫天挺一本：

《死生交范张鸡黍》（元刊本。《元曲选》己集上。《录鬼簿》、《正音谱》、《也是园书目》著录。)

郑光祖四本:

《㑳梅香翰林风月》(《元曲选》庚集下。《录鬼簿》、《正音谱》、《也是园书目》著录。钱目作《㑳梅香骗翰林风月》。)

《周公辅成王摄政》(元刊本。《录鬼簿》、《正音谱》著录。)

《醉思乡王粲登楼》(《元曲选》戊集下。《录鬼簿》、《正音谱》、《也是园书目》著录。)

《迷青琐倩女离魂》(《元曲选》戊集上。《录鬼簿》、《正音谱》、《也是园书目》著录。)

金仁杰一本:

《萧何追韩信》(元刊本。《录鬼簿》、《正音谱》著录。《录鬼簿》作《萧何月夜追韩信》。)

范康一本:

《陈季卿悟道竹叶舟》(元刊本。《元曲选》己集下。《录鬼簿》、《正音谱》、《也是园书目》著录。)

曾瑞一本:

《王月英元夜留鞋记》(《元曲选》辛集上。《录鬼簿》、《正音谱》、《也是园书目》著录。《录鬼簿》作《佳人才子误元宵》。)

乔吉甫三本:

《玉箫女两世姻缘》(《元曲选》己集下。《录鬼簿》、《正音谱》、《也是园书目》著录。)

《杜牧之诗酒扬州梦》(《元曲选》戊集下。《录鬼簿》、《正音谱》、《也是园书目》著录。)

《李太白匹配金钱记》(《元曲选》甲集上。《录鬼簿》、《正音谱》、《也是园书目》著录。《录鬼簿》作《唐明皇御断金钱记》。)

秦简夫二本:

《东堂老劝破家子弟》(《元曲选》乙集上。《录鬼簿》、《正音谱》、《也是园书目》著录。)

《宜秋山赵礼让肥》(《元曲选》己集下。《录鬼簿》、《正音谱》、《也是园书目》著录。)

萧德祥一本:

《王翛然断杀狗劝夫》（《元曲选》甲集下。《录鬼簿》、《也是园书目》著录。钱目作无名氏撰。）

朱凯一本：

《昊天塔孟良盗骨殖》（《元曲选》甲集下。《录鬼簿》、《正音谱》著录。《录鬼簿》无“昊天塔”三字，《正音谱》及《元曲选》作元无名氏撰。）

王晔一本：

《破阴阳八卦桃花女》（《元曲选》戊集下。《录鬼簿》、《也是园书目》著录。钱目作元无名氏撰。）

杨梓一本：

《霍光鬼谏》（元刊本。《正音谱》著录，作元无名氏撰。今据姚桐寿《乐郊私语》定为杨梓撰。）

李致远一本：

《都孔目风雨还牢末》（《元曲选》癸集上。《正音谱》、《也是园书目》著录，均作元无名氏撰。《元曲选》题元李致远撰。钱目作《小妻大妇还牢末》。）

杨景贤一本：

《马丹阳度脱刘行首》（《元曲选》辛集上。《正音谱》、《也是园书目》均作无名氏撰。《元曲选》题元杨景贤撰，或与明初之杨景言为一人。）

无名氏二十七本：

《严子陵垂钓七里滩》（元刊本。各家均未著录，唯《录鬼簿》宫天挺条下有《严子陵钓鱼台》。此剧气骨，亦与宫氏《范张鸡黍》相似，疑或即此本。）

《诸葛亮博望烧屯》（元刊本。《正音谱》、《也是园书目》著录。）

《张千替杀妻》（元刊本。《正音谱》著录，作《张子替杀妻》。）

《小张屠焚儿救母》（元刊本。各家均未著录。）

《陈州粜米》（《元曲选》甲集上。未著录。）

《玉清庵错送鸳鸯被》（《元曲选》甲集上。《也是园书目》著录。）

《随何赚风魔蒯通》（《元曲选》甲集上。未著录。）

《争报恩三虎下山》（《元曲选》甲集下。未著录。）

《庞居士误放来生债》（《元曲选》乙集下。未著录。）

《朱砂担滴水浮沤记》（《元曲选》丙集上。《正音谱》、《也是园书目》著录。）

《包待制智赚合同文字》（《元曲选》丙集上。《也是园书目》著录。）

《冻苏秦衣锦还乡》（《元曲选》丙集下。《正音谱》著录，作《苏秦还乡》，又有《张仪冻苏秦》一本。）

《小尉迟将斗将认父归朝》（《元曲选》丙集下。《也是园书目》著录，《小尉迟将斗将将鞭认父》。）

《神奴儿大闹开封府》（《元曲选》丁集上。《正音谱》、《也是园书目》著录。）

《谢金吾诈拆清风府》（《元曲选》丁集上。未著录。）

《庞涓夜走马陵道》（《元曲选》戊集上。《正音谱》、《也是园书目》著录。）

《朱太守风雪渔樵记》（《元曲选》戊集下。《也是园书目》著录。）

《孟德耀举案齐眉》（《元曲选》己集上。《正音谱》、《也是园书目》著录。）

《李云英风送梧桐叶》（《元曲选》庚集下。《也是园书目》著录。）

《两军师隔江斗智》（《元曲选》辛集上。未著录。）

《玎玎珰珰盆儿鬼》（《元曲选》辛集下。《正音谱》、《也是园书目》著录。）

《逞风流王焕百花亭》（《元曲选》壬集上。《也是园书目》著录。）

《锦云堂暗定连环计》（《元曲选》壬集上。《正音谱》、《也是园书目》著录。《正音谱》作《王允连环计》。钱目作《锦云堂美女连环计》。）

《金水桥陈琳抱妆匣》（《元曲选》壬集上。《正音谱》、《也是园书目》著录。）

《风雨像生货郎旦》（《元曲选》癸集上。《正音谱》、《也是园书目》著录。）

《萨真人夜断碧桃花》（《元曲选》癸集上。《也是园书目》著录，“夜断”作“夜斩”。）

《冯玉兰夜月泣江舟》（《元曲选》癸集下。未著录。）

上百十六本，我辈今日所据以为研究之资者，实止于此。此外零星折数，如白朴之《箭射双雕》，费唐臣之《苏子瞻风雪贬黄州》，李进取之《神龙殿栾巴噀酒》，赵明道之《陶朱公范蠡归湖》，鲍天祐之《王妙妙死哭秦少游》，周文质之《持汉节苏武还乡》，《雍熙乐府》中均有一折，吾人耳目所及，仅至于此。至如明季所刊之《元人杂剧选》、《古名家杂剧》与钱遵王所藏钞本，虽绝不经见，要不能遽谓之已佚。此外佚籍，恐尚有发见之一日，但以大数计之，恐不能出二百种以上也。